日本人的哈拉妙招！

日語慣用句典

DT企劃／著

附MP3
音檔連結
學習更完整！

笛藤出版

前言

在學習語文的過程中，即便語彙量可能已經累積了不少，但往往句中會迸出一些以前沒聽過的、或是明明單字分開都看得懂，合在一起卻難明其意的慣用句，時不時地夾雜在對話中，帶給學習者或多或少的挫敗感。

然而這其實並不是一道艱困的坎，本書作為日語學習用書，共分成 25 篇大主題，收錄了日常生活中 311 種情境下容易使用到的日語慣用句。選擇生活化的例句使印象更深也更利於記憶。文中穿插生動插圖，學習起來活潑愉快！搭配 MP3 反覆聆聽學習，讓你輕鬆運用慣用句，流利脫口說日語！在讀的過程中會發現，彷彿長時間以來一直花費力氣在解的一道鎖，「喀」的一聲悄悄地打開了，再稍微用力一推，門後的風景是意料外的廣闊！

語文學習是一道無邊無際的課題，看似永無止境，實則在前進中的每一步，都是截然不同的風景，得以享受當下的新境與體會語文的奧妙。編輯部用嚴謹的態度盡心完善每本書，希望能滿足各位讀者在語文學習上更進一步的追求。

笛藤出版編輯部

使用說明

MP3 音軌

先聆聽一遍 MP3 內容，讓耳朵大致上了解發音語調的同時，試著猜猜看中文意思。

主題分類

依照不同主題分類＆插圖學習慣用句，加深印象、便於記憶。

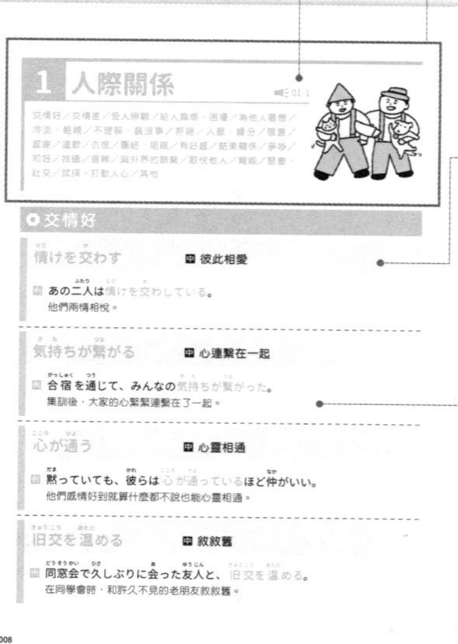

中文解釋

邊看中文解釋邊將慣用語原文唸出聲來，可以回想剛剛猜對了多少，不熟的地方加強練習，深刻記憶。

搭配 MP3 反覆練習例句

反覆搭配 MP3，訓練出漂亮的發音，並熟讀中文意思。

試著聽音檔不看中文

最後單獨聽音檔也可以完全聽懂了！

本書特色

本書章節採主題式進行分類而非五十音排序，讀者可依個人需求或先從感興趣的主題著手，使用上較為輕鬆靈活！

目次

音檔連結

可輸入 **https://bit.ly/3dgBQOH**
（注意區分英文大小寫）
或掃描上方 QRcode 進入雲端點選音檔配合練習。

1 人際關係

01-1

交情好／交情差／受人照顧／給人麻煩、困擾／為他人著想／冷淡、輕視／不理睬、裝沒事／拒絕／人脈、緣分／敬意／感謝／道歉／仇恨／團結、組隊／有好感／結束關係／爭吵／和好／找碴／信賴／與外界的聯繫／取悅他人／背叛／聚會、社交／試探、打動人心／其他

交情好

情け(なさ)を交(か)わす　**中** 彼此相愛

例 あの二人(ふたり)は情け(なさ)を交(か)わしている。
他們兩情相悅。

気持(きも)ちが繋(つな)がる　**中** 心連繫在一起

例 合宿(がっしゅく)を通(つう)じて、みんなの気持(きも)ちが繋(つな)がった。
集訓後，大家的心緊緊連繫在了一起。

心(こころ)が通(かよ)う　**中** 心靈相通

例 黙(だま)っていても、彼(かれ)らは心(こころ)が通(かよ)っているほど仲(なか)がいい。
他們感情好到就算什麼都不說也能心靈相通。

旧交(きゅうこう)を温(あたた)める　**中** 敘敘舊

例 同窓会(どうそうかい)で久(ひさ)しぶりに会(あ)った友人(ゆうじん)と、旧交(きゅうこう)を温(あたた)める。
在同學會時，和許久不見的老朋友敘敘舊。

馬が合う　**中** 個性很合

例 彼とは馬が合うので一緒にいるととても楽しい。
我跟他個性很合，相處得很愉快。

気が合う　**中** 合得來

例 彼とは気が合うので、一緒に遊んでいて楽しい。
我跟他很合得來，一起出去玩很開心。

気が置けない　**中** 無需客套

例 彼は気が置けない友達なので、お金を貸しても大丈夫だ。
他是我推心置腹的好友，所以借錢給他是沒問題的。

気を許す　**中** 信得過、放心

例 彼女は気を許した人にしか笑顔を見せない。
她只有在信得過的人面前才會露出笑容。

肌が合う　**中** 意氣相投

例 彼と私は肌が合って、大学卒業後も付き合いがある。
他跟我意氣相投，大學畢業後仍持續有往來。

肌を脱ぐ　**中** 打赤膊、為了別人盡心盡力

例 友人のために一つ肌を脱いであげた。
為朋友兩肋插刀。

話が合う

中 個性、想法、喜好等很契合

例 歌舞伎好きの彼とは、初対面でも話が合った。
和同樣也很喜歡歌舞伎的他，即使是初次見面也很合得來。

話が弾む

中 相談甚歡

例 話が弾むように、最初の話題提供はこちらから、後は相手の話しを引き出すというアドバイスをもらった。
為了能跟人相談甚歡，我得到剛開始由自己提供話題，接著引導對方回話的建議。

話に花が咲く

中 相談甚歡

例 犬友と犬話をすると、いつも話に花が咲く。
和養狗的朋友聊起養狗經總是相談甚歡。

呼吸が合う

中 契合、默契好

例 彼らの漫才は、呼吸が合っている。
他們表演相聲的默契非常好。

息が合う

中 很有默契、合得來

例 あの二人の演奏はとても息があっているね。
兩人的演奏配合得天衣無縫。

膝を乗り出す 中 感到有興趣而上身前傾去聽

例 得意先はうちの面白そうな提案に、思わず膝を乗り出してきた。
客戶對我們提出的提案很有興趣，不自覺地傾身向前仔細聽。

膝を交える 中 促膝長談、雙方親密地聊天談話

例 今夜はせっかくの女子会だから、膝を交えて語り明かそう。
今晚是難得的女孩聚會，讓我們促膝長談到天亮吧。

腹を割る 中 坦誠相對

例 揉め事について、腹を割って話し合った方がいい。
意見不合的地方最好能坦然地一起商討。

裸で付き合う 中 坦誠相對

例 ずっと裸で付き合ってきた仲だから、大事な人だ。
他是我一直以來都坦誠相對的朋友，是我所珍視之人。

鼻を鳴らす 中 撒嬌

例 彼女はシャネルの香水がほしいと鼻を鳴らしてねだる。
女朋友撒嬌吵著要買香奈兒的香水。

苦楽を共にする 中 有福同享，有難同當

例 私たちは、長年苦楽を共にしてきた仲だ。
我們是多年來有福同享，有難同當的好友。

親交を結ぶ　**中** 有了好交情

例 留学して、現地の人と、親交を結んだ。
留學時和當地人有了好交情。

付き合いが深い　**中** 交情匪淺

例 彼らは長年の友人だから、付き合いが深い。
他們是多年朋友，交情匪淺。

折り合いがいい　**中**（人與人之間的）關係良好

例 お嫁さんとお 姑 さんの折り合いがいい。
媳婦和婆婆的關係很好。

心を開く　**中** 打開心房

例 彼女と心を開いて話し合おう。
和她坦誠相對來談談吧！

心を許す　**中** 放下戒心

例 いつもと違う自分をさらけ出すことは、心を許すことがないとできないことだと思う。
若不放下戒心，就無法坦率地表現自己的另一面。

交情差

気に食わない 中 不合、不喜歡

例 努力しないで、何でも手に入れようとするあの人は、気に食わない。
那個人滿腦袋只想著不勞而獲，我不喜歡。

調子が外れる 中 走音、唱反調

例 彼だけは、皆と合わず、いつも調子が外れている。
只有他不配合大家，總是唱反調。

眼中にない 中 毫不在乎

例 彼のことは、眼中にないので、お付き合いはできない。
我完全沒把他的事情放在心上，所以無法跟他交往。

水と油 中 水火不容

例 部長と係長のやり方は水と油のように違うのですが、プライベートで仲がいいです。
部長跟組長的做事方法天差地別，但私底下卻是好朋友。

歯車が噛み合わない 中 彼此步調不一致

例 あの二人は、なかなか歯車が噛み合わないようだ。
那兩個人好像很不合拍。

爪弾きにあう

中 遭到排擠

例 自分だけ賛成に回ったら、爪弾きにあった。
如果只有自己改投贊成票的話，就會遭到排擠。

受人照顧

ご愛顧をいただく

中 特別受到關照

例 当店の商品をいつもご愛顧いただき、ありがとうございます。
長久以來一直支持本店的產品，十分地感謝。

息がかかる

中 受…的庇護、影響

例 事件の犯人はあの社長だ。彼の息がかかった人たちは皆、共犯者だ。
事件的犯人是那位社長，但凡受他庇護的人皆是共犯。

恩に着る

中 感恩、感謝

例 この間は、助けていただき、本当に恩に着ます。
這段日子承蒙你的關照，真的非常感謝。

借りができる

中 欠下人情

例 今回も助けられ、借りができてしまった。
這次又得到幫助，欠下了人情。

借りを作る 中欠下恩情

例 生きているということは、誰かに借りを作ること。
所謂活著，就是一定會欠下別人恩情。

借りがある 中有恩

例 前回、助けられた借りがある。
上次受到別人幫助的恩惠。

手を煩わす 中受到關照

例 大学院の時は、何かと教授の手を煩わせた。
在研究所的時候，受到教授多方關照。

身を寄せる 中借住、投靠

例 海外転勤で、当面は叔父の家に身を寄せる。
調職到國外，目前借住在叔叔家。

手を借りる 中請求援助

例 友人の手を借りて、引っ越しを終わらせた。
在朋友的幫助下搬完家。

手間を取らせる 中讓對方費心

例 いろいろとお手間を取らせてしまい、すみませんでした。
讓你費心了，非常抱歉。

人手を借りる　中 受到他人幫助

例 母が家を出て行ったから、父は一人で料理を作ったり、風呂を沸かしたりして、人手を借りることもなかった。
媽媽離家出走之後，爸爸不但會自己做飯還會燒洗澡水，任何事都不用別人的幫忙。

お引き立てを頂く　中 多加關照

例 平素は、弊社の商品に特別のお引き立てを頂き、誠にありがとうございます。
平時特別關照我們公司的產品，真的非常感謝。

世話を焼く　中 照顧

例 彼女は何かと後輩の世話を焼いている。
她在各方面都很照顧後輩。

相伴にあずかる　中 沾某人的光

例 今日も部長のお相伴にあずかった。
今天也沾了部長的光，受到招待。

助け舟を出す　中 伸出援手

例 学生が発表で困ったら、いつも、先生が助け舟を出してくれる。
學生在發表不順利時，老師總會出手解危。

厄介になる　中 受到照顧

例 働いていた会社が倒産したので、しばらく、親の厄介になる。
因上班的公司倒閉，所以暫時接受父母的照顧。

給人麻煩、困擾

迷惑を掛ける　中 帶來困擾

例 ドタキャンして、皆に迷惑を掛けた。
突然取消，造成大家的困擾。

迷惑を被る　中 感到困擾

例 本当に迷惑を被っているのは誰か。
真正會覺得困擾的是誰啊？

世話が焼ける　中 麻煩

例 彼は自分では何もできない、とても世話の焼ける人だ。
他自己一個人什麼都不會，真是個麻煩的人。

厄介を掛ける　中 給人添麻煩

例 会社で先輩に厄介を掛ける。
在公司給前輩添麻煩。

お節介を焼く　　**中** 管人閒事

例 彼は、お節介を焼くのが好きな人だ。
他很喜歡管別人的閒事。

贔屓の引き倒し　　**中** 過於袒護，反而帶來麻煩

例 いくらタレントがかわいくても、褒めすぎることをしては贔屓の引き倒しになりかねない。
不管偶像藝人有多討人喜歡，太過稱讚誇獎熱情支持反而可能會為他們帶來麻煩。

為他人著想

ご機嫌を伺う　　**中** 觀察對方心情好不好

例 上司のご機嫌を伺う。
觀察上司心情好不好。

愛情を注ぐ　　**中** 投注關心

例 母親は子供に愛情を注ぐ。
母親對孩子投注關心。

気持ちを汲む　　**中** 設身處地、設想

例 彼女の気持ちを汲むと、何と声を掛けたらいいのかわからなくなる。
站在她的立場去想這件事，反而不知道該說什麼才好。

身(み)になる　中 設身處地；有營養

例 苦(くる)しんでいる人(ひと)の身(み)になって考(かんが)えてみれば、そういう発(はつ)言(げん)で傷(きず)つくのも分(わ)かる。

試著站在受難者的角度來想，就能理解那樣的發言是很傷人的。

身(み)につまされる　中 感同身受、設身處地

例 隣(となり)の家(いえ)が火事(かじ)になったことは、まったく身(み)につまされる話(はなし)だ。

完全可以體會鄰居發生火災的心情。

心(こころ)を鬼(おに)にする　中 為了對方著想，狠下心

例 時(とき)には、心(こころ)を鬼(おに)にして、子供(こども)を叱(しか)らなければならない。

有的時候為了孩子好，不得不狠下心罵他們。

✿冷淡、輕視

木(き)で鼻(はな)を括(くく)る　中 愛理不理

例 電話(でんわ)での応対(おうたい)は、まさに木(き)で鼻(はな)を括(くく)ったようなものだった。

他在電話中的態度完全就是愛理不理的樣子。

気(き)がない　中 毫不關心

例 彼女(かのじょ)には何(なに)を話(はな)しても、気(き)が無(な)い返事(へんじ)しか返(かえ)ってこない。

不管跟她說什麼，都只會得到事不關己的回覆。

冷たくする　**中** 冷淡對待

例 子供のわがままに対して、たまには冷たくしたほうがいいかも。
對於孩子的任性，有時冷淡應付或許比較適當。

尻目に掛ける　**中** 不以為然，帶有輕視或無視的感覺

例 先生は騒ぎを尻目に掛けて、さっさと立ち去った。
老師無視大家的吵鬧，快速地離開。

顎で使う　**中** 頤指氣使

例 あの社長は傲慢で、社員を顎で使う。
那位總經理很傲慢，常對員工頤指氣使。

顎をしゃくる　**中** 囂張瞧不起人

例 彼の、仕事の指示をするときの顎をしゃくる動作が嫌いだ。
我很討厭他工作上發號施令時那種囂張瞧不起人樣子。

陰口を叩く　**中** 背後說壞話

例 いつも、人の陰口を叩く彼は、みんなからも陰口を叩かれている。
他常在背後說人壞話，所以大家也都在他背後說他的壞話。

虚仮にする　**中** 瞧不起、輕視

例 彼は、私が泳げないというだけで、私を虚仮にする。
就因為我不會游泳他就瞧不起我。

高を括る　**中** 瞧不起

例 彼は喧嘩が弱いと高を括っていたら、意外に強かった。
覺得他打架很弱而看輕他，没想到意外地強。

舌を出す　**中** 暗中恥笑

例 行動は善人、でも腹の底で舌を出すなんて、偽善者に違いない！
表面上是個善良的人，其實心裡卻恥笑著他人，根本就是個偽善者！

下に見る　**中** 看不起

例 私を下に見る友人は本当の友達じゃない。
看不起我的友人才不是真正的朋友。

頭が高い　**中** 無禮、傲慢

例 社長の前で、君たち、頭が高いぞ。
在總經理面前，你們太過無禮了。

背中を向ける　**中** 冷淡、不關心

例 お世話になった人に背中を向けるとは、失礼だよ。
對曾經關照過自己的人如此冷漠是很失禮的。

けんもほろろ　**中** 極其冷淡

例 彼は、いつもけんもほろろなあいさつしかできない。
他總是極其冷淡地打招呼。

冷たい目で見る　中 冷眼相對

例 合コンで何故か女子から冷たい目で見られる男、実は既婚者だと分かった。
聯誼的時候，莫名被女生冷眼相待的男生原來是因為已經結婚了。

鼻であしらう　中 冷淡敷衍

例 彼が話してくることは、いつもつまらないので、いつも鼻であしらっている。
他總是說一些無聊話，所以我都隨便敷衍過去。

鼻先であしらう　中 不把對方當一回事，敷衍以對

例 彼はいつも私を鼻先であしらう。
他一直對我很敷衍。

鼻で笑う　中 嗤之以鼻，表示瞧不起對方

例 「そんなことも知らないの？」と、鼻で笑った。
他嗤之以鼻地說：「連那種事情都不知道？」。

鼻先で笑う　中 瞧不起對方，哼聲嘲笑

例 私が意見をしたら、皆鼻先で笑った。
我只要提出意見，大家都不屑地冷笑。

馬鹿にする　中 瞧不起

例 新人だからといって、馬鹿にしてはいけない。
不能因為是新人就瞧不起人家。

にべもない　中 冷淡

例 私の告白は、にべもなく断られた。
我的告白被冷淡地拒絕了。

袖にする　中 冷淡面對

例 しつこく誘ってくる相手を袖にする。
冷淡面對一再邀約的煩人對象。

鼻持ちならない　中 令人作嘔、不敢恭維

例 彼のエリート意識が鼻持ちならない。
他的自我菁英意識令人不敢恭維。

反吐が出る　中 作嘔、討厭

例 彼の笑い声を聞くと、反吐が出る。
聽到他的笑聲就討厭。

不理睬、裝沒事

外方を向く 中 不予理會

例 呼びかけに、外方を向く。
對叫喚聲不理不睬。

横を向く 中 反對、忽視

例 彼はいろんな人から横を向かれている。
他被許多人忽視。

歯牙にも掛けない 中 不足掛齒、置之不理

例 あんな悪いやつ、歯牙にも掛けない。
那種壞傢伙，不足掛齒。

目をつぶる 中 睜隻眼閉隻眼；死亡；假裝沒看到

例 今回だけは、目をつぶってやるから、二度と失敗するな。
這次就先睜隻眼閉隻眼，但下不為例，別再給我失敗了。

口を拭う 中 若無其事

例 横領までしておきながら、彼はすべてについて口を拭った。
連盜領款項這種事都做了，他卻還是能表現得若無其事。

水に流す

中 當作沒發生過

例 過去のいさかいは水に流そう。
就讓過去的不愉快付諸流水吧！

馬鹿になる

中 ①裝瘋賣傻 ②失去效用③失去知覺

例 ①この会社で保身するために、馬鹿になるしかない。
想要在這家公司明哲保身就只能裝傻了。

例 ②この自転車は、ブレーキが馬鹿になっているから、危険だ。
這輛腳踏車的煞車失靈了，很危險。

例 ③ずっと走り続けていたので、両足が馬鹿になった。
一直都在跑步所以兩腿都累到沒知覺了。

✿ 拒絕

体よく断る

中 委婉拒絕

例 衆議院総選挙への立候補の打診があったが、体よく断った。
被詢問有無參選眾議院選舉的意願，委婉地拒絕了。

肘鉄砲を食わす

中 嚴詞拒絕

例 心配しなくてもいいですよ、彼は何度も肘鉄砲を食わしても、すぐに立ち上がるタイプだから。
不用擔心啦，他是那種不管被拒絕幾次都可以馬上恢復元氣的人。

御免を被る　　**中** 拒絕

例 このあたりで、私は御免被ります。
我先拒絕了。

✿人脈、緣分

顔が利く　　**中** 有勢力、吃得開

例 彼は、あの店の常連なので、顔が利くはずだ。
他是那家店的常客，所以應該挺吃得開。

顔が広い　　**中** 人面很廣

例 彼は、顔が広いので、友人がたくさんいる。
他人面很廣，朋友很多。

人当たりがいい　　**中** 待人很好

例 彼は人当たりがいいから、誰からも好かれる。
他待人很好，很受大家的歡迎。

縁を結ぶ　　**中** 結緣

例 彼らは、お見合いをきっかけに、縁を結んだ。
他們因為相親認識而結緣。

付き合いが広い　**中** 交友廣闊

例 部長は付き合いが広く、様々な方面に友人がいる。
經理是個交友廣闊的人，各式各樣的朋友都有。

敬意

敬意を払う　**中** 心懷敬意

例 天皇陛下には、必ず、敬意を払わなければならない。
必須對天皇陛下心懷敬意。

敬意を表する　**中** 表示敬意

例 彼が世界一になったことに敬意を表します。
他對成為世界第一表達敬意。

感謝

恩を返す　**中** 報恩

例 この間は助けられたので、今度は私がその恩を返すのだ。
上次你救了我，所以這次換我報恩了。

足を向ける　　**中** 非常感謝

例 保坂さんは命の恩人なので、足を向けて寝られない。
保坂先生是我的救命恩人，我非常感謝他。

註 足を向けて寝られない：固定用法。

借りを返す　　**中** 回報恩情

例 今回は相手を助けたことで、借りを返すことができた。
這次以幫助對方來回報之前的恩情。

道歉

詫びを入れる　　**中** 賠罪

例 迷惑をかけた顧客に詫びを入れる。
向造成不便的顧客賠罪。

仇恨

恩を仇で返す　　**中** 恩將仇報

例 いろいろとお世話になったのに、彼は、恩を仇で返すようなことをした。
那個人幫了他很多忙，但他竟然恩將仇報。

仇を恩で報いる　中 以德報怨

例 被害者が犯人に対して、優しい言葉をかけていた。まさに、「仇を恩で報いる」だ。
被害人對加害者好言相對，真是「以德報怨」啊！

仇をなす　中 報復

例 自分をいじめた相手に仇をなした。
報復曾經欺負我的人。

敵を討つ　中 報仇

例 殺された家族の敵を討ちに行った。
為被殺害的家人報仇而出走。

悪意に満ちる　中 充滿惡意

例 友達を必要以上にからかうのは友情ではない。悪意に満ちたイジメだ。
過分嘲弄譏笑朋友並不是友情的表現，而是充滿惡意的霸凌。

悪意を抱く　中 充滿怨恨

例 いじめた奴に対して、悪意を抱く。
對欺負我的人充滿了怨恨。

01-2

恨み(うら)を抱く(いだ)　中 懷恨

例 わけもなく突然解雇(とつぜんかいこ)されたので、彼(かれ)は社長(しゃちょう)に恨み(うら)を抱い(いだ)た。
毫無緣由地遭到開除，所以他對總經理懷恨在心。

恨み(うら)を晴らす(は)　中 報仇

例 過去(かこ)の恨み(うら)を晴らす(は)ため、復讐(ふくしゅう)をした。
為了一掃過往的仇恨，他完成了復仇。

根(ね)に持つ(も)　中 懷恨在心

例 もう随分昔(ずいぶんむかし)のことをいつまで根(ね)に持つ(も)の？
都已經是多久以前的事了，你要懷恨到何時。

恨み(うら)を買う(か)　中 招怨、得罪

例 彼(かれ)はとても優し(やさ)く穏(おだ)やかで、他人(たにん)から恨み(うら)を買う(か)ような人(ひと)ではない。
他既溫柔又平和，不是會得罪人的人。

目(め)の敵(かたき)　中 視為眼中釘

例 彼(かれ)は私(わたし)を目(め)の敵(かたき)にしている。
他將我視為眼中釘。

團結、組隊

徒党を組む　中 勾結同黨

例 同じ職場の女性3人が徒党を組んで私を無視してきます。
有三位女同事連成一氣對我不理不睬。

類は友を呼ぶ　中 物以類聚

例 類は友を呼ぶので私の周りにはお宅が多い。
因為物以類聚，我身邊有很多阿宅。

束になる　中 成群結隊、聯手

例 彼は私たちが束になってかかっても、勝てない。
他是我們聯手也無法取勝的對手。

結束を固める　中 團結一心

例 チームで結束を固めることが必要だ。
同為一個團隊就必須要團結一心。

スクラムを組む　中 同心協力

例 決勝戦で勝つために全員でスクラムを組む。
為了在決賽中取得勝利，大家同心協力。

心を合わせる　中 上下一心

例 全員が心を合わせて新商品の開発に当たる。
全員上下一心，研究開發新產品。

手に手を取る　中 攜手、共同行動

例 駆け落ちした二人は、手に手を取って町を出た。
私奔的兩人一起離開城鎮。

コンビを組む　中 兩人一組

例 卓球の試合に参加するため、先輩とコンビを組む。
為了參加桌球比賽，跟前輩共組一隊。

ペアを組む　中 兩人一組、雙人組

例 アイスダンスでは、男女がペアを組んで出場する。
雙人冰舞是由男女組成搭檔出賽。

有好感

心を奪われる　中 被迷住

例 かっこいい男の子に心を奪われた。
被帥氣的男孩迷住。

情が移る **中** 產生感情

例 友人の猫を預かっていたら、情が移ってしまった。
朋友將貓寄放在這，我對牠逐漸有了感情。

愛情が芽生える **中** 產生感情

例 ポチは捨て犬だったが、餌を与えているうちに愛情が芽生えて、我が家で飼うことにした。
POCHI雖然是撿來的狗，但在照顧餵食的過程中產生了感情，最後決定飼養牠了。

愛情を抱く **中** 產生了情愫

例 いつの間にか彼女はテニス部の先輩に愛情を抱くようになった。
不知何時開始，她對網球隊的學長產生了情愫。

心を寄せる **中** ①仰慕 ②掛心

例 ①彼女にひそかに心を寄せている。
偷偷地仰慕她。

例 ②被災地に心を寄せる頻度がだんだんと少なくなっていくのは仕方がないことなのかもしれませんが、やはり簡単に忘れてはいけない。
逐漸減少對災區的關心或許是在所難免的事，但仍不能輕易將它拋諸腦後。

鼻毛を伸ばす **中** 被女人迷住

例 とびっきりの美人に鼻毛を伸ばす。
被絕色美女迷得團團轉。

✿結束關係

愛情が冷める　　**中** 澆熄了愛火

例 彼の冷酷な態度を見たら愛情が冷めた。
看到他冷酷無情的態度，頓時澆熄了愛火。

愛想が尽きる　　**中** 厭煩

例 私の彼氏は競馬やパチンコばかりするので、もう愛想が尽きた。早く別れたいです。
我男朋友沉溺於賽馬和打柏青哥，我對他的愛已盡，想趕快分手。

袂を分かつ　　**中** 停止交流、決裂

例 仲良しだった友人と、些細なことから袂を分かった。
和好朋友因為一些枝微末節的小事而決裂了。

ひびが入る　　**中** 出現裂痕，亦可形容關係出現嫌隙

例 友情にひびが入る。
友情出現了裂痕。

仲を裂く　　**中** 感情失和、分離

例 彼の退職が最終的に妻との仲を引き裂くものとなった。
他的離職成了與妻子感情失和的最終導火線。

手が切れる　**中** 斷絕關係

例 ある事がきっかけで、悪い仲間と手が切れた。
以某件事為契機，和壞朋友斷絕了關係。

手を切る　**中** 斷絕關係

例 あのIT企業の社長の不倫がばれてから、早速不倫相手と手を切った。
那個IT企業總經理的不倫戀被踢爆後，火速與對方分手。

縁を切る　**中** 斷絕關係

例 父の反対を押し切って、結婚したため、父から縁を切られた。
因為不顧父親的反對結婚，所以爸爸跟我斷絕了關係。

袖を分かつ　**中** 分手、結束關係

例 結局、彼らは、袖を分かち、別々の道を歩んだ。
結果他們分手了，各自踏上不同的道路。

破局を迎える　**中** 分手；與人別離

例 2年の交際の末、二人は破局を迎えた。
交往了兩年，最後還是分手了。

反りが合わない　**中** 彼此間關係不合

例 彼は上司とどうも反りが合わない。
他跟上司很不合。

✿ 爭吵

修羅場を演ずる（しゅらばをえんずる）　中 激烈的爭吵或鬥爭

例 仲のよかった夫婦がひどい修羅場を演ずることもある。
感情很好的夫妻偶爾也會發生激烈的爭吵。

立ち回りを演じる（たちまわりをえんじる）　中 打架

例 酔った勢いで、チンピラと立ち回りを演じた。
藉著酒膽跟小混混打架。

ただでは置かない（ただではおかない）　中 不輕易放過、不善罷甘休

例 私にこんな恥をかかせて、ただでは置かない。
竟讓我受到這種屈辱，我不會善罷甘休的。

ただでは済まない（ただではすまない）　中 不會輕易饒過

例 社長にあんな恥をかかせて、ただでは済まないよ。
讓總經理受到這種屈辱，不可能輕易被饒恕的。

✿ 和好

示談が成立する（じだんがせいりつする）　中 私下和解

例 交通事故の被害者と示談が成立したことで、民事訴訟は取り下げになった。
跟車禍被害者私下和解後，撤銷了民事訴訟。

誤解を解く　**中** 解開誤會

例 誤解を解くためにも、彼女と話し合わなければならない。
要解開誤會就不能不和她說話。

縒りを戻す　**中** 重修舊好

例 彼と彼女は、喧嘩したが、縒りを戻したようだ。
他雖然跟女朋友吵架了，但現在似乎又和好了。

元の鞘に収まる　**中** 重修舊好、破鏡重圓

例 長年絶縁状態だった兄弟だが、今では、元の鞘に収まっている。
已斷絕關係多年的兄弟如今重修舊好。

仲を取り持つ　**中** 調解

例 私が二人の仲を取り持つことになった。
變成我在調解兩人之間的問題。

中に立つ　**中** 從中調解

例 私が中に立って、交渉する。
我居中調解，進行交涉。

中に入る　**中** 介入調停、仲介

例 先生が中に入って話をまとめる。
老師介入協調，歸納出結論。

折り合いが付く　中 妥協、和解

例 契約内容の折り合いが付いた。
雙方對合約內容都做出妥協了。

找碴

言いがかりを付ける　中 找碴

例 その男は電車の中で肩が触れた人に言いがかりをつけ、けんかを始めた。
那個男生在電車上找擦肩而過的人的碴，並爭吵了起來。

いちゃもんを付ける　中 惹是生非、找碴

例 店員の接客態度が悪いと、ヤクザは店員にいちゃもんを付けた。
推說店員的服務態度不好，流氓開始藉故找碴。

因縁を付ける　中 找理由、找碴

例 ヤクザが些細なことに因縁をつけて、ケンカを吹っかけてきた。
流氓挑小事找碴打架滋事。

信頼

信用にかかわる　中 影響到信用

例 大事故を起こしたら、我が社の信用にかかわるから、気を付けるように。
發生大事故會影響到我們公司的信用，請小心注意。

信用(しんよう)を失(うしな)う　中 失去信用

例 あんな大事故(だいじこ)を起(お)こして、あの会社(かいしゃ)は世間(せけん)からの信用(しんよう)を失(うしな)った。
發生這麼大的事故，那間公司已經失去社會對它的信用了。

信用(しんよう)を得(え)る　中 得到信任

例 信用(しんよう)を得(え)ることは、そう簡単(かんたん)なことではない。
要得到信任不是那麼簡單的事。

與外界的聯繫

門戸(もんこ)を閉(と)ざす　中 閉關自守、斷絕往來

例 鎖国(さこく)とは、外国(がいこく)に対(たい)して門戸(もんこ)を閉(と)ざすことである。
鎖國指的就是和國外斷絕往來。

門戸(もんこ)を開(ひら)く　中 開放門戶

例 開国(かいこく)とは、外国(がいこく)に対(たい)して門戸(もんこ)を開(ひら)くことである。
開國指的就是開放與國外往來。

殻(から)に閉(と)じこもる　中 躲在自己的世界裡

例 彼(かれ)は、皆(みな)からいじめられたために、自分(じぶん)の殻(から)に閉(と)じこもってしまった。
他因為被大家欺負，所以封鎖在自己的世界裡。

世を忍ぶ　　**中** 隱姓埋名

例 正義のヒーローは、普段は、世を忍ぶ仮の姿で生活している。
正義的英雄平常都過著隱姓埋名的生活。

✿取悅他人

媚態を示す　　**中** 獻媚、巴結

例 出演機会を得るのに、彼女は監督に媚態を示した。
為了爭取演出機會，她巴結導演。

媚を売る　　**中** 獻殷勤、諂媚

例 媚を売ることが嫌いなので、誰に対してもしたことはありませんし、媚を売っている人も苦手です。
我不喜歡阿諛諂媚這種事，也從來都沒有對誰做過，而且諂媚的人讓我很感冒。

色目を使う　　**中** ①拋媚眼 ②獻殷勤

例 ①「ああいう色目を使う女は遊びならかまわないけど、彼女にしたらだめです」と先輩に言われました。
前輩跟我說，像那種動不動就對男生拋媚眼的女人，跟她玩玩還可以，當女朋友就不必了。

例 ②あの女優は監督に色目を使って、主演女優の座を得た。
那個女演員因為對導演獻殷勤，所以得到了女主角的位子。

流し目を送る　**中** 拋媚眼、送秋波

例 彼女はずっと私に流し目を送ってくる。
她一直對我拋媚眼。

モーションを掛ける　**中** 向對方採取行動，特別指對異性展開攻勢

例 新入社員に盛んにモーションを掛ける。
頻頻對新進員工採取追求攻勢。

顔色をうかがう　**中** 看人臉色

例 彼はいつも、相手の顔色をうかがってからしか、行動しない。
他永遠只會看對方的臉色做事。

変わり身が早い　**中** 見風轉舵

例 彼女は変わり身が早いので、敵か味方か、いつもわからない。
她見風轉舵的速度很快，總讓人分不出是敵是友。

背叛

寝返りを打つ　**中** 背叛；睡覺翻身

例 ずっと味方だと思っていたのに、急に寝返りを打つとは信じられない。
一直以為是同伴的人竟然說背叛就背叛，真叫人不敢相信。

弓を引く　　中 ①背叛、反抗 ②拉弓射箭

例 ①まだ、親に養ってもらっている身だから、親に弓を引くわけにはいかない。
再怎麼說也是父母親養大的，沒有理由反抗他們。

例 ②強い弓を引けるようになるために、筋トレをしたいです。
為了拉出強而有力的弓射箭，所以想做肌肉訓練。

煮え湯を飲まされる　中 遭親信背叛

例 彼女には、何度も煮え湯を飲まされた。
被她背叛了好幾次。

聚會、社交

式を挙げる　　中 舉行儀式（常指婚禮）

例 ホテルで式を挙げる。
在大飯店舉行儀式。

祝儀を弾む　　中 多給禮金

例 親友の結婚式なので、祝儀を弾んだ。
因為是好友的婚禮，所以多包了一些禮金。

祝杯を上げる　中 舉杯慶祝

例 斉藤はやっと就職が決まって、お祝いにスナックで祝杯を上げたが、無銭飲食で逮捕された。
齊藤好不容易找到工作，於是到居酒屋喝酒慶祝，但卻因為吃霸王餐而遭警方逮捕。

梯子をする　中 續攤好幾間店喝酒

例 昨日はついつい何軒も梯子をしてしまった。
昨天不知不覺喝酒續了好幾攤。

一席設ける　中 設宴

例 卒業を祝って一席を設けるので、皆さんで一緒に食事をしましょう。
為了慶祝畢業而訂了宴席，大家一起享用吧！

色を付ける　中 包紅包、禮金

例 彼にはいろいろとお世話になったので、お礼に色を付けた。
一直承蒙他的關照，禮貌上包了個紅包給他。

餞別を贈る　中 送餞別禮

例 職場の先輩が退職されることになったので、同じチームの有志で餞別を贈ることになりました。
公司前輩要離職了，同組有心的成員們決定送他餞別禮。

袖を引く

中 ①邀請 ②（扯袖子）小聲提醒

例 ①一緒に映画を見に行こうと袖を引く。
邀他一起去看電影。

例 ②気を付けろとコーチが袖を引いた。
教練輕聲叮嚀我：「小心點！」。

✿試探、打動人心

腹を探る

中 揣測對方的心意或想法

例 試合に勝つために、相手の腹を探る。
為了贏得比賽，摸清楚對手的底細。

心を引く

中 ①試探對方心意 ②引人入勝

例 ①誘いを掛けて相手の心を引いてみます。
約她出來試探她的心意。

例 ②街中の公告は、心を引くように書かれている。
街上的公告寫得引人入勝。

心が動く

中 心動

例 熱心な勧誘にも心が動くことはなかった。
再怎麼努力說服也絲毫不心動。

心に突き刺さる　中 進到心坎裡

例 彼の一言が、心に突き刺さった。
他的一句話，說到了我的心坎裡。

心を掴む　中 抓住…的心

例 彼が作ったCMは、消費者の心を掴んだようだ。
他所製作的廣告，抓住了消費者的心。

其他 ＊按五十音排列

愛想が悪い　中 不友善

例 彼は愛想が悪いので友達が少ない。
他不怎麼友善，所以朋友也很少。

相手にする　中 搭理

例 あの男は嘘ばかりついて信用できない。話しかけられても相手にするな。
那個男人說謊成性，不值得信任。他找妳講話妳也不要理他。

足を引っ張る　中 扯人後腿

例 自分の勝利の為に、彼は隊員の足を引っ張った。
他為了自己的勝利，不惜扯隊友的後腿。

油を注ぐ　**中** 火上加油

例 彼の行動は、上司の怒りに油を注いだ形となった。
他的行為等於是在對主管的憤怒火上加油。

後ろ髪を引かれる　**中** 依依不捨

例 もうすぐ出発の時間だ。後ろ髪が引かれるが行かねばならない。
快到出發時間了，雖然依依不捨但還是得走。

お百度を踏む　**中** 有事相求多次拜訪

例 契約を取り付けるために、お百度を踏む。
為了取得合約，去拜訪了好多次。

恩恵を施す　**中** 施恩惠

例 彼は、困っている人たちに恩恵を施している。
他救濟那些生活困苦的人。

恩を売る　**中** 賣人情

例 彼は、ただ恩を売るつもりで、みんなに優しくしているのだ。
他對大家好只是想賣人情。

感情を害する　**中** 傷感情、得罪

例 「ゲストの感情を害するような質問は、お控えください。」とのアナウンスが流れた。
廣播傳來：「請注意小心別問到會得罪來賓的問題」。

胸襟を開く　中 敞開心胸

例 首相は、野党の人たちと、胸襟を開いて話し合いたいと言った。
首相表示，希望能和在野黨的人敞開胸懷一起討論。

楔を打ち込む　中 ①挑撥離間②強行介入

例 ①A国とB国の友好に楔を打ち込む。
挑撥A國與B國的友好關係。

例 ②あなたの心に一本の楔を打ち込むことができる言葉は何でしょう。
哪句話最能撼動你的心呢？

誤解を招く　中 招來誤會

例 彼は誤解を招くような行動をとったせいで、彼女にフラれてしまった。
他因為做了一些容易令人誤會的舉動，被女朋友甩了。

コンタクトを取る　中 接觸、連絡

例 取引先とコンタクトを取る。
跟客戶取得聯繫。

調子を合わせる　中 迎合對方

例 気難しい人に、調子を合わせるのは疲れる。
要配合難搞的人真的很累。

つてを辿る　中 靠關係

例 あらゆるつてを辿って、問題の解決を図る。
為了解決問題找了各種門路靠關係。

つてを求める　中 尋求門路

例 つてを求めて渡米した。
尋求門路遠渡美國。

罪なことをする　中 不近人情

例 彼らを別れさせるなんて、君も罪なことをするものだね。
讓他們分手什麼的，你也太不近人情了吧。

点数を稼ぐ　中 為了爭取分數，儘量給人好印象

例 人がやりたがらない仕事をすることで、彼は点数を稼いだ。
他靠著做大家不想做的工作來為自己的印象加分。

橋を渡す　中 作為兩方的橋梁

例 有能な翻訳者として、両国の文化に橋を渡すことを目指します。
作為一個有能力的譯者，以搭起兩國文化的橋梁為目標。

膝を突き合わす　中 面對面坐著談話

例 膝を突き合わせて対策を練る。
面對面商擬對策。

火に油を注ぐ　**中** 火上加油

例 もう、火に油を注ぐような言い方はやめなさい。
拜託，請不要再用這種只會火上加油的方式說話了。

二股を掛ける　**中** 腳踏兩條船；雙管齊下

例 心から愛している彼女が二股を掛けているなんて、とても信じられないよ。
打從心底深愛的女友居然會腳踏兩條船，真是無法置信啊！

右と言えば左　**中** 唱反調

例 彼は何でも右と言えば左という人だから、彼に言われたことなどいちいち気にする必要なんてないよ。
他這個人很喜歡唱反調，所以不必逐一在意他所說的喔。

向こうに回す　**中** 當作對象

例 専門家を向こうに回して自説を通す。
以專家為對象論述自己的意見。

渡りを付ける　**中** 建立關係、溝通交涉

例 お互いの意見が、ぶつかった時は、まず、渡りを付けることが大切だ。
當彼此的意見相牴觸時，溝通交涉是很重要的。

2 工作職場

02

職場用語／開店、關店／開會討論／確認、修正／創業／領導／權力、權勢／負責／壓力／交接／執行計畫時／拍馬屁／收購／離職、革職／成功／風險／其他

職場用語

客が付く（きゃくがつく） 中 顧客光臨

例 今日のせりでは、すぐに客が付いた。
今天的拍賣會很快就招攬了許多顧客光臨。

客を引く（きゃくをひく） 中 招攬顧客

例 繁華街では、怪しいお店の人が客を引く姿をよく見かける。
在鬧區中，常常可以看到奇怪的店家在招攬客人。

客足が落ちる（きゃくあしがおちる） 中 顧客減少

例 食中毒のせいで、他の店でも客足が落ちた。
因為食物中毒的關係，連其他店的顧客量也跟著減少了。

客足が遠のく（きゃくあしがとおのく） 中 顧客減少

例 食中毒があってからは、すっかり客足が遠のいてしまった。
自從食物中毒事件之後，顧客量迅速減少了。

客足が鈍る **中** 顧客減少

例 不景気のせいで、客足が鈍っている。
受到不景氣的影響，客流量下降許多。

店頭に出す **中** 陳列在店面

例 商品を店頭に出す。
將商品陳列在店面。

店頭に並べる **中** 擺在店面販售

例 仕入れた商品を店頭に並べる。
將進貨的商品擺在店面販售。

下取りに出す **中** 以舊換新

例 古くなった電化製品を下取りに出すことで新しい製品が安く買える。
將舊家電以舊換新的方式折價購買新品。

✿開店、關店

店を出す **中** 開店營業

例 彼は店を出すほど、料理の腕がとてもうまい。
他的廚藝棒到可以開餐廳。

店を開ける

中 開店，開始營業

例 調理師免許がなくては、店が開けられない。
沒有廚師證照是不能開店營業的。

店を構える

中 開店做生意

例 人通りが多い所に店を構える。
在人潮多的地方開店做生意。

店を開く

中 開店，開始營業；開始做新的生意

例 お店を開くにはたくさん準備が必要です。
要開一家店需要非常多的準備。

店を畳む

中 倒店、關門大吉

例 年配の奥さんが体を壊したり調子を崩したりしたから、経営が立ち行かなくなって、店を畳むことになった。
因有點年紀的老板娘生病了，所以無法繼續經營下去，店鋪只好關門大吉。

暖簾を下ろす

中 ①（當天）關門 ②歇業

例 ①今日は午前中に商品が売り切れてしまい、早めに暖簾を下ろした。
今天中午之前東西就賣完了，所以比較早休息。

例 ②赤字状態が数ヶ月間続いて、やむを得ず暖簾を下ろすことになった。
連續好幾個月都入不敷出，萬般無奈下只好歇業了。

暖簾を分ける 中 允許資深員工以同樣的店名開新店

例 店を支えてくれた弟子の独立にあたって、暖簾を分けることにした。
讓長久在本店服務的得力助手以同樣的店名獨立出去。

看板を下ろす 中 ①結束營業 ②打烊 ③結束

例 ①不景気で、とうとう、看板を下ろすことを決めた。
因為不景氣，最後還是決定結束營業。

例 ②うちの店はその日の分の麺が売り切れたら、看板を下ろす。
我們店是賣完當日份量的麵就打烊的。

例 ③中国はこのまま社会主義の看板を正式に下ろすわけがないと思う。
我不認為中國的社會主義會正式結束的。

開會討論

意見を戦わせる 中 彼此爭論

例 討論で、互いの意見を戦わせた。
討論時相互爭論。

相談がまとまる 中 討論出結果

例 今日にも、相談がまとまりそうだ。
今天似乎也可以討論出結果。

相談に乗る　中 和某人商量、討論

例 彼が浮かない顔をしていたので、相談に乗ってあげた。
他的表情有點陰鬱，所以找他聊聊。

相談を持ちかける　中 為了解決問題而找人商量

例 彼から、一緒に投資して儲けないかという相談を持ちかけられた。
他找我討論，是否要共同投資、一起獲利。

対策を講ずる　中 採取對策

例 早急に災害への対策を講ずるべきだ。
對於災害應該要儘快採取因應對策。

対策を立てる　中 訂定對策

例 津波がおきた場合の対策を立てておく。
事先訂定發生海嘯時的因應對策。

対策を練る　中 擬訂對策

例 台風災害の対策を練る。
擬訂風災的因應對策。

会議に掛ける　中 在會議中討論

例 この問題を会議に掛けて、解決策を探る。
在會議中提出此問題以尋找解決方案。

会議に諮る　中 在會議中提出來討論

例 今回の問題は、会議に諮られなければならない。
這次的問題必須在會議中提出討論。

熱弁を振るう　中 熱烈討論

例 死刑廃止、存続の両者が熱弁を振るう。
熱烈討論關於死刑存廢的問題。

話が付く　中 談定

例 利益配分については、関係者の間でもう話が付いている。
相關人員已經談妥各自的利益分配。

話が早い　中 談話很快達成共識

例 五年間の経験があるなら、話が早い。
如果已經有五年的經驗，那討論起來應該就很快。

話をまとめる　中 商談出結果

例 同じ日本語をしゃべるにも関わらず、一向に話がまとまらない。
即便同樣都說著日文，但還是完全商談不出結果。

話を進める　中 使交涉或商談進行

例 彼女はよく都合よく解釈して、勝手に話を進めて、本当に自己中心的な人です。

她經常隨便解讀別人說的，然後按照自己想的去做，真是一個以自我為中心的人。

策を講ずる　中 訂定對策

例 彼我両全の策を講ずる。

訂定能創造雙贏的對策。

策を練る　中 縝密策劃

例 今のうちに策を練っておいたほうがいい。

最好趁早擬好縝密的對策。

策を巡らす　中 縝密策劃

例 彼なら、ひそかに策を巡らしているかもしれない。

他啊，搞不好偷偷地在做縝密的計畫也說不定。

確認、修正

念には念を入れる　中 再三確認

例 現場の安全を守るため、念には念を入れて検査する。

為了現場的安全，所以再三檢查。

念を押す　中 反覆確認、叮囑

例 どんな些細なことにでも念を押す必要がある。
不管再小的事情都有反覆確認的必要。

駄目を押す　中 為求謹慎，再次確認

例 仕事上の注意点について、後輩に駄目を押しておいた。
再三提醒後輩工作上應該注意的地方。

念を入れる　中 嚴加注意

例 手紙を書くときは、誤字脱字が無いよう念を入れて書かなければならない。
寫信的時候必須要嚴加注意有無錯字或漏字。

駄目を出す　中 指出錯誤的地方

例 学生の論文に駄目を出す。
指出學生論文錯誤的地方。

大事を取る　中 謹慎小心

例 受験前ですから、軽い風邪だと思ったが、大事を取ってお医者さんにみてもらった。
馬上就要考試了，雖然是小感冒，但謹慎起見還是去看了醫生。

一から十まで 中 仔細地

例 あの子は頭が悪いので一から十まで説明しないとわからない。
那孩子不太聰明，要是沒詳細說明他是聽不懂的。

✿ 創業

会社を興す 中 創業

例 友人と、雑貨の会社を興す。
和朋友一起開賣雜貨的公司。

身を起こす 中 出身、起家

例 彼は、アルバイトから身を起こした。
他是從基層打工做起的。

再起を図る 中 為了東山再起而採取行動

例 ケガで長期戦線離脱していた選手が、再起を図ってトレーニングを始めた。
因為受傷而長時間離開競賽場的選手，為了重回戰場開始進行訓練。

事業を興す 中 開拓事業

例 長年にわたって積み上げてきた貯金をもとに新しい事業を興す。
拿長年積蓄作為資本，來開拓新的事業。

一旗揚げる 中 開創新事業

例 東京へ出て一旗揚げる。
到東京開創新的事業。

領導

イニシアチブを取る 中 取得主導權

例 部長がイニシアチブをとって、このプロジェクトを成功させた。
部長取得主導權，讓這次的計畫成功了。

先に立つ 中 ①帶頭 ②首先感受到的情感、狀態 ③一開始最需要的

例 ①市民運動の先に立って活動する。
帶頭參與市民運動。

例 ②彼女は悔しさより怒りのほうが先に立った。
比起後悔，她更先感到生氣。

例 ③何をするにも、先に立つものはお金だ。
無論做什麼，首先需要的就是錢。

先頭に立つ 中 帶頭領導

例 彼は、独立運動の先頭に立って、活動した。
他帶頭展開獨立運動的活動。

先頭を切る　　**中** 捷足先登、帶頭領先

例 反対運動の先頭を切る。
帶頭參加反對運動。

旗を振る　　**中** 帶頭引導

例 原発を再稼働させないために、旗を振る。
帶頭領導反核活動。

旗を揚げる　　**中** ①舉兵 ②開發新事物

例 ①いよいよ革命の旗を揚げる時が来た。
終於到了舉兵革命的時候了。

例 ②改革を目指し、新党結成の旗を揚げる。
以改革為目標組織新黨。

示しがつかない　　**中** 不能成為表率

例 親がこの有様では、子供に示しがつかない。
身為父母卻是這個樣子，無法成為孩子的表率。

✿ 權力、權勢

権力を振るう　　**中** 大權在握

例 彼は権力を振るって、人々を苦しめてきた。
他掌握大權，使人民苦不堪言。

実権(じっけん)を握(にぎ)る **中** 掌握實權

例 クーデターで、軍部(ぐんぶ)が政治(せいじ)の実権(じっけん)を握(にぎ)った。
透過政變，軍部掌握了政權。

主導権(しゅどうけん)を握(にぎ)る **中** 主權在握

例 議論(ぎろん)では、主導権(しゅどうけん)を握(にぎ)ることが重要(じゅうよう)だ。
討論時，掌握主導權是很重要的。

覇権(はけん)を握(にぎ)る **中** 大權在握

例 彼(かれ)は党内(とうない)の覇権(はけん)を握(にぎ)っている。
他掌握了黨內的大權。

羽振(はぶ)りを利(き)かす **中** 耍弄權勢

例 同級生(どうきゅうせい)のなかでは羽振(はぶ)りを利(き)かしているが、社会(しゃかい)ではとても通用(つうよう)しない。
在同學間耍弄權勢的手段，出了社會上就行不通了。

幅(はば)が利(き)く **中** 呼風喚雨、有權勢

例 彼(かれ)は政治界(せいじかい)では幅(はば)が利(き)くから、任(まか)せておいて大丈夫(だいじょうぶ)だ。
他在政治圈呼風喚雨，交給他不會有問題的。

勢力を張る　中 擴張勢力

例 多くの英雄や実力者たちが各地に勢力を張り、互いに対立して覇を競い合っている。

眾多英雄和擁有實力的人於各地相互對立較勁，爭奪最高權位。

はったりを利かせる　中 裝腔作勢

例 いかにも知っているかのようにはったりを利かせた。

裝腔作勢擺出無所不知的樣子。

見栄を張る　中 虛榮、裝腔作勢

例 見栄を張って彼女にブランド品のバッグを買ってあげた。

打腫臉充胖子買了名牌包給女朋友。

虚勢を張る　中 虛張聲勢

例 彼は虚勢を張ってばかりで、ちっとも素直じゃない。

他只是在虛張聲勢罷了，一點也不誠懇。

鼻息が荒い　中 喘粗氣；盛氣凌人、氣勢洶洶、神氣十足

例 重大な情報を手に入れたその刑事は、鼻息が荒く、特別捜査本部に走って戻ってきた。

入手重大情報的那位刑警，氣喘吁吁地跑回特別搜查本部。

負責

泥をかぶる　中 承擔別人所犯的錯、承擔損失

例 今回のプロジェクトの失敗は、私が泥をかぶれば済むことだ。
這次計畫的失敗就讓我一人來承擔。

肩の荷が下りる　中 卸下責任、鬆一口氣

例 子供たちが皆結婚し、両親はやっと肩の荷が下りた気分であった。
孩子們都結了婚，父母總算可以鬆一口氣。

一翼を担う　中 負擔部分責任

例 旅行者も国際外交の一翼を担っていると自覚した方がよい。
出國旅行的人最好要有肩負著國際外交的自覺。

指揮を執る　中 擔任負責人

例 彼女は新商品開発の指揮を執る。
她擔任此次新商品開發的負責人。

舵を取る　中 掌舵、主導

例 今回は彼がプロジェクトの舵を取る。
由他主導這次的計畫。

采配を振る　　中 下指令

例 板長が料理のすべての采配を振る。
主廚對所有的料理進行監督。

裁量に任せる　　中 交給對方全權處理

例 この件に関しては、彼の裁量に任せてある。
這件事就交由他全權處理了。

けじめを付ける　　中 扛起責任；劃清界線；做了斷

例 今回の不祥事については、いずれけじめを付けるつもりだ。
這次發生的醜聞，總有一天要做了斷。

重責を担う　　中 接下重責大任

例 なにしろ隊長は、東京の治安を守る重責を担う人なのだ。
不管怎麼說，隊長可是守護東京治安、扛起重任的人呀！

重責を果たす　　中 履行責任

例 議長の重責を果たすため、全力を尽くしていく。
為了履行議長的責任而使出全力。

責任を負う　　中 擔起責任

例 上司は部下のしたことについて、責任を負わなければならない。
上司必須要替屬下的所作所為擔起責任。

責任を取る 中 負責

例 不祥事の責任を取って、会社を辞める。
負起造成醜聞的責任而離開了公司。

責任を果たす 中 完成責任

例 仕事を完成させたことで、彼はちゃんと、責任を果たした。
他盡到完成這件工作的責任了。

責任を持つ 中 負責；擔保

例 この仕事は私が責任を持って取り組みます。
這份工作我會負責努力做下去。

責務を果たす 中 負起責任，完成任務

例 会社の管理者は、定められた責務を果たすこと。
公司管理者要擔起應盡的責任。

責めを負う 中 負起責任

例 自分のした事の結果について責めを負う。
對自己做的事情負責。

役目を果たす 中 完成任務、盡責

例 彼はちゃんと自分の役目を果たした。
他有好好地完成了自己的任務。

荷が重い　　中 責任或負擔很大

例 この仕事は彼にとって、荷が重いかもしれない。
這份工作對他來說似乎負擔太重了。

荷が下りる　　中 卸下重擔

例 難しい仕事をやり終えて、やっと、肩の荷が下りた。
完成了艱難的工作，肩上的重擔終於能夠卸下了。

罪に問われる　　中 被追究責任、問罪

例 金融商品取引法違反の罪に問われる。
被控違反金融商品交易法。

壓力

プレッシャーが掛かる　中 加諸壓力、背負壓力

例 試合のとき、プレッシャーが掛かると判断力も落ちるし、体の動きも固くなってしまいます。
比賽時，如果背負太大的壓力反而會影響判斷力，身體也會變得不靈活。

身が軽い　　中 身體輕盈；沒有重擔

例 彼は、身が軽いので、給料は自分のためだけに使える。
他沒有什麼負擔，所以薪水能都花在自己身上。

✿ 交接

道(みち)を譲(ゆず)る　中 ①交接給別人 ②讓路

例 ①そろそろ引退(いんたい)して、後進(こうしん)に道(みち)を譲(ゆず)る年(とし)になった。
到了該引退，讓後輩接手的年紀了。

例 ②交差点(こうさてん)を渡(わた)り切(き)れないお年寄(としよ)りに道(みち)を譲(ゆず)る。
讓路給不方便過十字路口的老人。

手(て)に渡(わた)る　中 由別人接手

例 受(う)け継(つ)いだ店(みせ)が、他人(たにん)の手(て)に渡(わた)ってしまった。
將繼承來的店轉手交給別人。

バトンを渡(わた)す　中 交棒、交接

例 若(わか)い世代(せだい)にバトンを渡(わた)して現役(げんえき)から退(しりぞ)く。
交接給年輕世代，離開了目前的職位。

✿ 執行計畫時

事(こと)を急(いそ)ぐ　中 匆忙行事

例 事(こと)を急(いそ)ぐと元(もと)も子(こ)も無(な)くします。
貪快則易誤事。

事を起こす　**中** 採取行動、惹事

例 人生、やったもん勝ちです。どんどん事を起こすだけの決意が生じた。
人生，採取行動的人才是贏家。這句話讓我有了凡事付諸行動的念頭。

首を懸ける　**中** 賭上飯碗

例 彼は、このプロジェクトに首を懸けている。
他為了這個企劃賭上飯碗。

肩に掛かる　**中** 責任全在…

例 プロジェクトの成功というみんなの期待が、自分の肩に掛かっている。
大家將對這次企劃能成功的期待都放在我身上了。

腕を振るう　**中** 施展才幹、大顯身手

例 友達が遊びに来たので、腕を振るってカレーライスを作った。
因為朋友來我家玩，所以大顯身手做了咖哩飯。

肝を据える　**中** 放膽去…

例 来るところまで来たのだから、肝を据えて、取りかかろう。
現在是最好的時機，放膽去執行吧！

体で覚える　**中** 親身體驗

例 仕事は、頭だけではなく、体で覚えるものだと上司から言われた。
上司跟我說：「工作不是只用腦袋，而是要親身去體驗。」

手を組む
中 協力合作

例 新商品の開発は、同業他社と手を組んで行う。
與同業的其他公司攜手合作進行新商品的開發。

手を下す
中 親自執行

例 部長自ら手を下して、計画を実行する。
經理親自動手執行這次的計劃。

手を付ける
中 ①著手進行 ②開始使用

例 ①行政改革から手を付ける。
從行政改革著手進行。

例 ②生活に困って、定期預金に手を付ける。
因為生活過不下去了，只好開始動用定存的錢了。

手を取る
中 握住別人的手、悉心指導

例 書道は父が初歩から手を取って教えてくれた。
我的書法是爸爸手把手悉心教導的。

腰を上げる
中 採取行動

例 行政機関がやっと、重い腰を上げた。
行政機關總算開始採取行動了。

白羽の矢が立つ　中 脫穎而出

例 新しいプロジェクトのリーダーとして、彼に白羽の矢が立った。
身為新企劃團隊的領導者，他從眾脫穎而出。

契約を交わす　中 簽約

例 A社とB社で正式に契約を交わすことになった。
A、B兩社正式簽下了合約。

契約を結ぶ　中 簽約

例 契約を結んだら、一方の都合で簡単に契約を解除することはできない。
契約一旦簽訂了，就無法單方面輕易地擅自解除。

判を押す　中 蓋章

例 部長は契約書に判を押し、契約が成立した。
經理在合約上蓋章，合約生效。

苦言を呈する　中 提出忠告

例 今回の子会社の失態に、親会社の社長が苦言を呈した。
總公司總經理對這次分公司失態的事件提出了忠告。

話に乗る　**中** 被別人的計畫或邀約吸引

例 保険会社の営業話に乗ると、ろくなことがない。ちゃんと自分で判断するべきだ。
若是聽信保險公司業務員的話，通常不會有什麼好事，應該要自己謹慎判斷。

拍馬屁

神輿を担ぐ　**中** 奉承、捧高他人

例 社長の神輿を担いで利権を得ようなんて、見苦しい限りだ。
想藉奉承總經理來獲得利益的行為，真是讓人看不下去。

機嫌を取る　**中** 討好、奉承

例 上司の機嫌を取るために、お世辞を言う。
為了討好上司而說些阿諛奉承的話。

胡麻を擂る　**中** 拍馬屁

例 課長は、いつも部長に胡麻を擂っている。
課長老是在拍經理的馬屁。

尻尾を振る　**中** 拍馬屁、搖尾乞憐

例 出世のために上司に尻尾を振るようなまねはしたくない。
不想為了出人頭地而拍上司的馬屁。

気を引く　　中 討好、讓對方喜歡自己

例 彼の気を引くために、私はあらゆる努力を惜しまない。

為了討他歡心，做任何努力也在所不惜。

收購

傘下に収める　　中 納入旗下

例 有名企業を買収し傘下に収める。

買下知名企業將它納入旗下。

傘下に加える　　中 納入旗下

例 わが社は同業社を傘下に加え、グループ企業化することを検討しております。

本公司正準備將同業併入旗下，成為企業集團。

傘下に入る　　中 加入旗下

例 有名企業は、Ａ社に自社株すべてを売却した後、B社の傘下に入った。

知名企業將自家股票全部賣給Ａ公司後，加入了B公司的旗下。

✿離職、革職

暇を出す 中 解雇

例 不景気で、工場が操業できないので、従業員に暇を出した。
因為經濟不景氣，工廠無法營運，所以把員工給解雇了。

暇を取る 中 ①請辭 ②妻子提出離婚 ③休假 ④費時間

例 ①体の調子が崩れたので、暇を取って家で休養する。
因為健康狀況出問題，所以辭掉工作在家休養。

例 ②暇を取って実家へ戻る。
離婚後，回到娘家。

例 ③法事のため暇を取る。
因為要舉辦喪禮，所以請假。

例 ④暇を取る作業だ。
這是相當耗費時間的工作。

暇を貰う 中 辭職；妻子提出離婚

例 長年運転手を務めてきたが、高齢を理由に、暇を貰った。
雖然當司機已經很長一段時間了，但因為年事已高所以離職了。

首にする 中 開除

例 彼は、無断欠勤が多いので、首にした。
因屢次無故曠職而開除他。

首が危ない **中** 飯碗不保

例 リストラで首が危ない。
因為裁員所以飯碗可能不保。

首が飛ぶ **中** 遭到解雇

例 今度のプロジェクトに失敗したら、首が飛ぶ。
這次的企劃如果失敗，工作可能就不保了。

首を切る **中** 斬首；革職

例 仕事で失敗した数人の首を切った。
在工作上犯錯的數人皆遭到革職。

首を挿げ替える **中** 職位被他人取代

例 総理の首を挿げ替えた。
總理的位置被取代了。

引き際が悪い **中** （從原本的地位）下台、引退的時機點不對

例 せっかくの名俳優でも、引き際が悪いと、印象が良くない。
即便是難得的名演員，若該引退時不引退的話也會讓人留下不好的印象。

引き際を誤る

中 （從原本的地位）下台、引退的時間點不好

例 企業経営者でも政治家でも、引き際を誤ると、それまで獲得していた功績と名声を一気に失うことがある。

不論是企業經營者或是政治家，若錯失了下台的時機，那麼過去的功績和名聲也有被一筆勾銷的可能。

年季が明ける

中 學徒、雇用期限終了

例 定年でとうとう年季が明けてしまった。

到了退休年齡，雇期也滿了。

任期が切れる

中 任期結束

例 今年の9月末で学長の任期が切れる。

在今年9月底，大學校長的任期就將結束了。

任期を全うする

中 做滿任期

例 彼は4年の任期を全うして、政界から引退した。

他做滿4年任期後，就從政界引退了。

職を失う

中 失業

例 いい年してリストラされて職を失った。

一把年紀了，卻被公司裁員而失業了。

身を引く
中 引退、斷絕關係

例 好きだった女性の結婚が決まり、彼はようやく身を引く決心がついた。
因為心儀的女性決定和別人結婚，他終於下定決心退出。

成功

一花咲かせる
中 有所成就

例 引退前にもう一花咲かせたい。
想在退休前再完成一番成就。

実を結ぶ
中 成功

例 努力が実を結んで、プロジェクトが成功した。
努力有了收穫，成功完成了企劃。

花を咲かせる
中 ①功成名就 ②熱鬧、熱烈起來

例 ①長い間、努力の種をまいてきて、やっと成功の花を咲かせることができた。
經過長期的努力，現在終於得以收穫了。

例 ② 30 年ぶりの同窓会で、思い出話に花を咲かせた。
在睽違30年的同學會上，熱烈地談論往事。

花を添える　　中 錦上添花

例 音楽隊による演奏が式典に花を添える。
樂隊的演奏讓典禮錦上添花。

手柄を立てる　　中 立下功勞，一舉成名

例 敵将の首をとって、ようやく手柄を立てることができた。
取下敵方將領的首級一舉立功。

風險

リスクが大きい　　中 風險很大；損失慘重

例 今回の計画は、あまりにもリスクが大きすぎる。
這次的計劃風險太大。

リスクを負う　　中 承擔風險

例 この計画は、君がリスクを負ってまでする仕事ではない。
這個計劃的風險並不需要由你來承擔。

リスクを伴う　　中 伴隨風險

例 このプロジェクトの成功には、大きなリスクが伴うが、やらないわけにはいかない。
要使這個計劃成功雖會伴隨著巨大的風險，但一定要執行。

其他 ＊按五十音排列

上座に据える　中 坐大位

例 主役は必ず、上座に据えるものだ。
主角一定是坐在大位上的人。

肝に銘ずる　中 銘記在心

例 社長の言葉を肝に銘じて、これからもがんばってくれ！
將社長的話銘記在心，接下來也好好努力吧！

脚光を浴びる　中 展露頭角

例 今韓国の芸能人が脚光を浴びている。
現在韓國的藝人正展露頭角。

首が繋がる　中 保住飯碗

例 プロジェクトが成功し、何とか首が繋がった。
企劃成功，總算保住了飯碗。

逆鱗に触れる　中 觸怒上級

例 彼の不用意な一言が、上司の逆鱗に触れて、結局会社をクビになってしまった。
他不經意的發言觸怒了上司，結果遭到開除。

下駄を預ける 中 全部託付

例 この仕事は、彼に下駄を預けている。
這件工作已全部都託付給他了。

士気が上がる 中 士氣高漲

例 社長の一言で社員の士気が上がった。
總經理一句話就讓員工的士氣高漲。

指示を仰ぐ 中 請示

例 困ったときは、上司の指示を仰ぐ。
遇到困難的時候，請示上級。

実績を上げる 中 做出一番成績

例 仕事で実績を上げることができるかどうかは、決して環境によって決まるものではない。
能否在工作方面做出成績並非取決於環境。

使命を帯びる 中 肩負任務

例 地球を救う使命を帯びて戦う男。
肩負著拯救地球使命奮戰的男人。

使命を果たす　**中** 達成任務

例 重要書類を届けたことで、使命を果たした。
將重要資料送達，完成任務。

使命を全うする　**中** 完成任務

例 今度こそ、与えられた使命を全うしようと決意をした。
這次一定要完成被賦予的使命。

席を外す　**中** 不在位子上

例 彼は只今席を外しております。
他現在剛好不在位子上。

潰しが効く　**中** 既使離職也不怕沒有工作

例 教師免許を取得したので、就職のときに潰しが効くと言っている。
因為拿到了教師證，所以不怕沒有工作。

鶴の一声　**中** 上位者的一聲令下

例 新商品の開発は、社長の鶴の一声で中止になってしまった。
社長一聲令下，新商品的開發全面中止。

手足となる　**中** 成為某人的左右手

例 部長の手足となって働く。
擔任社長的左右手替他工作。

手が早い 中 ①工作速度快 ②馬上就暴力相向 ③動作很快的男生／女生

例 ①手が早い彼女は昇進も同期より早い。
她做事很快，所以比同期進公司的同事都還要早升遷。

例 ②友達は手が早いので、怒らせないほうがいい。
朋友很容易就會暴力相向，不要惹他生氣比較好。

例 ③手が早い男は出会ってすぐに女性とキスしようとしたり、体の関係になろうとします。
肉食男與女孩子相處時，通常認識沒多久就獻吻或很快就發生關係。

頭角を現す 中 展露頭角

例 彼は、最近企画が採用されたことで、社内で頭角を現してきた。
他最近因為企劃被採用，開始在公司展露頭角。

二足のわらじを履く 中 身兼二職

例 彼は、屋台の主人とタクシーの運転手の二足のわらじを履いている。
他既是攤販老闆也是計程車司機，身兼二職。

任期を残す 中 任期未滿

例 あの知事は任期を残して、辞職した。
那位市長任期未滿就辭職了。

ノルマを課す　中 分配該做的事、分派進度

例 部員に練習メニューのノルマを課す。
分配社員的練習進度。

ノルマを果たす　中 達成進度

例 今日もいち早く、ノルマを果たした。
今天也迅速地完成了進度。

暖簾にかかわる　中 影響店的信譽

例 食中毒が出たら、この店の暖簾にかかわる。
若發生食物中毒的話，會影響到這家店的信譽。

暖簾に傷が付く　中 信譽下滑

例 あんな店員さんがいたら、店の暖簾に傷が付きますよ。
有那樣的店員會讓這家店的風評變差喔。

花を持たせる　中 給人面子

例 前回は勝たせてもらったので、今回は彼に花を持たせよう。
上次已經得到勝利，這次就把榮耀讓給他吧。

羽が生えたよう　中 非常暢銷

例 リラックマのマグカップは、まるで羽が生えたような売れ行きだ。
拉拉熊的馬克杯非常暢銷。

控えを取る　**中** 做副本、留備份

例 資料を紛失したが、控えを取っておいたので助かった。
弄丟了資料，還好有留備份才得救。

人使いが荒い　**中** 很會使喚人

例 社長は人使いが荒い！もう限界だ。
總經理真是太會操人了！我受不了了！

人使いがうまい　**中** 很會用人，指調派工作等處理得宜

例 部長は人使いがうまいから、部下の力を引き出してくれるはずだ。
經理很會用人，所以應該可以讓我們這些部下發揮能力。

不興を買う　**中** 惹上位者不高興

例 安部首相の政策方針は米国の不興を買った。
安倍首相的政策方針讓美國政府感到不悅。

不問に付す　**中** 不再追究

例 今回のミスは、不問に付されることになった。
這次的過失就不再追究。

メモを残す　**中** 留紙條

例 彼が席を外していたので、机の上にメモを残しておいた。
他不在座位上，所以留了張紙條在桌上。

役職に就く　中 就任重要職位

例 株主総会で承認を経たので、代表取締役という役職に就くことになりました。
經過股東會的認可，就任常務董事。

許しを得る　中 得到許可

例 上司から許しを得て、早退した。
得到上司的允許而早退。

3 家庭、生活

03

食／酒／衣／住／行／樂／料理／生計／成家立業／血緣／繼承／整理打掃／經驗、感受／習慣／其他

食

足が早い 中 ①容易腐敗 ②走路、跑步很快

例 ①鯖や鰯などの青魚は足が早いから、なるべく早く食べ切りなさい。
青花魚和沙丁魚容易腐敗，儘快吃完比較好。

例 ②容疑者は 26 歳の女で、足が早い人と目撃者はそう言っていました。
目擊者表示嫌犯是一名年約26歲，走路很快的女子。

腹の足しにする 中 墊墊胃

例 お嫁さんは披露宴が終わる前にお菓子を軽く食べて、腹の足しにした。
新娘子在婚禮結束之前簡單吃些點心墊墊胃。

舌鼓を打つ 中 舔嘴發出嘖嘖聲，感到很滿足的樣子

例 超高級懐石料理に舌鼓を打った。
吃了超高級懷石料理後，滿意地舔嘴發出嘖嘖聲。

口が肥える

中 挑嘴

例 旦那は口が肥えているから、食べ物にうるさい。
老公的嘴很挑，在吃的方面意見很多。

口に合う

中 合胃口

例 お口に合うかどうかはわかりませんが、どうぞ召し上がってください。
不知道是否合您的胃口，請享用。

食が細い

中 吃很少

例 彼女は食が細いので、茶碗一杯のご飯も食べきれない。
她的食量很小，連一碗飯都吃不完。

食を断つ

中 斷食、絕食

例 ストライキのため食を断っている。
罷工絕食中。

腹鼓を打つ

中（吃得）很滿足

例 おいしい中華料理を平らげて、腹鼓を打った。
吃光美味的中華料理，心滿意足。

口にする

中 吃、喝

例 このような食材は、口にしたことがない。
這種食材我從來沒有吃過。

口に運ぶ 中 吃東西

例 食べ物を口に運ぶときは、こぼさないようにしないといけない。
吃東西的時候，千萬不要掉下來。

腹が膨れる 中 ①吃很飽 ②隱忍不滿悶壞了

例 ①腹が膨れたら、動きたくなくなった。
吃飽之後就不想動了。

例 ②いつまでもはっきり言わずに我慢していたら、腹が膨れるよ。
忍著什麼都不說會悶壞自己喔！

箸が進む 中 大快朵頤

例 父の心配事がなくなり、久々に箸が進んだ。
爸爸沒了擔心的事情，久違地大快朵頤了一番。

箸を置く 中 放下筷子，吃飽了

例 彼は箸を置いて、リビングでテレビを見だした。
他吃飽飯就在客廳看起了電視。

箸を下ろす 中 開始用餐

例 箸を下ろすのがもったいないほど、盛り付けが美しい。
擺盤美得讓人捨不得動手吃。

箸を付ける 中 開始用餐

例 健康を考えてお箸をつける順番を心掛けないといけない。
考量到健康，必須注意用餐的順序。

お茶にする 中 喝茶

例 旅行中、同行者に対して「お茶にしましょうか？」
旅途中問同伴：「要不要喝杯茶?」

歯応えがある 中 有嚼勁

例 細麺ながら歯応えがあるものだ。
雖然是細麵但卻相當有嚼勁。

頬が落ちる 中 形容好吃到臉頰快要掉下來

例 このお店のスイーツは、頬が落ちるほどおいしい。
這家店的甜點好吃到連臉頰都要掉下來了。

頬っぺたが落ちる 中 形容非常好吃到臉頰要掉下來

例 この店の料理は、頬っぺたが落ちるほどおいしい。
這家店的菜好吃到臉頰都快掉下來了。

✿ 酒

グラスを重ねる　中 一杯接一杯地喝

例 珍しいウイスキーに、ついついグラスを重ねてしまった。
喝到珍貴的威士忌，叫人忍不住一杯接一杯。

グラスを傾ける　中 喝酒

例 高級なワインをもらったので、一人でグラスを傾ける。
收到高級的洋酒，獨自小酌個幾杯。

酒が入る　中 喝酒

例 彼は酒が入ると、人が変わる。
他只要一喝酒就會變了個人。

酒が回る　中 喝醉了；將酒傳給在場的人

例 酒が回ってきたのか、彼のしゃべりはろれつが回らなくなってきた。
不知是不是喝醉了，他漸漸開始口齒不清了。

酒に強い　中 酒量很好

例 彼は酒に強いので、何杯飲んでも、顔色一つ変えない。
他酒量很好，喝再多臉都不會變紅。

酒に呑まれる　**中** 指爛醉如泥

例 酒を呑んでいるつもりが、酒に呑まれていることがある。
有發生過本來只打算喝個小酒，但卻搞到爛醉如泥的情況。

酒をあおる　**中** 灌酒

例 ストレスから、酒をあおるようになった。
因為壓力大而猛灌酒。

酒をたしなむ　**中** 喜歡喝酒

例 20歳を超えて、だんだん酒をたしなむようになった。
過了20歲之後，慢慢開始喜歡喝酒。

酒を断つ　**中** 戒酒、禁酒

例 肝臓に病気が見つかったので酒を断つことにした。
發現肝臟方面的疾病，所以決定開始戒酒。

酒を慎む　**中** 謹慎地喝酒、少喝酒

例 健康を意識して、酒を慎むようになった。
開始意識到健康問題後就比較少喝酒了。

酒気を帯びる　**中** 酒醉

例 酒気を帯びて車の運転をするのは、とても危険だ。
酒駕是非常危險的。

杯を傾ける 中 喝酒

例 彼は毎日、夜になると杯を傾けている。
他每天只要到了晚上就在喝酒。

杯を交わす 中 乾杯、敬酒

例 友達と杯を交わす。
和朋友乾杯喝酒。

酔いが醒める 中 酒醒

例 しばらく寝たことで酔いが醒めた。
小睡片刻後酒就醒了。

酔いが回る 中 酒醉

例 酔いが回って、まともに歩けなくなった。
因為喝醉酒而走不穩。

衣

袖を通す 中 穿

例 ウエディングドレスに初めて袖を通した。
第一次穿上結婚禮服。

鼻緒が切れる　　中 木屐或草鞋的繩子斷掉

例 石につまずいて鼻緒が切れた。
被石頭絆倒，鞋帶斷了。

住

廃墟と化す　　中 化為廢墟

例 人が住んでいない建物は、いずれ廃墟と化してしまう。
沒有人居住的建築物，早晚會變成廢墟的。

炉を切る　　中 設置地爐

例 入炉と出炉はどのように炉を切るかによって、名称が変わってくるのです。
依地爐設置方法的不同而有入爐跟出爐的不同名稱。

新居を構える　　中 蓋新家、搬新家

例 郊外に新居を構えた。
在郊外蓋了新家。

水に慣れる　　中 住習慣

例 転居して3年、ようやく東京の水に慣れた。
搬來三年，總算適應了東京的生活。

家を引き払う　中 搬走

例 彼は都会の生活に疲れ果てて、家を引き払って、家族を連れて故郷に帰った。
他厭倦了都市生活，帶著家人搬回故鄉去了。

家を持つ　中 有了自己的房子

例 長年倹約し、貯金をしてついに家を持つことができた。
長期節儉下來終於有了自己的房子。

国に帰る　中 回鄉

例 夏休みになったので、国に帰る。
放暑假了，回鄉看看。

家路に就く　中 回家

例 一日の仕事を終えて、家路につく。
結束了一天的工作，回家去。

家路を急ぐ　中 趕著回家

例 母が心配して待っているので、僕は家路を急いだ。
媽媽很擔心地在家裡等我，所以我趕著回家。

家を空ける　　中 不在家

例 「明日から旅行に行きます。しばらく家を空けますから、留守をよろしく頼みます」と隣の住人に声をかけた。
我跟鄰居說從明天起就要去旅行，暫時不在家，要麻煩他幫我看家。

居留守を使う　　中 假裝不在家

例 電力会社の社員がうちに集金に来たが、お金がなかったので居留守を使った。
電力公司的人來收款，但我身上沒有錢所以假裝不在家。

留守になる　　中 心不在焉；不在家、看家

例 家族が次々と出かけていき、結局、留守になってしまった。
家人們一個接一個出去了，最後只好看家。

留守を預かる　　中 負責看家

例 家族が皆出かけるということで留守を預かった。
家人都出門去了，所以負責看家。

留守を使う　　中 假裝不在家

例 借金の取り立てが怖いので、いつも、留守を使っている。
來討債的很可怕，所以都假裝不在家。

錦を飾る　中 衣錦還鄉

例 成功を収めて、故郷に錦を飾ろうという決意で町を出た。
抱著要功成名就、衣錦還鄉的決心離開城鎮。

行

車を捨てる　中 下車步行

例 渋滞ということで、私は車を捨てることにした。
因為塞車所以決定下車用走的。

車を飛ばす　中 飛車、疾駛

例 妻が産気づいたと聞いて、慌てて車を飛ばして、病院に向かった。
聽到老婆快生了，連忙駕著車飛速前往醫院。

車を拾う　中 攔車

例 鉄道で行けるところまで行って、そこからは車を拾うことにした。
打算先搭火車到離那邊最近的站，再攔車過去。

地の利を得る　中 地利之便

例 地の利を得て、地場産業が発展する。
因地利之便，使得這個地區的產業迅速發展。

橋を架ける　中 ①架橋 ②牽線

例 ①最近お兄さんは車が通過出来る橋を架けるゲームに夢中になっている。

哥哥最近沉迷於能讓車子通過的造橋遊戲。

例 ②「運命というのは努力した人に 偶然という橋を架けてくれる」という言葉が好きです。

我很喜歡「命運總會在偶然狀況下拉努力的人一把」這句話。

タクシーを拾う　中 招計程車

例 終電後はタクシーを拾うのも、ひと苦労だ。

在末班車開走後，想招計程車也不是很容易。

トンネルを抜ける　中 穿過隧道、走過低潮期

例 国境の長いトンネルを抜けるとそこは雪国だった。

穿過位於國境的長隧道後便是雪國。

ハンドルを切る　中 轉動方向盤

例 事故に遭ったから、急にハンドルを切った。

因為遇上車禍，緊急地轉動了方向盤。

ハンドルを取られる　中 無法正常操控方向盤

例 高速道路などで横風にあおられてハンドルを取られる場合がある。

行駛在高速公路上，有時候會因為強風而無法控制方向盤。

ハンドルを握る 中 開車

例 目が悪いから、ハンドルを握る時は、メガネを掛けることが条件となっている。
視力不好，所以開車時帶眼鏡成為必要條件。

ペダルを踏む 中 踩腳踏車、鋼琴、汽車煞車等踏板；騎腳踏車

例 上り坂になると、ペダルを踏むことが苦しくなる。
騎腳踏車爬上坡路段時會很辛苦。

足がある 中 有交通工具

例 ここから駅までの足がある。
從這裡可以搭交通工具到車站。

足を奪われる 中 沒有交通工具

例 路線バスが廃止されると、通勤通学の足が奪われる。
如果這條公車路線被廢止了，那通勤的人就沒有交通工具可搭乘了。

波を切る 中 破浪

例 漁船が波を切って進む。
漁船破浪前進。

樂

将棋を指す　中（將棋）對弈

例 久しぶりに、友人と将棋を指した。
睽違許久地與朋友對弈。

碁を打つ　中 下圍棋

例 久々に我が家にやってきた彼と碁を打って楽しんだ。
和許久沒來我們家的他一起下圍棋很開心。

カメラを回す　中 攝影

例 面白い場面が撮れないかと、いつもカメラを回している。
不知道能不能拍下些有趣的畫面，所以一直不斷地攝影。

料理

出しを取る　中 熬高湯

例 鰹節や昆布を使って出しを取る。
用柴魚乾或昆布熬高湯。

味を調える　中 調味

例 塩と胡椒でチャーハンの味を調える。
用鹽巴和胡椒粉幫炒飯調味。

味を見る **中** 嚐嚐味道

例 味噌汁の味をみる。
嚐嚐味噌湯的味道。

火を通す **中** 加熱（食物）

例 肉の生食は危険です。肉はよく火を通して食べましょう。
吃生肉是很危險的，肉類應該要完全加熱後再食用。

熱を加える **中** 加熱

例 母は毎日夜勤明けで、私は小さい頃から、毎日電子レンジで熱を加えてから食事をしていた。
媽媽每天都值夜班到天亮，所以我從小就每天吃微波爐加熱的食物。

火加減を見る **中** 顧火、確認火勢強弱

例 プリンを作る時はちゃんと火加減を見ていないと、すぐ焦げ付いてしまうよ。
做布丁時要是不小心顧著爐火的話，很快就會燒焦了喔！

薬味を利かせる **中** 添加辛香料增加風味

例 四川料理とは、香辛料と薬味を利かせた辛い料理です。
四川料理是以添加辛香料來增加風味的辛辣料理。

茶を立てる／入れる **中** 泡茶、沖茶

例 茶を立てて／入れて、客をもてなす。
泡茶招待客人。

水を切る **中** 去除水分

例 サラダに使う野菜を洗ったあと、よく水を切るためにザルに乗せておく。
要做沙拉的蔬菜洗淨後，為了去除水分所以將它放置在濾網上。

生計

世間を渡る **中** 在社會闖蕩

例 一人で世間を渡っていくのは、つらくて孤独だ。
一個人在社會上打滾闖蕩是很辛苦而且孤獨的。

生計を立てる **中** 謀生

例 二人で頑張れば、生計を立てられる。
只要兩個人一起努力，就可以維生。

暮らしが立つ **中** 能夠維生

例 ここまでやってきて、やっと暮らしが立つようになった。
一路做到現在，生活總算過得去了。

家計を支える　**中** 維持家計

例 夫が失業したので、妻が家計を支えている状態だ。
老公失業了，所以目前是由老婆維持家計。

食っていく　**中** 維生

例 家族が食っていくには、少々危険な橋も渡らなければならない。
為了家人的生活，不得不冒點險。

脛を齧る　**中** 靠父母生活

例 日本では、30 歳を超えても、働かずに、親の脛を齧っている人は少なくない。
在日本，超過30歲卻還不工作，靠父母生活的人不少。

食うに困る　**中** 無法維生

例 将来、食うに困るような生活はしたくない。
未來不希望過著無法溫飽的日子。

成家立業

籍を入れる　**中** 入籍

例 結婚するという意味で、籍を入れるとも言います。
所謂的結婚，也可說是指入籍。

職に就く　**中** 就職

例 息子がようやく職に就いてくれた。
兒子總算是找到工作了。

身を固める　**中** 結婚；就職；打扮

例 そろそろ、身を固める年齢になった。
差不多到了該定下來的年紀。

所帯を持つ　**中** 成家立業

例 とうとう、私も所帯を持った。
總算我也成家立業了。

一家を構える　**中** 結婚成家

例 君も早く結婚して一家を構えなさい。
你也要早一點結婚成家。

玉の輿に乗る　**中** 飛上枝頭變鳳凰

例 彼女は、会社社長の息子と結婚したことで玉の輿に乗った。
她和總經理的兒子結婚，可說是飛上枝頭變鳳凰。

血縁

血が絶える　中 血脈斷絕

例 当主に子供がいなかったため、名家の血が絶えた。
戶主因為沒有子嗣，所以名門後繼無人。

血が繋がる　中 有血緣關係

例 私たちは、ちゃんと血がつながった親子です。
我們是有血緣關係的親子。

血を分ける　中 有血緣關係

例 私たちは、血を分けた兄弟なので、似ているところはたくさんある。
我們是有血緣關係的兄弟，所以有很多相似的地方。

血筋に当たる　中 有血緣關係

例 彼は王室の血筋に当たる。
他有王室血統。

血筋を引く　中 有血緣關係

例 彼女は王室の血筋を引いている。
她有王室血脈。

✿ 繼承

血を引く　　**中** 繼承血統

例 彼は有名な作家の血を引いている。
他繼承了知名作家的血統。

家を継ぐ　　**中** 繼承家業

例 昔は長男が家を継いだ。
過去是由長子繼承家業。

跡を継ぐ　　**中** 續承家業

例 死んだ親父が作った会社の跡を継いで、自分が社長になった。
父親去世後，繼承了家業當上總經理。

足跡を残す　　**中** 將基業留給後人

例 彼は農業の発展に、偉大な足跡を残した。
他替農業發展奠定了偉大的基業。

流れを汲む　　**中** 繼承系統或流派

例 この絵画は、抽象派の流れを汲む。
這幅畫承襲自抽象派。

後釜に据える　**中** 接任（地位）

例 自分は引退して、息子を後釜に据える。
退休後，讓我兒子接任。

後釜に座る　**中** 繼承（地位）

例 会社でよく部下が上司を蹴落として、後釜に座ることがあった。
公司常有部下扳倒長官後繼承其職位的事情發生。

整理打掃

床を上げる　**中** ①收拾好寢具 ②病癒

例 ①「起きたらちゃんと床を上げてね。」と便箋に書いてあった。
便條紙上寫著：「起床後要好好收拾床鋪哦」。

例 ②彼はようやく床を上げることができました。
他終於病癒可以下床了。

床を延べる　**中** 鋪棉被等寢具

例 旅館では、決まった時間になると、仲居さんたちが、床を延べてくれる。
旅館會在固定的時間派女服務員幫忙鋪床。

体裁を整える　中 將外觀整理好

例 家庭訪問前に体裁を整えることと、大々的な整理整頓を必死にやっていた母親。

家庭訪問前媽媽梳妝打扮，還大規模死命地打掃家裡。

寝床を敷く　中 鋪床、整理寢具

例 客間に寝床を敷いたので、泊まっていってください。

客房的床已經鋪好了，請住下來吧！

經驗、感受

肌で感じる　中 親身感受

例 音楽を聴くのも肌で感じるものです。

聽音樂這件事也是需要親身去細細感受的。

苦汁を嘗める　中 吃苦頭

例 決勝戦で負けて、苦汁を嘗めた経験がある。

嘗過在決賽落敗的苦澀經驗。

苦杯を嘗める　中 嘗到痛苦的經驗

例 このチームには前回苦杯を嘗めさせられた。

這支隊伍上次讓我們遭遇了相當慘痛的經驗。

波風にもまれる　中 痛苦的體驗

例 お嬢様として何不自由なく育てられた彼女は、あの浮気男と出会ってから初めて波風にもまれることを知った。
她從小像個小公主似地長大，直到遇到那個花心大少之後才知道什麼叫作痛苦。

場数を踏む　中 經驗豐富

例 ピンチの時には、「場数を踏むことによって真理を知る」という先生の言葉がよく心の中に響いている。
遇到瓶頸時，老師曾說過的「累積經驗能夠了解事物的真理」的這句話，總是會在我心中響起。

経験が浅い　中 資歷淺

例 彼はまだ経験が浅いので、重要な仕事は任せられない。
他的資歷尚淺，無法託付重要工作。

経験に乏しい　中 缺乏經驗

例 彼のように経験に乏しい人にこのような仕事をまかせることには反対だ。
反對將這個工作交給像他那樣缺乏經驗的人。

経験に富む　中 經驗豐富、經驗老道

例 長年現場にいた人は、やはり経験に富んでいる。
長年待在第一線的人，果然經驗老道。

経験を積む 中 累積經驗

例 まずは、経験を積んでから、重要な仕事をまかせることにする。
先累積一些工作經驗後，再託付重要的工作。

場所を踏む 中 經歷許多次

例 彼は、この仕事は場所を踏んでいるから、大丈夫だ。
這個工作他已經做過很多次了，沒問題的。

目を開く 中 大開眼界

例 この年になってもいろいろと、目を開かれることはある。
即使到了這個年紀，仍然有很多事會讓人大開眼界。

目に浮かぶ 中 彷彿歷歷在目

例 子供の頃の町の風景が目に浮かぶ。
孩提時的城鎮景色歷歷在目。

習慣

慣例に従う 中 照慣例、照舊

例 今回も、慣例に従って、処理する。
這次也照慣例處理。

例によって 中 照慣例

例 例によって、今回も首長を無投票で決める。
按照慣例，這次也不經過投票就直接決定領袖。

勝手が違う 中 與過去的習慣、經驗不同

例 嫁いできたばかりの時は、勝手が違うことばかりで困った。
剛嫁過來的時候，曾為了截然不同的生活而苦惱。

悪に染まる 中 染上惡習

例 不良少年と遊んでいるうちに、彼は悪に染まった。
和不良少年玩在一塊，他不知不覺地染上了惡習。

癖が付く 中 養成習慣

例 おやつをたくさん食べる癖がついてしまった。
養成了吃很多點心的習慣。

癖になる 中 養成習慣、非要～不可

例 この料理の味は、癖になる。
這料理讓人吃了會念念不忘，還會想再吃。

殻を破る 中 打破框架、習慣

例 彼は、自らの殻を破って、いじめっ子達に立ち向かっていった。
他突破自我，挺身對抗欺負人的孩子們。

✿ 其他 ＊按五十音排列

食うや食わず　**中** 有一餐沒一餐

例 彼は今、ホームレスになって、食うや食わずの生活をしている。

他現在變成流浪漢，過著有一餐沒一餐的生活。

腰を落ち着ける　**中** 安居

例 終の棲家として買った家に腰を落ち着けた。

安居在為了養老而買的房子裡。

生涯を送る　**中** 生活

例 彼はこの村で医者として生涯を送っている。

他在這個村裡過著行醫的生活。

寝食を共にする　**中** 一同生活

例 寝食を共にすることが、お互いに理解することの近道だと思っています。

我認為一起生活是了解彼此的捷徑。

籍を抜く　**中** 遷出戶籍、離婚

例 離婚したので、私は籍を抜いて、元の籍に戻した。

因為已經離婚了，所以我把戶籍遷回到原本的地方。

手が付く 中 開始使用新的東西、得到新工作

例 ようやく、この仕事に手が付いた。
總算得到了這份工作。

とぐろを巻く 中 不務正業無所事事

例 いつもあのベンチには数人の男がとぐろを巻いている。
總有幾個不務正業的男人無所事事地聚集在那張長椅上。

世を渡る 中 生活、過日子

例 彼は、世を渡る術に長けている。
他非常了解要怎麼過生活。

路頭に迷う 中 生活困苦、走到絕境

例 彼は、家も仕事も失い、路頭に迷っている。
他沒有家還丟了工作，現在已走到了絕境。

4 社會評價

04

正面評價／負面評價／回響／引起注目／面子／丟臉、失態／謠言／給予評論／引起騷動／其他

正面評價

目を掛ける 中 垂青、青睞

例 あの人が目を掛けた人は、必ず出世する。
得到他青睞的人必定會出人頭地。

お目に留まる 中 欣賞、肯定

例 彼女の真面目さが、会長のお目に留まった。
會長肯定了她的認真。

目に留まる 中 眼睛為之一亮；印象深刻

例 オーディションで彼女の演技が審査員の目に留まり、見事合格したのだ。
她在試鏡時的演技讓評審員印象深刻，順利被錄取。

手際がいい 中 手腕很好，處理事情的能力很強

例 彼は手際がいいから仕事が早い。
他的手腕很好，工作效率高。

お眼鏡に適う　**中** 被（長輩、上司）青睞

例 彼は社長のお眼鏡に適った新人社員だ。
他是受到社長青睞的新進員工。

一二を争う　**中** 數一數二

例 王建民は大リーグでも一二を争う優秀なピッチャーだ。
王建民在美國大聯盟也是數一數二的優秀投手。

一目置く　**中** 另眼相看

例 彼はとても優秀なので皆が一目を置く存在だ。
他非常地優秀，所以大家都對他另眼相看。

異彩を放つ　**中** 大放異彩

例 彼の作品は、一際異彩を放っていた。
他的作品格外出色。

精彩を放つ　**中** 大放異彩

例 金メダル候補の選手がひときわ精彩を放っている。
有望奪金的選手大放異彩。

折り紙付き　**中** 評價良好

例 このバックの耐久性は、折り紙付きだ。
這個包包的耐用性獲得良好的評價。

顔が売れる　　**中** 出名

例 彼は、出演したドラマのヒットで、一気に顔が売れた。
他演的戲非常賣座，很快就出名了。

光を放つ　　**中** 綻放光芒，亦形容能力好而受到矚目

例 強く生きている人は本当に美しい。暗闇にいても光を放つように輝いている。
認真生活的人最美，即使身處黑暗之中也會綻放光芒。

身を立てる　　**中** 功成名就

例 身を立てて、故郷に帰って、家族を安心させようと誓った。
我發誓一定要功成名就，衣錦還鄉，讓家人安心。

歴史に残る　　**中** 名留青史

例 誰もが歴史に残るような偉業を成し遂げたいと思っている。
我認為誰都想做出一番能名留青史的偉大事業。

注目を浴びる　　**中** 矚目的焦點

例 新作の映画が注目を浴びる。
新作電影是眾所矚目的焦點。

人望が厚い　中 眾望所歸、受到愛戴

例 彼は後輩に対しての面倒見も、上司に対しての付き合いも大人で人望が厚く、尊敬していて憧れている先輩です。
他是個對後進很照顧，跟上司往來交際成熟，很受大家尊敬愛戴的前輩。

人望を集める　中 集眾人愛戴、推崇於一身

例 新興宗教の教祖になって、信者から人望を集めている。
成為新興宗教的教祖，受到信眾愛戴。

知名度が上がる　中 知名度上升

例 人気ドラマに出演したことで、彼の知名度が上がった。
演出人氣電視劇提高了他的知名度。

知名度が高い　中 高知名度

例 知名度が高い芸能人の引退は、世間を驚かせた。
高知名度藝人的引退，震驚社會。

定評がある　中 有一定程度的評價

例 あの店のコーヒーは、とにかくうまいとの定評がある。
那家店的咖啡，獲得相當程度的好評。

名がある　中 有名

例 この作品は、かなり名がある人の作品に違いない。
這個作品一定出自名人之手。

名が売れる　中 變有名

例 彼女は名が売れるようになったのは、デビューから七年過ぎた頃です。
她開始變有名時，已經出道7年了。

名が立つ　中 出名

例 あの高校は、野球で全国制覇をしたことで、名が立っている。
那間高中以棒球稱霸全國而出名。

名が通る　中 聞名遐邇

例 あの高校は、野球で毎年甲子園に出場していることで名が通っている。
那間高中因棒球每年都打進甲子園而聞名遐邇。

名に恥じない　中 不辜負名聲

例 プロの名に恥じないプレーをした。
比了場不辜負專業名聲的比賽。

名を上げる　中 聲名大噪

例 チームを優勝に導いたことで、名監督として名を上げた。
因指導隊伍取得優勝，所以教練聲名大噪。

名を売る　中 聲名遠播

例 自分の無力さを痛感して、世界で名を売る弁護士を目指す。
深感自己的無能，立下了希望成為揚名世界的律師的目標。

名を留める　中 名留青史

例 史上に勇敢として名を留めた武将は多い。
歷史上有許多以勇敢而名留青史的武將。

名を成す　中 成名

例 個性派俳優として、名を成す。
以個性派演員成名。

名を残す　中 留名

例 虎は死して皮を留め、人は死して名を残す。
虎死留皮，人死留名。

誉れが高い　中 聲望高

例 彼は、歌舞伎俳優としての誉れが高い。
他作為歌舞伎演員得到很高的評價。

名声が高い　中 名聲很響亮

例 あの人は、近代画家としての名声が高い。
那個人以近代畫家之姿打響名號。

名声を博する　**中** 博得名聲

例 今世紀を代表する映画監督としての名声を博した。
博得代表本世紀電影導演的名聲。

評価が高い　**中** 評價很高

例 この映画は評論家からの評価が高いけど、実際に見ればまったく面白くなかった。
這部電影得到影評家很高的評價，但實際去看卻覺得非常無聊。

評判が上がる　**中** 評價升高

例 あの航空会社は格安航空券を発売してから、どんどん評判が上がっていくものと思われます。
那家航空公司推出了廉價機票後，外界認為其行情會越來越好。

評判が高い　**中** 評價很高

例 あそこのレストランはよくグルメ雑誌に載っていて、評判が高いですが、実は味は普通だ。
那家店常被刊登在美食雜誌上，是一間評價很高的餐廳，但其實味道很普通。

世に聞こえる　**中** 有名、聞名

例 彼は、世に聞こえた作曲家だ。
他是鼎鼎有名的作曲家。

世に出る　中 問世、功成名就、廣為人知

例 人気商品の最新版が、いよいよ世に出る。
人氣商品的最新版終於要問世了。

功績を残す　中 留名萬世

例 権力者になると誰もが功績を残そうとする。
掌權者都希望能留名萬世。

地位が高い　中 地位很高

例 どこの国でも、王様が、一番地位が高い。
不管是哪個國家，國王的地位都是最崇高的。

値が上がる　中 升值、評價升高

例 プロジェクトを成功させて、彼もだいぶ値が上がった。
成功完成了這個企劃，讓他評價大幅地提升。

好評を博する　中 大受好評

例 今回のプレゼンは、オーナーたちから、好評を博した。
這次的發表，得到股東們的好評。

絶賛を浴びる　中 受到好評

例 あの女優の新作映画が絶賛を浴びた。
那位女演員的新電影非常受到好評。

天下を取る　**中** 稱霸天下

例 リラックマの次に天下を取るキャラクターは何でしょうね。
在拉拉熊之後能稱霸天下的卡通人物不知道會是什麼呢？

負面評價

身の置き所がない　**中** 無立足之地

例 周りの全員から批判されて、身の置き所がなかった。
受到周遭所有人的批判，毫無立足之地。

同じ穴のむじな　**中** 一丘之貉

例 殺人も強盗も、結局は、同じ穴のむじなだ。
殺人犯和強盜犯都是一丘之貉。

悪名が高い　**中** 惡名昭彰

例 彼は悪名が高い政治家だ。
他是一個惡名昭彰的政治家。

浮き名を流す　**中** 花名遠播

例 あの歌舞伎俳優は多くの女優と浮き名を流した。本当にプレイボーイだね。
那個歌舞伎演員和女明星的緋聞遠播，名符其實是個花花公子。

名を汚す　**中** 毀壞名譽、名聲下跌

例 何年か前に不祥事を起こして、台湾のプロ野球の名を汚してしまったが、今は徐々にいい方向に向かっている。
多年前發生的醜聞重創台灣職棒，但現在已逐漸往好的方向發展了。

晩節を汚す　**中** 晚節不保，指晚年身敗名裂

例 これからも晩節を汚すことのないよう、精進していく覚悟でおります。
今後也要為了不讓晚節不保，做好努力向上的覺悟。

誇りを傷付ける　**中** 名譽受損、顏面盡失

例 相手の誇りを傷つけるような発言は避けましょう。
避免說出會損害對方名聲的言論。

身を持ち崩す　**中** 身敗名裂

例 知り合った人たちのせいで、身を持ち崩してしまった。
受朋友的牽連被搞得身敗名裂。

批判が高まる　**中** 指責聲浪高漲

例 保険金のため実の妹を殺した犯人は、証拠不十分で処分保留のまま釈放されて、世間からの批判が高まっている。
為保險金殺害親生妹妹的嫌犯因罪證不足而獲釋，使得社會大眾指責的聲浪高漲。

批判を浴びる 中 受到批評的聲浪，指遭到許多人非議

例 「日本は決して捕鯨をやめない」と述べたことに対して、各国から批判を浴びている。
日本表示「我們絕對不會放棄捕鯨活動」後引來各國撻伐聲浪。

難を付ける 中 非議、指責

例 ひとつだけ難を付けるとしたら、値段が高いこと。
硬要說一件會引人非議的地方，那就是價錢太貴了。

風当たりが強い 中 （社會）強烈的責難或攻擊

例 彼らは不倫の末に結婚したので、世間からの風当たりが強い。
他們是婚外情結婚的，所以受到社會強烈的批判。

泥を塗る 中 傷害名聲、臉上無光

例 仕事でミスをして、上司の顔に泥を塗ってしまった。
工作上犯了錯，讓主管臉上無光。

矢面に立つ 中 成為眾矢之的

例 首相が矢面に立つことは、当然のことだ。
首相成為眾矢之的是理所當然的。

槍玉に挙げる 中 成為批判的對象

例 外交官を槍玉に挙げる。
外交官成為被批評的對象。

袋叩きに遭う 中 受到抨擊

例 大統領は軽率な発言をして、世論の袋叩きに遭った。
總統輕率的發言遭到輿論的抨擊。

看板が泣く 中 壞了名聲

例 看板が泣かないように、丁寧な仕事をするよう、心がけている。
為了不破壞名聲，都會注意自己要細心地工作。

看板にかかわる 中 影響名聲

例 彼の失敗は店の看板にかかわる、重大なものだった。
他的失敗嚴重到會影響店裡名聲。

看板を傷つける 中 砸招牌

例 彼は店の看板を傷つけるような失敗をした。
他犯了會砸店裡招牌的錯事。

物議を醸す 中 引起撻伐

例 公の場で大臣が思うままに言い散らす、無責任な発言が物議を醸した。
大臣在公眾場合發表不負責任的言論，引來民眾的撻伐。

身の程を弁えない　**中** 不自量力、不知道自己幾兩重

例 会長の前で好き勝手なことを言うなんて、身の程を弁えない男だ。
在董事長面前自說自話，這男人真是不自量力！

お目玉を食う　**中** 遭（長輩、上司）指責

例 プロジェクトの失敗で、上司から、お目玉を食った。
因計畫失敗而遭到上司的指責。

大目玉を食う　**中** 被臭罵了一頓

例 花瓶を割ってしまい、父親から大目玉を食った。
因為打破花瓶，被爸爸臭罵了一頓。

目くじらを立てる　**中** 斥責、議論對方的缺點

例 部下の些細なミスに目くじらを立てる。
斥責部下所犯的小錯。

意気地がない　**中** 沒出息

例 戦わずに逃げて帰ってくるとは、彼は意気地のない男だ。
他不戰而逃，是個沒出息的男人。

回響

反響が広がる 中 引起廣大回響

例 増税撤回が新聞で紹介されて、反響が広がっている。
報紙上刊載了撤銷增稅制度的新聞，引起廣大回響。

反響を巻き起こす 中 熱烈反響

例 話題のドラマ「半沢直樹」は全国で反響を巻き起こした。
話題日劇半澤直樹在全國引起熱烈討論。

反響を呼ぶ 中 引起迴響

例 彼が書いた小説は文壇に反響を呼んだ。
他所寫的小說在文壇引起迴響。

引起注目

注意を引く 中 吸引別人注意

例 看板は注意を引くようなものでなければならない。
招牌一定要能吸引別人的注意。

視線を注ぐ 中 注目

例 人気選手に観客から視線が注がれている。
人氣選手受到觀眾的注目。

人目を引く　**中** 引人注目

例 人目を引く色彩豊かな写真を撮りたいです。
想要拍出色彩鮮豔引人注目的照片。

スポットライトを浴びる **中** 受到注目

例 情報番組で取り上げられてから、人気商品として、一躍スポットライトを浴びた。
經過生活資訊節目的報導後，一躍成為人氣商品。

注目に値する　**中** 值得關注

例 彼の作品は注目に値する。
他的作品值得關注。

注目の的になる　**中** 備受關注

例 留学生は、いつでも、注目の的になっている。
留學生不管何時都備受關注。

人目にさらす　**中** 在眾人前曝光

例 アデルは私生活を人目にさらすことだけはごめんだと言う歌手。
艾黛兒是個不喜歡洩漏私生活的歌手。

人目に立つ　中 引人注目

例 大野君は大柄で特に人目に立つ生徒だ。
大野同學身材高大是個很引人注目的學生。

人目に付く　中 引人注目

例 道路側の部屋は人目に付くので泥棒に狙われにくいなと思います。
在道路兩側的房子比較顯眼，應該比較不容易遭小偷。

人目を気にする　中 在意別人的目光

例 私は人目を気にしない、自分の考えをはっきり言い出すタイプだ。
我是不太在意別人眼光，勇於表達自己意見的人。

股に掛ける　中 在各地活躍

例 彼は日本と台湾を股に掛けて活躍するビジネスマンだ。
他是活躍在日本與台灣兩地的商人。

面子

沽券にかかわる　中 有失顏面

例 あいつに頭を下げるなんて沽券にかかわる。
向那個人低頭真是有失顏面。

義理を立てる　**中** 看在…的面子上

例 上司に義理を立てて、お見合いをする。
看在上司的面子上才去相親的。

顔が立つ　**中** 保住了面子

例 今回の仕事を何とか完成させたことで、彼の顔が立った。
這次的案子總算完成了，讓他保住了面子。

顔を立てる　**中** 使…有面子

例 本当は、行きたくはなかったが、上司の顔を立てるため、接待ゴルフに行った。
其實不想去，但為了給上司面子所以還是陪著去打高爾夫球。

男を上げる　**中** 非常有面子

例 立派な戦いをして、男を上げた。
這次他打了漂亮的一仗，相當風光有面子。

面目が立つ　**中** 不失體面、有面子

例 お世話になった人にお礼ができて、面目が立った。
回禮給關照過自己的人才不失體面。

面目を保つ　**中** 維持尊嚴、顏面

例 千秋楽で勝ち越して、なんとか、大関の面目を保った。
在最後一場比賽中獲勝，算是保住了最強相撲力士的顏面。

✿丟臉、失態

突拍子もない　**中** 越出常軌

例 彼は時々、突拍子もないことを言い出す。
他經常說出出人意料的話。

失態を演じる　**中** 出糗

例 片思いの彼とデートして、お酒で失態を演じてしまって、今は取り返しのつかない状態になった。
跟單戀的他約會，結果酒後失態演變成無法挽回的局面。

顔に泥を塗る　**中** 使…蒙羞

例 彼は、罪を犯したことで、両親の顔に泥を塗った。
他犯了罪讓父母蒙羞。

顔を潰す　**中** 使…丟臉

例 彼は、仕事で失敗し、会社の顔を潰した。
他工作上的失敗，讓公司蒙羞。

男が廃る 中 太丟男人的臉了

例 この挑戦を受けないのは、男が廃る。
不接受挑戰真是太丟男人的臉了！

面目が潰れる 中 顏面盡失、丟臉

例 収賄罪で現職総理大臣が逮捕され、内閣の面目が潰れた。
現任總理大臣因收賄遭到逮捕，內閣的顏面盡失。

面目を失う 中 沒臉見人、丟盡面子

例 自分のせいで、決勝戦で負けてしまって、メンバーとしての面目を失った。
因為自己的錯才會在決賽中落敗，身為隊員真是太丟臉了。

恥も外聞もない 中 不顧世俗眼光

例 恥も外聞もなく金儲けに精を出す。
不顧世俗眼光認真地賺錢。

恥の上塗り 中 一再丟臉

例 言い訳をすればするほど恥の上塗りだ。
越是找藉口就越是丟臉。

恥をかく 中 顏面盡失，丟臉

例 人の名前を読み違えて恥をかいた。
念錯別人的名字真是太丟臉了。

恥をさらす 中 丟人現眼

例 家庭内の恥をさらす。
家醜外揚。

恥を知る 中 知恥

例 会社をクビになっておきながら、まだここにいるとは、恥を知れ。
被公司開除竟還待在這裡，你還有沒有羞恥心啊。

肩身が狭い 中 臉上無光

例 婿養子で、妻の家族と同居しているので、いつも肩身が狭い思いをしている。
身為一個入贅的女婿，和老婆的家人住在一起，總覺得臉上無光。

頭が上がらない 中 抬不起頭

例 彼は田中さんに借金をしているので、頭が上がらない。
他向田中先生借錢，所以在他面前抬不起頭。

顔が合わせられない 中 沒有臉見人

例 出所したが、親には、顔が合わせられない。
雖然出獄了，但還是沒有臉見父母。

顔が潰れる 中 丟臉

例 彼の大失敗で、会社の顔がつぶれてしまった。
因為他的失誤而讓公司丟臉。

顔向けができない　中 沒有臉見人

例 育ててくれた親に、申し訳なくて、顔向けができない。
實在沒有臉面對養育我的父母。

赤恥をかく　中 丟臉

例 大勢の観客の前で大失敗してしまった。本当に赤恥をかいたよ。
在觀眾眾目睽睽下徹底失敗，真的非常丟臉。

味噌を付ける　中 因失敗而丟臉

例 たった一度の不祥事で業績に味噌を付けた。
只因為發生過一次不幸事件，就讓業績跟著一落千丈，顏面掃地。

顔から火が出る　中 羞得臉發燙

例 大失敗をしてしまい、顔から火が出るほど、恥ずかしかった。
慘遭失敗，臉像被火燒到了一樣羞得發燙。

謠言

デマを飛ばす　中 散佈謠言

例 彼はデマを飛ばすことがうまい。
他最會造謠是非了。

噂が立つ　中 謠言四起

例 会計係が社内の金を流用しているという噂が立っている。
會計挪用公款的謠言在公司內流傳著。

噂が流れる　中 消息傳開

例 悪い噂が流れる前にこの問題を早く解決しよう。
在壞消息傳開之前儘快解決這個問題吧！

✿給予評論

論を展開する　中 發表評論、展開議論

例 討論番組で、評論家たちが教育改革について、論を展開している。
在評論性節目中，評論家針對教育改革展開討論。

論評を加える　中 評論、批評

例 彼の作品に論評を加える。
評論他的作品。

評価を受ける　中 得到評價

例 彼女はクラスでどんな評価を受けている人ですか。
不知道她在班上給人家的感覺是怎麼樣的。

引起騷動

上を下への（うえをしたへの）　中 引起騷動

例 夢想（むそう）だにしない知（し）らせに、上（うえ）を下（した）への大騒（おおさわ）ぎになった。
收到意外的通知引起了騷動。

波風が立つ（なみかぜがたつ）　中 產生紛爭、風波

例 波風（なみかぜ）が立（た）つこともない平穏無事（へいおんぶじ）な一生（いっしょう）を送（おく）る人（ひと）はいない。
沒有人可以風平浪靜地度過一生。

其他 ＊按五十音排列

汚名を返上する（おめいをへんじょうする）　中 洗刷汙名

例 今回（こんかい）のプロジェクトの成功（せいこう）で、前回（ぜんかい）の失敗（しっぱい）の汚名（おめい）を返上（へんじょう）した。
這次的計畫成功洗刷失敗的汙名。

地位を失う（ちいをうしなう）　中 失去地位

例 クーデターで王様（おうさま）は、王様（おうさま）としての地位（ちい）を失（うしな）った。
在政變中，國王陛下失去了身為國王的地位。

名を捨てる（なをすてる）　中 捨棄名聲

例 名（な）を捨（す）てて実（み）を取（と）る。
捨名求利。

歪が生じる　中 歪風漸長

例 学歴偏重の歪が生じる。
偏重學歷的歪風漸長。

評価が分かれる　中 評價好壞分歧

例 観た人の考え方で評価が分かれると思うが、個人的にはかなり好きな作品です。
每個看過的人都有自己的想法，所以評價有好有壞，但我個人覺得這是一部非常棒的作品。

評判が立つ　中 引發討論、受到關注

例 新型ロボットの発表に評判が立った。
新型機器人的發表引發討論。

野次を飛ばす　中 喝倒采、批判

例 国会では、野党議員が野次を飛ばしているのをよく見る。
在國會中，時常可看到在野黨提出批判。

5 情緒、心理

05-1

喜／怒／哀／樂／感動／害羞／驚訝／害怕／煩惱、困擾／緊張、焦急／懷疑、疑惑／不忍心／安心、恢復情緒／尷尬／失望、後悔／感情用事、年輕氣盛／期待／嘆氣／同情／自尊心／滿足滿意／介意、放在心上／興奮、掃興／其他

喜

笑顔を湛える（えがおをたたえる）　中 笑容滿面

例 母（はは）はとてもがまん強（づよ）く、どんなに困難（こんなん）な状況（じょうきょう）でもいつも笑顔を湛えていた。

媽媽非常堅強，不管遇到什麼困難總能笑臉迎人。

笑顔を覗かせる（えがおをのぞかせる）　中 偶爾可以看到笑容

例 留学生（りゅうがくせい）の陳（ちん）さんは最初（さいしょ）とても緊張（きんちょう）していたが、最近（さいきん）では笑顔を覗かせるようになった。

留學生陳小姐剛來的時候很緊張，但最近偶爾能看到她的笑容了。

笑顔を振りまく（えがおをふりまく）　中 展露笑容

例 アイドルは観客達（かんきゃくたち）に笑顔（えがお）をふりまいている。

明星對觀眾露出笑容。

悦に入る **中** 心滿意足

例 大成功したので、一人悦に入っている。
因為非常成功所以感到心滿意足。

笑みがこぼれる **中** 綻放笑容

例 好きな人と会うと自然と笑みがこぼれる。
和喜歡的人見面，自然就會面露微笑。

笑みを浮かべる **中** 笑容滿面

例 彼氏に頭を撫でられて、彼女は、満面の笑みを浮かべた。
男友摸了摸她的頭，她開心得笑容滿面。

笑みを交わす **中** 相視而笑

例 結婚式の写真を撮るとき、新郎と新婦は、笑みを交わした。
拍婚紗照時，新郎跟新娘相視而笑。

肩で風を切る **中** 走路有風、得意洋洋

例 彼は、肩で風を切って走っていった。
他得意洋洋地快步走了過去。

ご機嫌になる **中** 心情愉悅

例 欲しかったものが手に入って、ご機嫌になっている。
想要的東西到手了，心情非常愉悅。

胸がすく

中 心情舒暢

例 予想を上回る勝利に胸がすく思いだ。
得到超乎預料的壓倒性勝利，心情舒爽暢快。

胸が弾む

中 心情愉悅

例 美しい音楽を聴いていると、胸が弾む。
聽了美妙的音樂後心情愉悅。

胸を膨らます

中 充滿期待、心情激動

例 志望校に合格して、期待に胸を膨らます。
如願考上理想學校，內心激動充滿期待。

目を細める

中 笑瞇瞇，形容很開心的表情

例 子供の成長に目を細める。
孩子的成長讓人非常開心。

怒

牙を剝く

中 張牙舞爪

例 温厚な彼が、突然、牙を剝いた。
敦厚溫和的他突然張牙舞爪。

向きになる　中 因當真而生氣

例 彼女はからかわれると、すぐに向きになる。
她只要被取笑就會立刻當真而生氣。

地団駄を踏む　中 ①生氣跺腳 ②悔恨

例 ①姪は欲しい物が手に入らないと、イライラして大の字になって地団駄を踏んでしまう。
我姪子只要得不到想要的東西就會煩躁地呈大字型躺在地上，然後跺腳鬧脾氣。

例 ②0.1秒差で負けたなんて、地団駄を踏みたくなるほど悔しかった。
輸了0.1秒而已，讓我悔恨得簡直想跳腳。

青筋を立てる　中（因為憤怒）爆青筋

例 侮辱的なことを言われて、彼女は青筋を立てて怒った。
被別人出言侮辱，她氣到爆青筋。

怒りが静まる　中 消氣

例 父に怒られた。父の怒りが静まるまで自分の部屋でおとなしくしていよう。
惹爸爸生氣了，在他氣消前還是乖乖待在房裡好了。

怒りを抑える　中 抑制住怒火

例 宮本さんは怒りが抑えられず、テレビの収録中なのに出演者と喧嘩をしてしまった。
宮本先生抑制不了憤怒的情緒，在節目錄影中和演員吵了起來。

怒(いか)りを覚(おぼ)える　中 讓人生氣

例 鈴木(すずき)さんの失礼(しつれい)な言葉(ことば)に、宮本(みやもと)さんは怒(いか)りを覚(おぼ)えた。
鈴木先生失禮的發言惹毛了宮本先生。

怒(いか)りを買(か)う　中 惹人生氣

例 韓国選手(かんこくせんしゅ)の過剰(かじょう)な挑発(ちょうはつ)で日本人(にほんじん)の怒(いか)りを買(か)った。
韓國選手過分的挑釁惹毛了日本人。

怒(いか)りをぶつける　中 發洩不滿的情緒

例 景気(けいき)が悪化(あっか)し、失業率(しつぎょうりつ)が上(あ)がったので、庶民(しょみん)は大統領(だいとうりょう)に怒(いか)りをぶつけた。
景氣不好、失業率越來越高，百姓們向總統發洩心中的不滿。

けちを付(つ)ける　中 ①抱怨 ②找碴

例 ①試合判定(しあいはんてい)にけちを付(つ)ける。
抱怨比賽的判決結果。

例 ②あれこれけちを付(つ)けて縁談(えんだん)を断(ことわ)る。
故意到處找碴來拒絕媒人介紹的親事。

怒声(どせい)を上(あ)げる　中 怒吼

例 娘(むすめ)の非行(ひこう)に父親(ちちおや)が怒声(どせい)を上(あ)げた。
父親怒罵女兒的不正當行為。

怒声を浴びせる　**中** 咆哮大怒

例 非行に走った娘に父親が怒声を浴びせた。
父親對女兒不正當的行為咆哮大怒。

啖呵を切る　**中** 連珠炮似地斥責

例 そんなに嫌なら出て行け、と啖呵を切った。
連聲斥責：要是這麼討厭就滾出去。

怒声を発する　**中** 怒斥

例 冷静だった絹江さんも耐え切れなくなったのか怒声を発した。
冷靜的絹江小姐似乎再也無法忍受，不禁出聲喝斥。

怒りがこみ上げる　**中** 越來越生氣

例 その客は理不尽な要求ばかりするので、私は怒りがこみ上げてきた。
那位客人一直提出不合理的要求，搞得我越來越生氣。

目を吊り上げる　**中** 生氣、橫眉豎目

例 いつまでも就職しない息子に母が目を吊り上げて怒った。
媽媽橫眉豎目，對一直不去工作的兒子大發雷霆。

目を剥く　**中** 生氣時瞪大雙眼、橫眉豎眼

例 彼は目を剥いて怒りはじめた。
他瞪大了雙眼，生起氣來。

頬を膨らます　**中** 形容不滿地鼓起臉

例 デートが仕事のせいでできなくなって、彼女は頬を膨らませた。
約會因工作無法成行，她不滿地鼓起雙頰。

雷が落ちる　**中** 大發雷霆

例 テストで、0点を取ってしまい、父親の雷が落ちた。
我考試考了零分，爸爸大發雷霆。

髪の毛を逆立てる　**中** 怒髮衝冠

例 彼の、非常識な態度に、髪の毛を逆立てた。
被他那種不合理的態度氣到怒髮衝冠。

気に障る　**中** 心生不快

例 彼の不用意な発言が相手の気に障ったようだ。
他不經大腦的發言讓對方心生不快。

小鼻を膨らます　**中** 不滿的表情

例 叱られて、彼女は小鼻を膨らませた。
她被責罵後露出不悅的表情。

口を尖らす　**中** 嘟著嘴

例 彼女は不満そうに口を尖らした。
她嘟著嘴，好像很不滿的樣子。

腹に据えかねる　中 怒不可遏

例 課長は部下の無責任な発言が腹に据えかねたようだ。
課長對下屬不負責任的發言感到怒不可遏。

腹が立つ　中 火大、生氣

例 彼の矛盾した論理には、いつも腹が立つ。
他那互相矛盾的理論總讓人火大。

腹を立てる　中 火大、生氣

例 こんなことは腹を立てるには及ばないでしょう。
這件事沒什麼好生氣的吧！

馬鹿な話があるか　中 豈有此理

例 就活せずに内定もらうとか、そんな馬鹿な話があるものか。
不用參加就職活動就被內定錄取，真是豈有此理。

火の出るよう　中 ①因為生氣或害羞而面紅耳赤 ②來勢洶洶

例 ①彼女はそれを聞いて、突然火の出るように怒り出した。
她聽了那件事之後，突然氣到臉紅脖子粗。

例 ②火の出るような激しい相撲が多い。
相撲比賽經常都戰況激烈。

火を吹く 中 隱忍許久而爆發

例 長年積もっていた怒りが火を吹いた。
長年以來累積的憤怒全部爆發。

臍を曲げる 中 鬧彆扭

例 結婚記念日を忘れていたので、妻はすっかり臍を曲げてしまった。
因為忘記結婚紀念日，老婆大鬧彆扭。

尻を捲くる 中 突然翻臉

例 八つ当たりされた妹は尻を捲くって食ってかかった。
無故被遷怒的妹妹突然翻臉反擊。

血が上る 中 血液衝上腦門、氣昏了頭

例 馬鹿にされて、頭に血が上った。
被當成笨蛋耍得團團轉，氣昏了頭。

腸が煮えくり返る 中 怒不可遏

例 親友の裏切りを知って、腸が煮えくり返る思いだ。
知道被好朋友背叛，怒不可遏。

癪に障る 中 生氣

例 彼の生意気な態度は癪に障る。
他那種自大的態度讓人看了就很火大。

癇に障る 中 觸怒

例 彼の言動はいちいち上司の癇に障ったようだ。
好像他的一舉一動都惹得上司討厭。

頭に来る 中 惱火、氣人

例 わざわざ注文を取りに来たのに、断られて頭に来た。
專程過來接訂單卻被拒絕，真是氣人。

好い顔をしない 中 不高興的樣子

例 彼には、何を頼んでも、好い顔をしない。
無論請他做什麼，他都一臉不高興。

舌を鳴らす 中 不滿地發出嘖嘖聲

例 不服そうに舌を鳴らす。
好像很不服氣似地發出嘖嘖聲。

唇を尖らす 中 不滿地噘嘴、發牢騷

例 父親の厳しい指導に、娘は唇を尖らせた。
女兒噘著嘴，對父親嚴厲的教導感到不滿。

虫が納まらない 中 怒氣難消

例 好き勝手言われて、虫が納まらない。
因被人家隨便亂說，所以感到怒不可遏。

✿哀

涙腺が緩む　**中** 流眼淚

例 このドラマを見たら、涙腺が緩む。
這齣電視劇真是催人熱淚。

辛酸を嘗める　**中** 飽嘗辛酸

例 父が倒れてから、人生の辛酸を嘗めた。
自從爸爸病倒後就嘗遍了人生的酸甜苦辣。

目頭を拭う　**中** 擦去淚水

例 悲しいシーンでは、何度も目頭を拭った。
看到悲傷的場面頻頻拭淚。

憂き目を見る　**中** 吃苦頭

例 大学不合格の憂き目を見る。
為大學考試落榜所苦。

地獄を見る　**中** 見到人間煉獄，比喻非常痛苦

例 一度地獄を見ると、世の中でのつらい仕事はなくなる。
一旦經歷過最痛苦的情形，世上就再也沒有艱難的工作。

顔が曇る 中 變得愁眉不展

例 彼に、彼女のことを聞いたら、顔が曇った。
我問了有關她的事之後，他就愁眉不展。

心が痛む 中 心痛

例 災害の現場を見ると、心が痛む。
看到災區現場，感到十分心痛。

目頭を押さえる 中 忍住淚水

例 クライマックスのシーンでは、何度も目頭を押さえた。
在劇情到達高潮時，好幾次強迫自己忍住淚水。

胸が痛む 中 心痛

例 波乱万丈な人生を歩んだ末に亡くなられたと聞いて、胸が痛んだ。
聽說他歷經各種磨難，最後卻這麼走了，真的很心痛。

胸が裂ける 中 像是胸口要被撕裂般痛苦

例 父は小さい頃、胸が裂ける思いで、故郷をあとにした。
父親在小時候，忍受痛徹心扉之苦遠走他鄉。

腹の虫が納まらない 中 吞不下這口氣

例 大人げないですが、それだけ言わないと、やっぱり腹の虫が納まらない。
雖然有點孩子氣，但要是不把這件事說出來的話，實在嚥不下這口氣。

腹の虫の居所が悪い 中 心情不好

例 彼は腹の虫の居所が悪くて、周りの人に八つ当たりをしていた。
他自己心情不好就到處遷怒別人。

途方に暮れる 中 窮途末路、走投無路

例 リストラされ、家族にも見放され、公園で途方に暮れている人がいる。
公園裡，有一些被公司開除、被家人放棄而走投無路的人。

泣きを入れる 中 哭著請求

例 泣きを入れて、何でも許してもらえると思ったら、大間違いです。
妳若認為只要哭哭啼啼的請求拜託就可以被原諒的話，那可是大錯特錯了。

泣きを見る 中 遭遇痛苦的事

例 怠けているとあとで泣きを見ることになる。
現在要是偷懶的話，之後就只能痛哭流涕了。

泣きべそをかく 中 小孩子快哭出來的臉

例 小さいころは、よく泣きべそをかいていた。
小時候常常一臉要哭不哭的樣子。

涙が涸れる 中 哭到眼淚都乾了

例 妻の死に、涙が涸れるほど泣いた。
對於妻子的死，哭到眼淚都快流乾了。

涙に暮れる　　**中** 以淚洗面

例 一人娘が事故でなくなって以来、あの夫婦は毎日涙に暮れて過ごした。
自從獨生女意外身亡後，那對夫妻每天過著以淚洗面的日子。

涙に咽ぶ　　**中** 低聲哽咽

例 負けた後福原選手は何も言わずに、ただ悔し涙に咽んだ。
落敗的福原選手不發一語，只是低聲哽咽，流下了懊悔的淚水。

涙を浮かべる　　**中** 眼眶泛淚、含淚

例 感動のシーンでは、目に涙を浮かべている人が多かった。
因場面感人所以很多人都眼眶泛淚。

悲鳴を上げる　　**中** ①抱怨哭訴 ②發出悲鳴

例 ①ちょっとしたことでも悲鳴を上げるなんてかわいくないのよ。
因一點小事就抱怨那就不可愛囉！

例 ②罠にはまった鶴は助けを求めるような悲鳴をあげている。
困在陷阱裡的鶴彷彿求救似地發出悲鳴。

べそをかく　　**中** 小孩子哭哭啼啼

例 子供の頃は、転んだだけで、よくべそをかいたものだ。
小時候只要跌倒就哭哭啼啼。

胸(むね)が張(は)り裂(さ)ける　**中** 撕心裂肺的悲苦

例 仕事(しごと)のため、彼(かれ)は胸(むね)が張(は)り裂(さ)ける思(おも)いで、故郷(こきょう)をあとにした。

他因為工作，帶著撕心裂肺的悲痛，遠離家鄉。

眉(まゆ)を顰(ひそ)める　**中** 愁眉苦臉，因困擾而蹙眉、皺眉

例 最近(さいきん)では、近(ちか)くで喫煙(きつえん)されることに眉(まゆ)を顰(ひそ)める人(ひと)が多(おお)くなった。

因為最近附近開放抽菸，為此感到困擾的人增多了。

吠(ほ)え面(づら)をかく　**中** 哭喪的臉

例 油断(ゆだん)していると吠(ほ)え面(づら)をかくことになるから、気(き)を付(つ)けなければならない。

要是粗心大意最後哭的可是自己，一定要小心。

苦虫(にがむし)を噛(か)み潰(つぶ)したよう　**中** 愁眉苦臉、板著一張臉

例 数多(かずおお)くのミスに、監督(かんとく)は苦虫(にがむし)を噛(か)み潰(つぶ)したような顔(かお)をしていた。

因發生為數不少的失誤，教練板著一張臭臉。

袖(そで)を濡(ぬ)らす　**中** 哭泣

例 彼女(かのじょ)は一人(ひとり)涙(なみだ)で袖(そで)を濡(ぬ)らして歎(なげ)いてばかりいる。

她一個人只是不斷地邊哭邊感嘆。

樂

腹を抱える　中 捧腹大笑

例 ライブの司会者はお笑い芸人のかくし芸に、腹を抱えて笑っていた。
主持人在現場直播節目中被搞笑藝人逗得捧腹大笑。

腹の皮が捩れる　中 捧腹大笑

例 掛け合い漫才の熱演に、腹の皮が捩れるほど笑い転げた。
被一搭一唱的精采相聲表演逗得捧腹大笑。

臍で茶を沸かす　中 十分可笑、笑破肚皮

例 こんなことが起きるなんて、臍で茶を沸かすようなもんだよ。
竟然發生這種事情，真是讓人笑破肚皮。

相好を崩す　中 笑逐顏開

例 初孫を初めて抱いて、相好を崩した。
第一次抱了長孫，笑得合不攏嘴。

万歳を唱える　中 舉起兩手高喊萬歲，表示非常開心

例 選挙に勝った候補者は思わず万歳を唱えた。
打贏選戰的候選人忍不住高喊萬歲。

感動

心を動かす 中 動人心弦

例 彼女の歌声は、人の心を動かすものだ。
她的歌聲動人心弦。

心を打つ 中 打動

例 オバマ大統領の勝利演説は専属の「スピーチライター」がまとめたものという噂がありますが、心を打つスピーチという事実には変わりはない。
據說歐巴馬總統的勝選演說是出自專屬的演講稿專家之手，但那的確是個能打動人心的演講。

涙を誘う 中 賺人熱淚

例 主役の演技がお茶の間の涙を誘う。
主角的演技讓電視機前的觀眾淚眼婆娑。

目を見張る 中 因驚訝、感動而瞠目結舌

例 部下の成長には、目を見張るものがある。
部下的成長令人驚訝。

目頭が熱くなる 中 感動得熱淚盈眶、鼻酸

例 朗読劇を聞いて、目頭が熱くなった。
聽了朗讀劇，感動得熱淚盈眶。

胸が熱くなる　**中** 內心澎湃，深受感動

例 日本人が金メダルを取ったニュースを見て、胸が熱くなった。
看到日本人拿下金牌的新聞，內心澎湃感動。

胸が一杯になる　**中** 百感交集

例 プロポーズされて、喜びで胸が一杯になった。
被求婚後非常開心，內心百感交集。

胸を突く　**中** 讓人感慨萬千、感觸良多

例 何気ない一言が、胸を突いた。
不經意的一句話，讓人感觸良多。

胸を打つ　**中** 打動人心

例 悲しいメロディーが胸を打つ。
悲傷的旋律打動人心。

胸に迫る　**中** 湧上心頭、扣人心弦

例 それは見る人の胸に迫る映画だった。
那是一部扣人心弦的電影。

害羞

決まりが悪い 中 羞恥

例 秘密がばれて、決まりが悪い思いをした。
因為秘密被揭穿而感到羞恥。

頬を赤らめる 中 害羞臉紅

例 彼氏のことを話している時の彼女は、いつも頬を赤らめている。
說到男朋友時，她總是羞紅著臉。

気が引ける 中 羞愧、不好意思

例 ダイエット中の彼女の目の前でケーキを食べるのは、気が引ける。
在減肥的女友面前吃蛋糕覺得很不好意思。

驚訝

目玉が飛び出る 中 驚訝的樣子

例 目玉が飛び出るような金額を請求された。
被索取讓人嚇一跳的價格。

目を白黒させる 中 驚訝地瞪大雙眼（負面）

例 ご飯が喉につかえて、目を白黒させた。
飯卡在喉嚨吞不下去，驚嚇得瞪大了雙眼。

呆気に取られる　**中** 目瞪口呆

例 まさかの逆転負けに、皆、呆気に取られた。
因意外的逆轉而落敗，大家都目瞪口呆。

泡を食う　**中** 驚慌

例 突然、ゴキブリが出てきたので、泡を食って、逃げ出した。
蟑螂突然跑出來，我驚慌失措地逃了出去。

舌を巻く　**中** 嘆為觀止

例 彼の妙技に、皆舌を巻いた。
看到他精湛的絕技大家都嘆為觀止。

目を丸くする　**中** 瞠目結舌、受到驚嚇

例 大学合格に家族全員が目を丸くして喜んだ。
我考上大學這件事讓全家人又驚又喜。

目を疑う　**中** 不敢相信自己的眼睛

例 彼は、私たちの目を疑うような行動をとった。
他做出讓我們無法置信的舉動。

血が引く　**中** 因恐懼或驚訝，臉色發白

例 彼女の豹変ぶりを見て、血が引いていった。
看到她突然變臉的樣子，嚇得臉色發白。

胸が潰れる　　中 十分驚訝；悲慟欲絕

例 妻を亡くして、胸がつぶれる思いをした。
妻子過世後悲慟欲絕。

胸が騒ぐ　　中 心神不寧

例 電車の事故のニュースを聞いて、胸が騒いだ。
聽到電車發生事故的新聞，總覺得心神不寧。

害怕

薄氷を踏む　　中 如履薄冰

例 彼らは薄氷を踏む思いで北朝鮮から脱出した。
他們抱著如履薄冰的心情逃離了北韓。

気味が悪い　　中 毛骨悚然、令人不快

例 あの家は、人里離れた山の奥にあって、気味が悪い。
那棟房子位在遠離人煙的深山中，讓人覺得毛骨悚然。

肝を潰す　　中 嚇破膽，受到很大的驚嚇

例 目の前で爆竹が鳴り、肝を潰した。
鞭炮在眼前炸開，被嚇得花容失色。

色を失う　中 驚慌失措

例 まさかの大学不合格で、彼は色を失った。
大學意外落榜令他驚慌失措。

肝を冷やす　中 感到危險而冷汗直流

例 車に轢かれそうになって、肝を冷やした。
差點被車子輾過，嚇得我冷汗直流。

度肝を抜く　中 嚇破膽

例 突然、度肝を抜く轟音が響き渡った。
突然傳來嚇死人的巨大聲響。

背筋が凍る　中 毛骨悚然、心驚膽顫

例 彼がヤクザだなんて。私は背筋が凍った。
他竟然是流氓，使我有點膽顫心驚。

背筋が寒くなる　中 毛骨悚然、心驚膽顫

例 平和なこの町で凶悪事件が起きて、私は背筋が寒くなった。
在這和平的城鎮發生了兇殘的事件，令我感到毛骨悚然。

腫れ物に触るよう　中 戰戰兢兢、提心吊膽

例 受験を目前にした兄に、母は腫れ物に触るような扱いをしている。
媽媽提心吊膽地與即將面臨考試的哥哥相處。

泣く子も黙る 中 形容可怕到愛哭的小孩也不敢哭

例 彼が泣く子も黙ると恐れられた、極道の親分か。
原來他是位能把愛哭的小孩嚇到不敢哭的黑道大哥啊！

毒気に当てられる 中 被對方意料外的舉動而嚇呆

例 捲し立てられて、すっかり毒気に当てられた。
他比手畫腳喋喋不休的模樣，讓我嚇了一大跳。

身の毛がよだつ 中 寒毛直豎，形容恐怖至極

例 このホラー小説は身の毛がよだつ。
這部驚悚小說讓人寒毛直豎。

戦慄が走る 中 毛骨悚然

例 あまりの出来事に、戦慄が走った。
超乎想像的事，令人毛骨悚然。

戦慄を覚える 中 不寒而慄

例 昔から皆が知っていた話の本当の意味が分かった時戦慄を覚えた。
當知道眾所皆知的故事其背後含意，讓人不寒而慄。

度胸が据わる 中 無所畏懼

例 大観衆を前に堂々としている彼女は、度胸が据わっている。
她在廣大的觀眾前依然威風凜凜，無所畏懼。

物ともしない　中 不當回事

例 彼は、スカイダイビングで、その高さを物ともしないで、飛行機から飛び出した。
他不把高空跳傘的高度當回事，從飛機裡一躍而出。

腹が据わる　中 處變不驚、無所畏懼

例 百戦練磨の強者だから、さすが腹が据わっている。
不愧是身經百戰的強者，依然氣定神閒處變不驚。

煩惱、困擾

頭を悩ます　中 頭痛、苦思焦慮

例 このところの会社の業績不振は、社長の頭を悩ませている。
最近公司業績不佳，社長很頭痛。

頭を痛める　中 傷腦筋

例 弁解するのに頭を痛めている。
還要解釋真是令人傷腦筋。

頭を抱える　中 傷腦筋

例 会社の経営が軌道に乗らず、社長は、頭を抱えている。
公司營運還沒上軌道，老闆很傷腦筋。

頭が痛い　**中** 頭痛、傷腦筋

例 明日の試験のことを考えると頭が痛い。
想到明天的考試就頭痛。

気が滅入る　**中** 憂鬱、煩悶

例 これから10時間連続労働だと思うと、気が滅入る。
一想到接下來要連續工作10個小時就覺得煩悶。

気が立つ　**中** 情緒不穩定

例 彼は最近何をやってもうまくいかないので、少々気が立っている。
最近他事事都不如意，所以情緒有點煩躁。

苦にする　**中** 受苦、煩惱

例 会社経営の失敗を苦にして、彼は蒸発してしまった。
苦於公司經營失敗，他人間蒸發了。

心が乱れる　**中** 心煩意亂

例 もうずいぶん昔のことだが彼女のことを思うと、心が乱れて落ち着くことができない。
雖然已經是過去很久的事了，但一想到她就心煩意亂難以平靜。

気が重い 中 心情沉重

例 ケンカした相手に謝りに行くのは、気が重い。
要去跟打架的對象道歉，讓人心情沉重。

思いに沈む 中 陷入沉思

例 大好きな彼のことを考えすぎて、思いに沈んでしまう。
因為太想他了所以陷入了思緒當中。

虫の居所が悪い 中 心情不好

例 父は虫の居所が悪いのか、ちょっとのことでも、文句を言っている。
不知道是不是心情不好，爸爸連一點小事也要抱怨。

風向きが悪い 中 情勢不利；心情不好

例 今日は、課長の風向きが悪いから、直帰させてもらえないかもしれない。
今天課長的心情不好，所以可能不會讓我直接下班。

✿ 緊張、焦急

神経を尖らす 中 繃緊神經

例 義母から 一挙一動をチェックされているようで、神経を尖らす毎日を送っている。
我婆婆監視著我的一舉一動，我每天都繃緊神經在過生活。

針の筵　中 如坐針氈

例 舌鋒鋭く政府を追い詰める審議で、首相はまるで針の筵に座っているみたいだ。
在審議會中用犀利的言詞逼問政府，讓首相如坐針氈。

固唾を呑む　中 提心吊膽、屏氣凝神

例 救助作業を、固唾を呑んで見守る。
屏氣凝神地守護著這次的救援行動。

今や遅しと　中 焦急地等待

例 大学の合格通知を今や遅しと待っている。
焦急地等待大學錄取通知。

身を焦がす　中 為愛傷神、苦戀

例 恋に身を焦がすような年齢になった。
到了會為愛傷神的年紀。

足元に火が付く　中 火燒眉毛

例 足元に火がついているのに、いつまで遊んでいるつもりなの？
都火燒眉毛了，你到底要玩到什麼時候？

気が急く　中 著急

例 気が急いているときは、大体うまくいかないものだ。
通常越是著急事情就越不順心。

気が張る　中 緊張

例 車の運転は、気が張る。
開車讓人很緊張。

心を置く　中 掛心

例 入院している彼のことに心を置く。
掛心住院的男友。

気に掛かる　中 掛心、擔心

例 彼のことが気に掛かって、仕事が手に付かない。
一直擔心他的事，導致工作時心不在焉。

気を回す　中 過於擔心

例 そんなに気を回さなくても大丈夫ですよ。
不用太過擔心也沒關係喔！

気を揉む　中 焦慮、憂心

例 運動会当日の天候に、みんなが気を揉んでいる。
大家都很擔心運動會當天的天氣狀況。

舌がもつれる　**中** 無法好好說話

例 人の前に出ると緊張して、舌がもつれてしまった。
一旦在眾人前說話時，就會太過緊張而無法好好說話。

尻に火が付く　**中** 火燒屁股、燃眉之急

例 妹は何をしても尻に火がつくようにならないと、準備しない質です。
妹妹是那種事情要到火燒屁股的地步才做準備的人。

神経に障る　**中** 讓人焦躁

例 隣から聞こえる音楽が神経に障る。
隔壁傳來的音樂讓人聽得好煩躁。

胸を焦がす　**中** 焦急難耐、為愛傷神

例 今すぐに彼に会いたいと胸を焦がす。
焦急難耐，現在就想見到他。

平静を失う　**中** 驚慌

例 オレオレ詐欺に、平静を失って、結局、騙されてしまった。
因為驚慌，所以最後被詐騙電話所騙。

註 オレオレ詐欺：是指詐騙集團假冒親友進行詐騙的手段，由於電話的開頭為「俺！俺！」（是我！是我！）所以稱為オレオレ詐欺。

✿懷疑、疑惑

疑念を抱く　中 抱著懷疑的態度

例 医者が本当の病名を言わないので、治療方針に疑念を抱くようになった。
因為醫生不告訴我真正的病名，讓我對治療方針也開始抱持懷疑的態度。

疑念を晴らす　中 解除疑慮

例 政治家が、資料を公開して、国民の疑念を晴らした。
政治家將資料公開，以消除國民的疑慮。

疑惑を招く　中 讓人覺得可疑

例 記者からの質問に答えなかったために、更なる疑惑を招くこととなった。
面對記者的提問不予回答，反而更讓人覺得可疑了。

眉唾物　中 可疑

例 彼が言っていることは、どれも眉唾物だ。
他所說的事情皆十分可疑。

首を傾げる　中 歪頭表示疑惑

例 どうも納得ができないと、彼は、首を傾げた。
無論如何都難以認同，他疑惑地歪著頭。

不忍心

見るに忍びない 　中 不忍目睹、慘不忍睹

例 国民も民主党の現状は見るに忍びないと思っている。
國民也不忍目睹民主黨的現況。

見るに堪えない 　中 ①看不下去 ②慘不忍睹

例 ①彼は日本人の英語は見るに堪えない、聞くに堪えないと言っていた。
他說日本人的英文真是糟到令人看不下去也聽不下去。

例 ②被害者の様子は見るに堪えない。
受害者的模樣慘不忍睹。

見るに見かねる 　中 看不下去

例 大きな荷物を抱えながら坂道を上るお年寄りに、見るに見かねて手を貸してあげた。
不忍心看到老人家抱著龐大的行李走上坡路，所以出手幫忙。

目も当てられない 　中 慘不忍睹

例 目も当てられない惨劇が起こってしまった。
發生了慘不忍睹的慘案。

目を覆う 　中 遮住眼睛；不忍卒睹

例 そこには、目を覆いたくなるような惨状が広がっていた。
那裏散亂著令人不忍卒睹的慘況。

✿安心、恢復情緒

心が洗われる 中 洗滌心靈

例 美しい音楽を聴くと、心が洗われる。
聆聽美妙的音樂，心靈得到洗滌。

心が軽い 中 心情變輕鬆

例 仕事が終わって、心が軽くなった。
工作結束心情輕鬆了許多。

気が抜ける 中 ①鬆了一口氣 ②（氣泡類）飲品失去風味

例 ①プレゼンが終わったら、気が抜けてしまった。
發表結束後，總算鬆了一口氣。

例 ②ビールがすっかり気が抜けたから、もう一本注文した。
啤酒都沒氣了，所以又點了一瓶。

目から鱗が落ちる 中 茅塞頓開、恍然大悟

例 友達のアドバイスで目から鱗が落ちる思いがした。
聽了朋友的建議而恍然大悟。

頭を冷やす 中 讓頭腦冷靜

例 腹が立っても、まず冷静になって頭を冷やそう。
就算再生氣也要先讓頭腦冷靜下來。

心を鎮める　　**中** 平心靜氣

例 今日は怒らずに、心を鎮めることにしよう。
今天就別生氣了，心平氣和地做事吧！

人心地がつく　　**中** 平復下來

例 日曜日の午後、家のベランダでゆっくり一杯のコーヒーを飲むと、人心地が付くんだ。
星期天下午在家中的陽台喝杯咖啡，整個人感到很舒服。

胸を撫で下ろす　　**中** 安心、鬆口氣

例 行方不明だった人が無事見つかって、胸を撫で下ろした。
平安尋獲下落不明的人，真是鬆了口氣。

心が晴れる　　**中** 豁然開朗

例 ケガが大したことないものだと聞いて、心が晴れた。
聽到傷口沒什麼大礙，心情豁然開朗。

胸が晴れる　　**中** 豁然開朗

例 不明事件が解決して、やっと胸が晴れた。
不明事件解決後，心情總算豁然開朗。

平静を保つ　中 保持冷靜

例 彼は、どんな状況でも平静を保っている。
不管在什麼情況下，他都可以保持冷靜。

平静を取り戻す　中 回復平靜

例 学園祭が終わって、学校は、平静を取り戻した。
校慶活動結束了，校園恢復往常的平靜。

気が晴れる　中 心情暢快

例 ゲームセンターで遊んで、気が晴れた。
在電動遊樂場玩樂，感到心情很暢快。

羽を伸ばす　中 隨心所欲、無拘無束

例 長期休暇を利用して、海外で羽を伸ばすことにした。
利用放長假的時間，到國外無拘無束地旅遊。

気が紛れる　中 解悶、排遣不安的情緒

例 大音量で音楽を聞くと、なんだか気が紛れる。
調大音量聽音樂的話，似乎能排解煩憂。

緊張をほぐす　中 緩和緊張情緒

例 面白い話をして、みんなの緊張をほぐす。
說有趣的話緩和大家緊張的情緒。

気を紛らわす　**中** 忘掉煩惱

例 嫌なことがあると彼はたばこを吸って、気を紛らわせている。
他只要有不開心的事，就會用抽菸來忘掉煩惱。

溜飲を下げる　**中** 消除不滿，心情舒暢愉快

例 討論で、相手を論破して、溜飲を下げた。
在討論的時候辯倒對方，令人心情舒暢。

憂さを晴らす　**中** 排遣憂愁

例 仕事の憂さをギャンブルで晴らすのは愚かなことです。
用賭博排遣工作上的壓力是很愚蠢的事。

鬱憤を晴らす　**中** 抒發心中的鬱悶

例 先生に厳しく叱られたので、吉田さんはスポーツでその鬱憤を晴らした。
被老師罵得很慘，於是吉田用運動來抒發心中的鬱悶。

頬が緩む　**中** 表情緩和下來，笑逐顏開

例 仕事が完成したことで、みな、頬が緩んでいた。
工作大功告成，大家笑逐顏開。

平静を装う　**中** 假裝冷靜

例 彼は、平静を装ってはいたが、汗をかいていた。
他裝出不為所動的樣子，但卻一直在冒冷汗。

気(き)をそらす　中 轉換心情、注意力

例 痛(いた)みから気(き)をそらすために、音楽(おんがく)を聞(き)く。
靠著聽音樂轉移對痛感的注意力。

機嫌(きげん)を直(なお)す　中 心情轉好

例 駄々(だだ)をこねていた子供(こども)が、ようやく機嫌(きげん)を直(なお)して、笑(わら)い出(だ)した。
這孩子原本還在任性吵鬧的，現在終於心情轉好，破涕為笑了。

尷尬

気(き)が詰(つ)まる　中 感到拘束

例 セレブなパーティーに、気(き)が詰(つ)まった。
在名媛紳士雲集的派對裡感到很拘束。

ばつが悪(わる)い　中 尷尬、不自在

例 式場(しきじょう)に自分(じぶん)だけ遅(おく)れて何(なん)ともばつが悪(わる)い思(おも)いをした。
參加典禮時只有自己遲到，真的很尷尬。

失望、後悔

涙(なみだ)を呑(の)む　中 飲恨

例 東大(とうだい)を目指(めざ)していたが、不合格(ふごうかく)で涙(なみだ)を呑(の)んだ。
以東京大學為目標，因沒考上而飲恨。

力を落とす 中 灰心

例 失敗しても、力を落とすことはない。
就算失敗也不要感到灰心。

当てが外れる 中 失望、期待落空

例 期待してた人に断られ当てが外れた。
被所期待的人拒絕了，讓我很失望。

肩を落とす 中 失望、垂頭喪氣

例 まさかの一回戦負けで、彼は肩を落としていた。
没想到第一回合就被打敗了，他感到相當失望。

気を落とす 中 失望、洩氣

例 彼女にフラれて、彼は気を落としていた。
他被女朋友甩了，非常地洩氣。

魂が抜けたよう 中 失魂落魄

例 彼は、魂が抜けたような表情をしている。
他一臉失魂落魄的表情。

脛に傷を持つ 中 心中有愧

例 私も脛に傷を持つ身なんだから、偉そうなことは言えない。
我心裡也覺得有愧，所以說不出口那些冠冕堂皇的話。

唇を噛む　中 忍住悔恨的心情

例 一点も取れないままコールド負けをして、皆唇を噛んだ。
比賽連一分都沒有得到就提前結束了，讓大家十分悔恨。

腑の抜けたよう　中 失魂落魄

例 妻に先立たれて、隣のおじさんは毎日腑の抜けたようになっている。
自從妻子去世後，鄰居叔叔每天都失魂落魄的。

感情用事、年輕氣盛

私情を差し挟む　中 帶私人情感

例 仕事に私情を差し挟むな！
別把個人情緒帶到工作上來！

私情を捨てる　中 屏除私情

例 法律や規律を守るために、私情を捨てることにした。
為了遵守法律和規範而決定捨棄個人情感。

情に流される　中 感情用事

例 つい情に流されて、判断を誤るときもある。
也有不自覺就感情用事，做出錯誤判斷的時候。

情にほだされる　中 受到人情束縛、礙於情面

例 相手の情にほだされて、未だに縁が切れない。
被對方的感情所束縛，至今無法切斷關係。

私情に駆られる　中 受個人的情感驅使

例 私情に駆られてしまったら、それはただの暴力だ。
因為私人情感而採取行動，那就是暴力了。

感情に走る　中 意氣用事

例 彼は議論をしていても、すぐにかっとなって、感情に走ってしまう。
他連在討論事情的時候，也常常理智突然斷線而意氣用事。

血の気が多い　中 血氣方剛

例 彼は血の気が多いので、すぐに怒り出す。
他血氣方剛，很容易就動怒。

若気の過ち　中 因血氣方剛所犯的錯

例 いろんなことに手を出して、収拾がつかなくなってしまったのは、若気の過ちであった。
因為血氣方剛做了很多無法挽回的事。

若気の至り　**中** 年輕不懂事、幼稚

例 10代で結婚して、1年もたたずに離婚とは、若気の至りである。
十幾歲就結婚，不到一年又離婚，真是年少輕狂不懂事。

尻が青い　**中** 未成熟

例 彼はまだまだ尻が青い若僧だ。
他還是個欠缺磨練的年輕人。

期待

気を持たせる　**中** 讓別人有所期待

例 好きでもない人に気を持たせるようなことはしないほうがいい。
別對沒有好感的人做出讓他有所期待的事比較好。

期待に応える　**中** 符合、不辜負期待

例 上司からの期待に応えようと頑張る。
為了不辜負上司的期待而努力。

期待に添う　**中** 符合、不辜負期待

例 上司からの期待に添えるよう頑張るつもりです、と先輩に言う。
我會告訴前輩：我打算不辜負上司的期待好好努力。

期待を担う **中** 背負期望

例 彼はまだ若いのに、会社の期待を担っている逸材だ。
他還很年輕，卻已是肩負公司期待的精英。

期待を寄せる **中** 期望、盼望

例 会社としては実は、彼に今度のプロジェクト成功の期待を寄せているんだよ。
對公司而言，這次企劃的成敗都寄託在他身上。

山を掛ける **中** 抱著僥倖的期待冒險

例 彼はいつも定期テストで、山を掛けている。
他總是對定期測驗抱著僥倖的心態猜題。

嘆氣

溜め息が出る **中** 嘆氣

例 最近何をやってもうまくいかず、思わず溜め息が出てしまった。
最近不管做什麼都不順利，讓人不禁嘆氣。

溜め息をつく **中** 嘆氣

例 溜め息をつくと幸せが逃げていくよとおばあちゃんがいつもそう言っている。
奶奶常說，嘆氣會讓幸福逃走喔！

溜め息を漏らす　**中 嘆氣**

例 この作品の繊細な仕上がりに思わず溜め息を漏らした。
這件作品精細的程度讓人驚訝地嘆息。

嘆息を漏らす　**中 失望嘆氣**

例 告白が失敗して、嘆息を漏らした。
告白失敗，失望地嘆了口氣。

世を嘆く　**中 感嘆世道**

例 彼は、「時代が変わった」と、世を嘆いている。
他說「時代變了」，感嘆著世道。

同情

情に厚い　**中 同情心深厚；體貼**

例 情に厚い彼女は、困っている人を見ると放っておけない。
富有同情心的她，看到有困難的人就無法置之不理。

情けを掛ける　**中 憐憫體恤**

例 彼女を気の毒に思い、情けを掛けて助けてあげた。
覺得很同情她，所以出手幫助她。

情にもろい　中 悲天憫人

例 情にもろい彼女は、被害者の話を聞いただけで涙ぐんでいる。
悲天憫人的她，光是聽到受害者的陳述就淚流滿面。

慈悲を掛ける　中 燃起憐憫之心

例 困っている人に慈悲を掛ける。
對有困難的人表示同情。

自尊心

プライドが高い　中 自尊心強

例 彼女はプライドが高いので、簡単に謝るわけがない。
她的自尊心很強，是不可能輕易道歉的。

プライドを傷付ける　中 傷害自尊心

例 男性のプライドを傷付けるような言葉を、なんとなく妻が口にしたことが発端で、夫の気分を悪くさせてしまった。
起因於妻子脫口說出傷害男性尊嚴的話，讓丈夫感到不舒服。

滿足滿意

気をよくする　中 滿足、成就感

例 褒められたことに気をよくして、さらに勉強に励む。
從誇獎中獲得了成就感，然後更加用功唸書。

意に適う　**中** 合意

例 あの人は、部下を選ぶとき、意に適う人しか選ばない。
他應徵屬下時，只選自己滿意的人。

不平を並べる　**中** 舉出不滿之處

例 不平を並べるだけでは何も変わらない、肝心なのは実際の行動でしょう。
只是抱怨的話什麼也不會改變，重要的是要實際採取行動吧！

気が済む　**中** 心滿意足

例 腹が立ったので、気が済むまで相手を殴ったと犯人は自白した。
犯人自白表示，因為氣憤所以痛揍對方到自己氣消為止。

✿介意、放在心上

念頭に置く　**中** 放在心上、時時謹記

例 「部屋の乱れは、心の乱れ」という言葉を常に念頭に置いている。
「房間的凌亂就是心靈的凌亂」，我始終將這句話放在心上。

意に介する　**中** 介意、放在心上

例 人の忠告を意に介さないから、失敗するのだ。
不把別人的忠告放在心上，所以才會失敗。

気に病む　**中** 放在心上

例 昔のミスをいつまでも気に病むことは無い。
不必老是對之前的過錯鑽牛角尖。

気に留める　**中** 理會、放在心上

例 このことは、気に留めておきます。
我會將這件事放在心上。

気が咎める　**中** 內疚

例 迷惑をかけたかと思うと、気が咎めて、連絡すらできない。
想到可能會造成別人的困擾，心中內疚，甚至不敢聯絡。

興奮、掃興

腕が鳴る　**中** 躍躍欲試、摩拳擦掌

例 久しぶりの勝負なので、腕が鳴る。とても楽しみだな。
因為很久沒有比賽了，躍躍欲試十分期待。

ボルテージが上がる　**中** 情緒高漲、氣氛熱絡

例 舞台がクライマックスを迎え、観衆もボルテージが上がっている。
舞台上的演出即將達到高潮，觀眾的情緒也跟著高漲。

気持ちが高ぶる　中 情緒高漲

例 いよいよ投票日を迎え、気持ちが高ぶっている。
總算來到投票日當天，情緒非常激昂。

心を躍らせる　中 雀躍不已

例 合格との知らせに、心を躍らせた。
收到合格通知，雀躍不已。

心が躍る　中 雀躍

例 女の子たちは皆多彩なアイスクリームパフェに心が躍るようだった。
女孩子們看到了色彩繽紛的冰淇淋聖代都雀躍不已。

胸を躍らせる　中 雀躍興奮

例 待ちに待った結婚に、胸を躍らせる。
對期待已久的婚禮感到興奮雀躍。

胸が高鳴る　中 雀躍、期待而興奮不已

例 初めての旅行に胸が高鳴る。
對初次的旅行感到雀躍不已。

興が醒める　中 掃興

例 下手な余興に興が醒めてしまった。
拙劣的餘興節目讓人很掃興。

座が白ける　**中** 掃興

例 彼氏は撮影に没頭するあまり、まわりの空気が読めず、座が白ける光景を何度も目にしました。
男朋友好幾次都因為太過沉迷於攝影，完全不顧周遭的人，掃了大家的興。

✿ 其他 ＊按五十音排列

愛想がいい　**中** 和藹可親、態度好

例 デパートの店員は客に対して愛想がいい。
百貨公司的店員對客人態度都很好。

足が地につかない　**中** ①（像）心中懸著大石頭 ②心裡太雀躍而無法平靜

例 ①大学受験の結果がわかるまでは足が地につかない気分だ。
大學入學的考試結果尚未揭曉前，心中就像懸著塊大石頭一樣。

例 ②明日の遠足が楽しみで、足が地につかない。
期待明天的遠足而雀躍不已。

後味が悪い　**中** ①事後感覺不好 ②殘留在嘴裡的味道不好

例 ①試合には勝ったが、観客からブーイングをされて、後味が悪くなった。
雖然我們贏了比賽，不過遭到觀眾抗議，感覺很不好。

例 ②化学調味料が入った料理は後味が悪いね。
加有化學調味料的菜，讓人覺得吃完嘴裡殘留著不好的味道。

内にこもる 中 埋藏心裡

例 彼女は仕事や家のことなどで嫌なことがあると内にこもる。
她在工作上或是在家裡碰到不開心的事，通常只會埋藏在心裡。

角を出す 中 形容女子的忌妒心

例 街中の女の子をじっと見ていると、妻が角を出した。
只要我盯著看路上的女生，老婆就心生妒忌。

感情を抑える 中 壓抑情感

例 上司の理不尽な命令に、怒りを覚えたが、先輩から、「感情を抑えろ」と言われた。
雖然對上司不合理的命令感到生氣，但前輩告訴我要「壓抑自己的情緒」。

気が進まない 中 提不起勁

例 彼女は気が進まない誘いを受けても、ちゃんと対応することができる人です。
她對不感興趣的邀請也能圓滑應對。

機嫌を損なう 中 使人不開心

例 彼の不用意な発言で彼女の機嫌を損なったようだ。
他不經大腦的發言似乎惹毛了她。

気色が悪い

中 令人不舒服

例 彼の物の食べ方は、いつ見ても気色が悪い。
他吃東西的方式，不管看幾次都令人感到不舒服。

気持ちが揺れる

中 動搖

例 彼と付き合っていく中で、彼への気持ちが揺らいだことは一度も無い。
和他交往的過程中，心意從未動搖過。

心にもない

中 ①無心 ②不是出自真心

例 ①好きな人に心にもないことを言ってしまって、大幅に評価が下がっているようです。
在喜歡的人面前無心說錯了話，感覺我在他心裡的評價大幅降低了。

例 ②彼は、不貞腐れると、心にもないことを言う。
他鬧彆扭時就會說些言不由衷的氣話。

心を込める

中 誠心誠意

例 千羽鶴を心を込めて折る。
誠心誠意地摺千羽鶴。

腰が抜ける

中 閃到腰、嚇到腿軟、笑到腿軟

例 この踊りを見て、腰が抜けるほど爆笑した。
這段舞讓我看得快笑到閃到腰了。

失笑を買う　中 惹人發笑

例 彼女の無知な発言が視聴者の失笑を買った。
她無知的發言，令觀眾們發笑。

失笑を禁じえない　中 不禁令人發笑

例 司会の話はおもしろすぎて、失笑を禁じえなかった。
主持人話說得很有趣，讓人不禁發笑。

生気がない　中 無精打采

例 彼はこのごろ生気がない顔をしている。
他最近看起來無精打采的。

生気にあふれる　中 生氣勃勃、精神抖擻

例 若い者は生気にあふれている。
年輕人都精神抖擻。

泣き言を言う　中（哭著）發牢騷

例 男だったらそんな泣き言を言うなよ！
是個男人就別在那裡發牢騷了！

泣き言を並べる　中（哭著）發牢騷

例 神様以外の者に泣き言を並べるのは、品格を落とすよ。
跟神以外的人哭著發牢騷，只會降低品格。

念に駆られる　**中** 抱持著強烈的情緒

例 あの事件からずっと自責の念に駆られてきたと彼女は苦しい心情を告白した。
她透露在事情發生之後，一直抱著強烈的自責感在過日子。

誇りを持つ　**中** 感到驕傲

例 彼は、今でも、オリンピックに出場したということに誇りを持っている。
他至今依然對曾出賽奧運感到驕傲。

骨身に染みる　**中** 強烈感覺到

例 彼の非難は骨身に染みた。
強烈地感受到他對我的責怪。

身に染みる　**中** 深刻感受

例 人の優しさが身に染みる。
深刻感受到人性的善良。

虫が起こる　**中** 產生衝動

例 彼はまた浮気の虫が起こった。今度は絶対許せない。
他又在外面偷腥了，這次絕饒不了他。

胸がつかえる　**中** 哽住；胸口悶得發慌

例 彼と会うたびに胸がつかえて、何も言えなかった。
見到他就覺得胸口悶得發慌，一句話也說不出來。

胸が悪い　**中** 噁心想吐；心情不痛快

例 どこからかの異臭に、胸が悪くなった。
不知從何而來的惡臭撲鼻，一陣噁心想吐。

焼き餅を焼く　**中** 忌妒

例 彼氏が他の女性と談笑しているのを見て、焼き餅を焼いた。
看到男朋友和別的女生談笑風生，妒火中燒。

6 個性

06

本性／衝動、沒耐心／善良、細心／壞心／自信／驕傲／謙虛／大方、樂觀／固執、乖僻／好色、花心／鬆懈、懶惰／膽子大、厚臉皮／其他

本性

一皮剥く（ひとかわむく） 中 脫下假面具

例 優しそうな顔をしているが、一皮剥けば、皆冷たい人ばかりだ。
雖然表面上是親切的模樣，但脫下假面具後，大家都很冷漠。

猫をかぶる（ねこをかぶる） 中 隱藏本性、裝模作樣

例 私は初対面の人に対しては無意識に猫を被ってしまうところがある。
面對第一次見面的人，我會下意識地隱藏本性。

鍍金が剥げる（めっきがはげる） 中 露出本性

例 丁寧に振る舞っても、最後には鍍金が剥げてしまう。
即使表現得再謹慎有禮，最後還是會露出本性吧！

本性を現す（ほんしょうをあらわす） 中 展露本性

例 とうとう、詐欺師が本性を現した。
騙子最後終於露出真面目。

地が出る　**中** 流露出本性

例 恋愛結婚だけど、結婚してから旦那は急に地が出てしまって、うまく話が通じないという大変な状態になった。
雖然我們是自由戀愛結婚的，但婚後老公馬上就露出本性，現在已經無法好好溝通了。

衝動、沒耐心

気が多い　**中** 一心多用、沒定性

例 彼は気が多いので、いろいろなものに手を付けてしまう。
他容易一心多用，所以常會同時做很多事。

衝動に駆られる　**中** 衝動行事

例 タバコを見ると、吸いたいという衝動に駆られる。
只要看到香菸就有想抽的衝動。

気が早い　**中** 急性子

例 一ヶ月先の旅行の準備を今始めるなんて、君は気が早い人だ。
一個月後的旅行你現在就開始準備，還真是急性子啊！

気性が荒い　**中** 生性暴躁

例 彼は気性が荒いので、些細なことですぐに怒り出す。
他生性暴躁，一點小事就立刻動怒。

気性が激しい　中 個性衝動

例 彼女は気性が激しいので、いつも怒っている。
她個性衝動，老是在生氣。

✿善良、細心

気が長い　中 有耐心、慢性子

例 彼は気が長いので、ちょっとやそっとのことでは、怒ることは無い。
他是個很有耐心的人，不會因為一些小事而動怒。

心が広い　中 心胸寬大

例 彼は心が広いから、皆から好かれている。
他心胸寬大，受到大家喜愛。

血が通う　中 有人情味

例 お役所にも、きっと、血の通った人がいるはずだ。
就算是在政府機關也一定有富含人情味的人。

芸が細かい　中 細膩周到

例 掃除の時、埃一つ落ちていない状態にするなんて、彼女は芸が細かいね。
她竟然可以打掃到一塵不染，真的很細膩周到。

気がいい　　**中** 好人

例 悪人顔だが、実は気がいい人だ。
他其實是個面惡心善的好人。

人がいい　　**中** 好人

例 彼は人がいいから、だまされやすい。
他人很好所以常被騙。

気が利く　　**中** 細心周到

例 彼女はよく気が利くから、結婚したら、いい奥さんになるだろう。
她十分細心周到，結婚之後應該會是個好太太吧。

念が入る　　**中** 縝密周到

例 妻が作ってくれたポケットティッシュケースは、細かいところまで念が入った仕上がりだ。
老婆為我做的面紙包，連小地方都非常用心。

気を利かせる　　**中** 細心、識相

例 分かれた彼女が同じパーティーに出たので、気を利かせて席を外した。
因為分手的女朋友也出席了這場派對，所以我識相地離開了。

気を配る　中 顧慮周全

例 ご近所に気を配る。
敦親睦鄰。

気を遣う　中 顧慮周全

例 いいムードの二人に気を遣って、その場を離れた。
我留意到那兩個人氣氛不錯，所以先行離開。

良心が許さない　中 良心過不去

例 こんなことは、自分の良心が許さないから、できない。
這種事因為跟自己的良心過不去，所以沒辦法去做。

良心に恥じる　中 愧對良心

例 君のとった行動は、良心に恥じるものだと思わないか？
你不覺得自己的行動會愧對良心嗎？

胸に手を置く　中 摸著良心，好好思考

例 自分がどんなことをしたのか、胸に手を置いてよく考えなさい。
摸著良心想想看自己做了什麼好事。

懐が深い　中 心胸寬大

例 彼は懐が深い人物だ。
他是個心胸寬大的人物。

話(はなし)が分(わ)かる　　中 通情達理

例 話(はなし)が分(わ)かる、まともな人(ひと)とだけ一緒(いっしょ)に働(はたら)きたい。
只想跟懂事、正派的人一起工作。

壞心

心(こころ)が狭(せま)い　　中 心胸狹隘

例 彼(かれ)は心(こころ)が狭(せま)いから、皆(みな)から嫌(きら)われている。
他心胸很狹隘，不受大家歡迎。

底意地(そこいじ)が悪(わる)い　　中 心眼很壞

例 彼女(かのじょ)はいつも笑顔(えがお)でいるが、けっこう底意地(そこいじ)が悪(わる)い。
她雖然總是笑臉迎人，但其實心腸很壞。

血(ち)も涙(なみだ)もない　　中 没血没淚、鐵石心腸

例 殺(ころ)し屋(や)と言(い)う職業(しょくぎょう)は、血(ち)も涙(なみだ)もないものだ。
職業殺手是没血没淚的。

意地(いじ)が悪(わる)い　　中 心腸不好

例 彼(かれ)は、卑怯(ひきょう)な手段(しゅだん)で試合(しあい)をしてくる、意地(いじ)が悪(わる)い人(ひと)だ。
他參賽時使用卑劣的手段，真的是個很壞的人。

虫がいい　**中** 自私自利

例 ただで譲ってほしいなんて、そんな虫がいい話よくいえるね。
希望可以無條件讓給你？這麼自私自利的話你也敢說。

質が悪い　**中** 性格惡劣

例 見た目に弱そうな人だけを狙って、カツアゲをするとは、質が悪い連中だ。
專門挑弱小的人恐嚇，一群性格惡劣的傢伙。

横車を押す　**中** 蠻橫不講理

例 練習メニューについて、監督が横車を押した。
教練對練習內容的安排十分蠻橫不講理。

腹が黒い　**中** 黑心

例 あの人は口先だけで、腹が黒いから気をつけたほうがいいですよ。
那個人很會說好聽話，其實心地非常壞，你小心為妙。

寝首を掻く　**中** 用卑鄙的手段騙人

例 あの人は寝首を掻くようなことを平気でやるから、注意したほうがいいよ。
那個人可以無動於衷地用卑鄙的手段騙人，你小心為上。

自信

自信が湧く　中 自信心油然而生

例 一度成功したら、自然に自信が湧くのだろう。
只要成功了一次，自然就會比較有信心了吧。

自信に満ちる　中 自信滿滿

例 ジョブスの自信に満ちた態度が人を動かす。
賈伯斯那種自信滿滿的態度讓人不自覺地為他所動。

自信を覗かせる　中 隱約透露出自信

例 マラガでの挑戦に自信を覗かせるわが国の選手。
對於馬拉加的挑戰，我國選手隱約透露出自信。

胸を張る　中 抬頭挺胸，自信滿滿

例 私は胸を張って無実だと主張できる。
我可以斬釘截鐵地保證這不是事實。

驕傲

薀蓄を傾ける　中 向別人炫耀自己的知識

例 彼はワインについて知識が豊富で、いつも薀蓄を傾けるの。
他的紅酒知識相當豐富，動不動就向別人炫耀。

図に乗る　**中** 得意忘形

例 図に乗って無茶をするから怪我をするんです。
因為得意忘形太過亂來，所以受傷了。

鼻が高い　**中** 得意洋洋

例 母校の甲子園出場に、卒業生として鼻が高い。
母校出賽甲子園，身為畢業生也覺得與有榮焉。

鼻に掛ける　**中** 驕傲自滿

例 一流会社に就職したことを鼻に掛けていると、嫌われる。
因為就職一流公司就驕傲自滿，會讓人討厭。

態度が大きい　**中** 傲慢、狂妄

例 彼は先輩に対する態度が大きいから、後輩からも嫌われている。
他對待前輩的方式很傲慢，連後進都很討厭他。

人を食う　**中** 目中無人

例 彼の人を食ったような言動が、どうしても許せない。
無法原諒他那目中無人的態度。

洟も引っ掛けない　**中** 完全不理人、目中無人

例 彼女に挨拶をしても、洟も引っ掛けなかった。
就算跟她打招呼，她也是一副目中無人的樣子。

お高く留まる　中 高傲自大瞧不起人

例 彼女はお嬢様育ちで、お高く留まっている。
她從小就像公主般被呵護，所以很高傲自大。

気位が高い　中 驕傲、自大

例 彼女は気位が高いので、友達が少ない。
她這個人驕傲自大，所以沒什麼朋友。

風を吹かす　中 擺架子

例 初めての後輩に、彼は、さっそく、先輩風を吹かしていた。
有了學弟後，他馬上擺出一副前輩的架子。

羽目を外す　中 盡情、盡興

例 昨日羽目を外して食べ過ぎたせいで、今日はお腹の調子が悪くなってしまった。
因為昨天盡興吃太多了，今天才會肚子痛。

調子に乗る　中 得意忘形

例 調子に乗って、ヘンなことをやっていると、後で痛い目を見るぞ。
總是得意忘形做一些奇怪的事，之後可是會嘗到苦頭喔！

天狗になる　中 得意忘形、自負

例 彼は、ちょっと人気が出ただけで、天狗になっている。
他不過稍微有點人氣就得意忘形。

謙虛

下手に出る　　中 謙虛

例 下手に出れば、彼はすぐつけ上がる。
只要謙虛一點，他就立刻得意忘形。

下から出る　　中 謙卑、客氣

例 あの男は、下から出るとすぐいばるから僕は嫌いだ。
只要稍微對他客氣些，那個男人就會得寸進尺，所以我不是很喜歡他。

腰が低い　　中 謙虛

例 彼は、本当に腰が低い。
他真的很謙虛。

大方、樂觀

気が大きい　　中 豪邁、大方

例 彼は酒が入ると気が大きくなる。
他幾杯黃湯下肚，就會變得很豪邁。

読みが甘い　　中 對局勢動向抱持樂觀的態度

例 彼の読みが甘かったのか、全く違う結果となった。
他對局勢的評估似乎過於樂觀，結果完全不是這回事。

✿固執、乖僻

我を通す　**中**一意孤行

例 彼は、何に対しても、我を通す人だ。
他做什麼事都一意孤行。

融通が利かない　**中**不知變通

例 彼はどんなことにも融通が利かない石頭だ。
他是任何事都不知變通的石頭腦袋。

強情を張る　**中**剛愎自用、固執

例 いつまでも、強情を張っていないで、素直に謝ったらいいのに。
不要總是固執己見，坦率地道歉不是比較好嗎。

頭が固い　**中**保守、固執

例 父はとても保守的で、頭が固い。
我爸爸非常保守固執。

我が強い　**中**固執

例 彼は、我が強いので、一度言ったことは、絶対に変えない。
他很固執，一旦說出來的事就絕不會改變。

我を張る 中 固執己見

例 互いに我を張って、議論が進展しない。
彼此固執不退讓，討論始終沒有進展。

意地になる 中 固執己見、賭氣

例 彼は、自分のミスを認めず、意地になっている。
他不承認自己的錯誤，固執己見。

意地を通す 中 堅持己見

例 彼は、最後まで反対していた。まさに、意地を通していたね。
他直到最後都持反對意見，還真是固執己見。

片意地を張る 中 意氣用事

例 彼は、会議の時、片意地を張ることがよくある。
他常常在開會的時候意氣用事。

鼻っ柱が強い 中 倔強

例 あの家族は全員鼻っ柱が強いから、どうしても喧嘩になってしまう。
那家人每個都很倔強，什麼事情都能吵。

旋毛を曲げる 中 彆扭、性情乖僻

例 返信が少し遅れただけで、彼は旋毛を曲げてしまった。
只因為回信時間晚了點，他就鬧彆扭。

灰汁が強い 中 性格極端、獨特

例 彼は灰汁が強い性格なので、しばしば誤解されたり嫌われたりする。
他因為性格獨特，常常被誤會或惹人討厭。

✿好色、花心

目尻を下げる 中 色瞇瞇的樣子

例 美人にお酒を注いでもらって、目尻を下げた。
有美女倒酒，他一臉醉翁之意不在酒的模樣。

鼻の下が長い 中 容易沉迷女色、好色

例 女性に優しくしても、ただ鼻の下が長いだけだとばかにされる。
就算溫柔地對待女性，也只會被認為是好色之徒。

鼻の下を伸ばす 中 好色的樣子

例 彼はきれいな女性を見て、鼻の下を伸ばしていた。
他只要看到漂亮的女人，就會露出豬哥樣。

尻が軽い 中 輕浮花心（女性）

例 尻が軽い女に見えるが、実は真面目な子らしい。
雖然看起來輕浮，但實際上似乎是個很保守乖巧的女孩。

鬆懈、懶惰

尻が重い 中 懶惰、不想動

例 普段は怠け者ではないのに、なんか最近は尻が重くて、どうしても元気が出せないんです。
平常並不是懶惰的人，但最近總感覺不太想動，怎樣都提不起勁。

横の物を縦にもしない 中 懶散

例 彼は仕事については、横の物を縦にもしないほど怠けている。
在工作方面，他非常地消極懶散。

箍が緩む 中 鬆懈

例 夏休みで箍が緩んでしまい、勉強に身が入らない。
因暑假而變鬆懈，提不起勁唸書。

螺旋が緩む 中 ①精神鬆散 ②螺絲鬆掉

例 ①顧問が辞任して、部員の螺旋が緩んでしまった。
顧問辭職後，員工的精神開始鬆散。

例 ②新しく買った眼鏡の螺旋がすぐ緩んで、よくずり落ちてしまう。
新買的眼鏡螺絲馬上就鬆了，很容易就滑下來。

間が延びる 中 散漫、鬆散

例 彼はいつも間が延びたような話し方なので、いらいらする。
他說話的方式總是很散漫，讓人心急。

根が生える　**中** 形容賴在某處不動

例 図書館はあまりにも気持ちがよくて、一度入ったらまるで根が生えたように、全然外に出たくない。
圖書館讓人感覺很舒適，一進到裡面就像黏住似地完全不想出去。

膽子大、厚臉皮

心臓が強い　**中** 心臟很強，指處變不驚、厚臉皮

例 上司は心臓が強いので、どんな場面でも落ち着いている。
主管是個心臟很強的人，不管遇到什麼場面都很鎮定。

心臓に毛が生えている　**中** 膽子很大、厚臉皮

例 部屋に入ろうとする心臓に毛が生えている野良猫。
企圖進入我房間，膽子很大的野貓。

肝が据わる　**中** 有膽量

例 彼女は意外と肝が据わっている。
意外地，她很有膽量。

面の皮が厚い　**中** 厚臉皮

例 社長になれなれしく接するとは、なんと面の皮が厚い奴なんだろう。
刻意裝熟地接近社長，真是個厚臉皮的傢伙吶！

押しが強い　**中** 強勢、厚臉皮

例 彼は何に対しても、押しが強い。
他做任何事情都很強勢。

其他 ＊按五十音排列

往生際が悪い　**中** 不乾脆

例 警察が取り囲んでいるのに、まだ逃げようとする、往生際の悪い犯人だ。
都已經被警察團團圍住了還想逃跑，真是個不乾不脆的犯人。

お里が知れる　**中** 看得出來是個什麼樣的人

例 彼の態度を見ていれば、お里が知れるさ。
看他的態度就知道他是個什麼樣的人。

借りてきた猫のよう　**中** 一反常態地安靜老實

例 彼は、友達の家に行くと、借りてきた猫のように静かになる。
他去朋友家的時候，一反常態地安靜老實。

腰が引ける　**中** 畏畏縮縮

例 交渉の最初から腰が引けているのでは、どうしようもない。
交涉一開始就畏畏縮縮的話，恐怕結果很難如你所願。

斜（斜）に構える

中 ①戒備 ②嘲弄的態度

例 ①そんなに斜（斜）に構えた態度では、話し合いにならない。
如此防備的態度下，無法進行對話。

例 ②世間に対して斜（斜）に構える。
對交際抱著嘲笑的態度。

底が見える

中 一目了然

例 彼と話をしていると、彼の人間としての底が見える。
和他說過話後，就知道他為人如何。

手の平を返す

中 態度驟變

例 長年付き合ってきた彼氏は昨日まで、愛想がよかったのに、今日は手の平を返したように冷たかった。
直到昨天為止，交往很久的男友態度都很好，但今天卻突然變得很冷淡。

人が変わる

中 變了個人似的

例 いつも優しくしてくれたのに、突然人が変わったように怒り出した。
他向來都對我非常溫柔體貼，但突然像變了個人似地大發脾氣。

襤褸を隠す

中 隱藏缺點

例 最後まで襤褸を隠し通すことはできない。
無法將缺點隱藏到最後。

7 意志

07-1

想法、意見／喜好厭惡／決定、判斷／努力、白費／專心、分心／思考／同意／反對／慾望、邪念／期待／夢想、目標／思念、記憶／憧憬／鬥志／理解／推測／信念／反省／直覺／放棄／理性／感興趣／忘我、失去意識／回過神來／關注、在意／忍耐／犧牲／選擇／計算、規劃／其他

想法、意見

枠に嵌まる（わくにはまる）　中 形容思想老舊無新意

例 今の若者は、「枠に嵌まった人間にはなりたくない。」と言う。

現在的年輕人都說「不想成為思想老舊的人」。

アイデアが浮かぶ（うかぶ）　中 想到好主意

例 新しいアイデアが浮かんだから試してみよう！

既然想到了好主意那就試試看吧！

イメージが湧く（わく）　中 靈感浮現

例 芸術家は新しいイメージが湧くとすぐ創作を始める。

藝術家只要一有靈感就馬上開始創作。

案を練る（あんをねる）　中 仔細研究方法

例 何か解決策はないかと案を練る。

仔細研究看看有什麼解決之道。

意見が割れる　中 意見分歧

例 消費税の引き上げには「賛成」と「反対」に意見が割れた。
關於提高消費稅的議題意見分歧，有人贊成也有人反對。

意見を交わす　中 交換意見

例 会議でお互いの意見を交わした。
開會時互相交換意見。

心が変わる　中 改變心意

例 熱心な勧誘に、心が変わった。
因為熱情的邀約而改變心意。

気が向く　中 心血來潮

例 明日のパーティーには、気が向いたら参加します。
如果我心血來潮了，就會參加明天的派對。

思いを抱く　中 抱持著…的想法

例 ゴルフの上達に熱い思いを抱く。
對於打好高爾夫球這件事充滿了熱情。

旗を掲げる　中 表明主意、主張

例 情熱と執念で意志の旗を掲げる。
用熱情和執著來表明自己的主張。

態度を示す　　**中** 表明態度

例 外交関係について、首相が初めてその態度を示した。
對於外交關係，首相首次表態。

賛否を問う　　**中** 詢問贊成或反對

例 憲法改正の賛否を問う国民投票が行われた。
舉行了詢問國民是否贊成憲法修正的公投。

見通しが甘い　　**中** 太天真了、看得太簡單了

例 失敗した原因は見通しが甘かったせいだ。
失敗的原因是太過天真了。

喜好厭惡

嫌というほど　　**中** ①膩 ②非常 ③嚴重

例 ①兄のケンカ自慢は、嫌というほど聞かされた。
對於哥哥炫耀自己很會打架這件事，我已經聽膩了。

例 ②地球温暖化のリアルは嫌というほど感じる。
對於地球暖化的情況我深刻地感覺到了。

例 ③嫌というほど腰を打った。
腰扭傷得很嚴重。

満更でもない　**中** 並非真的很討厭、還不錯

例 口では文句を言っていても、表情は満更でもなかった。
雖然嘴巴上抱怨，但臉上看起來並不是真的很討厭。

愛着が湧く　**中** 越來越喜歡

例 この車は形が古くて最初は不満だったが、今は愛着が湧いて気に入っている。
這台車的車型很舊，剛開始還不太滿意，但是現在卻越來越喜歡它了。

鼻に付く　**中** 厭倦

例 演技のうまさが、ここにきて逆に鼻に付いてきた。
現在反而對他精湛的演技感到厭倦。

虫が好かない　**中** 討厭

例 どんなに虫が好かない人でも、いつか世話になることがあるかもしれません。
再怎麼討厭的人，說不定也有一天會受到他的照顧。

嫌気が差す　**中** 開始討厭

例 彼の優柔不断な態度に嫌気が差してきたよ。
我開始對他優柔寡斷的態度感到不耐煩。

反感を買う　中 引發反感

例 野球の試合終了後、日本人選手の失敗を笑う韓国人選手団は世界中の観客に反感を買ってしまう。
棒球比賽結束後，韓國選手嘲笑落敗的日本隊的舉動，引起了世界各地觀眾的反感。

反感を抱く　中 覺得反感

例 不倫に強く反感を抱く人は、もし同じ立場だとしたら、きっぱりと断る自信はありますか。
強烈反對婚外情的人若是發生相同的情況時，是否會有斷然拒絕誘惑的自信呢？

顰蹙を買う　中 引發反感而皺眉頭

例 面白いことを言って笑ってくれると思ったが、逆に顰蹙を買ってしまった。
我以為講了很有趣的話，沒想到大家卻感到反感而皺眉。

✿決定、判斷

気持ちが固まる　中 鐵了心

例 次の選挙に出馬する気持ちが固まった。
鐵了心要出馬參加下次的選舉。

志を立てる **中** 立下志向

例 志望校合格という志を立てて、受験勉強に励む。
立下考取理想學校的志向，拚命讀書準備考試。

腹を固める **中** 下定決心

例 人は自分で決めてから腹を固める。
自己做出選擇之後才會下定決心。

腹を決める **中** 鐵了心、毅然決然

例 最後まで戦い抜こうと腹を決めた。
下定決心奮鬥到底。

腹を括る **中** 有了覺悟

例 最悪の事態を想定しながら、腹を括って審判の結果を待つ。
有了最壞的打算，做好覺悟等待審判結果。

意を決する **中** 下定決心

例 意を決して、選挙に立候補した。
我下定決心，成為選舉候選人。

英断を下ろす **中** 下了英明的決定

例 国を守るため、大統領は大きな英断を下ろした。
為了保護國家，總統下了英明的決定。

気がある　　中 ①打算 ②喜歡的情愫

例 ①最近弟は勉強する気があるようだ。
弟弟最近像是開始想用功唸書了。

例 ②彼女の態度を見ていると、私に気があるようだ。
看她的態度，似乎是對我有意思。

心を決める　　中 下定決心

例 今日、あの子に告白しようと、心に決めた。
今天下定決心要跟她告白。

打算が働く　　中 評估利益

例 経済的満足度や地位名声を得るための打算が働く結婚もあります。
也有些婚姻是顧慮經濟的滿足、獲得名聲地位等利益而結的。

白黒をつける　　中 分清是非黑白

例 物事に白黒をつけるのが好きな人は多いものですが、このような思考には、心の病気につながる危険が潜んでいます。
喜歡明確分清是非黑白的人很多，但這樣的思考方式卻潛藏著造成心理疾病的危險因素。

白黒をはっきりさせる　中 分清是非黑白

例 優柔不断な彼との関係は白黒をはっきりさせるべきですか？
優柔寡斷的他跟我到底是什麼關係，該不該弄明白呢？

話を決める　中 決議

例 1年後一緒にオーストラリアへ行くということを、二人で話を決めた。
他們兩人決定1年後一起去澳洲。

度胸が付く　中 堅定不移

例 いろいろな経験をしていくうちに度胸がつくものだ。
在經歷各種事情的過程中變得堅定。

度胸を決める　中 下定決心

例 男だったら、度胸を決めたらどうだ？
是男人的話，就下定決心吧？

狙いを定める　中 鎖定目標

例 泥棒が狙いを定める家にならないように、防犯カメラを仕掛けた。
為了避免成為小偷鎖定的目標，加裝了監視器。

目星を付ける　中 設定目標

例 警察は、犯行現場にあった髪の毛から犯人の目星を付け、張り込みを始めたのだった。
警察從犯罪現場中發現的頭髮鎖定犯人，設下了埋伏。

狙(ねら)いを付(つ)ける　中 瞄準方向

例 来春(らいしゅん)の合格(ごうかく)に狙(ねら)いを付(つ)ける。
以明年春天合格為目標。

褌(ふんどし)を締(し)めて掛(か)かる　中 破釜沉舟、下定決心

例 これからが正念場(しょうねんば)だから、褌(ふんどし)を締(し)めてかかっていけ。
現在開始就是關鍵時刻了，以破釜沉舟的決心上吧！

右(みぎ)も左(ひだり)も分(わ)からない　中 ①搞不清楚方向 ②涉世未深，弄不清楚狀況

例 ①きのう引(ひ)っ越(こ)ししてきたばかりで、右(みぎ)も左(ひだり)も分(わ)からない。
昨天剛搬來，所以還搞不清楚方向。

例 ②右(みぎ)も左(ひだり)も分(わ)からない駆(か)け出(だ)しの小僧(こぞう)じゃあるまいし。
又不是涉世未深、弄不清楚狀況的毛頭小子。

判然(はんぜん)としない　中 不清不楚

例 彼(かれ)のことを本当(ほんとう)に好(す)きなのかどうなのか、自分(じぶん)の気持(きも)ちはまだ判然(はんぜん)としない。
是不是真的喜歡他，連自己都搞不太清楚。

✿努力、白費

人事を尽くす　中 盡人事

例 今回の試験は人事を尽くして天命を待つ。
這次的考試只有盡人事聽天命了。

註 常與天命を待つ（聽天命）一同使用。

工夫を凝らす　中 費了一番工夫、嘔心瀝血

例 ここにある作品は、どれも工夫を凝らしてある。
這些都是嘔心瀝血之作。

飛躍を遂げる　中 奮發向上

例 わずか二年で、エースへと飛躍を遂げた。
短短兩年內，就奮發向上成為王牌。

ベストを尽くす　中 竭盡所能

例 ベストを尽くせるように頑張る。
竭盡所能地努力。

最善を尽くす　中 盡力

例 医者は治療において最善を尽くすと言ってくれた。
醫生告訴我，會盡最大的努力治療。

精が出る　中 拚命努力

例 目標があると、練習にも精が出る。
有了目標就會努力練習。

血の出るよう　中 嘔心瀝血

例 血の出るような努力もむなしく、コールドゲームで負けてしまった。
因提前結束比賽而落敗，嘔心瀝血的努力都白費了。

心を尽くす　中 竭盡所能

例 心を尽くして作った料理。
竭盡所能做出來的料理。

血が滲むよう　中 費盡心血

例 この作品には、彼の血が滲むような努力が込められている。
這件作品是他費盡心血完成的。

骨がある　中 認真、有骨氣

例 最近の新入社員は、骨があるやつが少ない。
最近的新進員工沒幾個是認真的。

腰を入れる　中 認真、專心

例 来週のスポーツ大会に向けてみんなは前向きな感じで、腰を入れて練習に取り組んでいます。
為了下個禮拜的運動大會，大家積極地投入練習。

身が入る　中 認真、拚命

例 こうも暑いと、勉強に身が入らない。
熱成這樣，根本沒辦法認真唸書。

身を粉にする　中 不辭辛勞

例 身を粉にして働いて、子供を養った。
不辭辛勞地工作養育孩子。

身を捨てる　中 不惜一切代價

例 身を捨てる覚悟で会社の危機に立ち向かう。
抱著不惜一切代價的覺悟挺身面對公司的危機。

身を削る　中 費盡心力

例 彼は身を削るような思いをして、会社を守ってきた。
他費盡心力守護公司至今。

体を張る　中 拚上性命

例 体を張って、彼女を守ると約束した。
用生命許下守護她的承諾。

骨身を削る　中 勞心勞力

例 会社の業績が軌道に乗るまで、骨身を削って働く。
在公司的業績上軌道前勞心勞力地工作。

老骨に鞭打つ　中 即使年邁依然賣力

例 後継ぎがいないため、老骨に鞭打っても、仕事を続けなければならない。
因為後繼無人，所以拚了老命也得繼續工作不可。

死を決する　中 抱著必死的決心

例 死を決して試合に挑む。
抱著必死的決心參加比賽。

骨を埋める　中 鞠躬盡瘁

例 骨を埋める覚悟で、この場所に来た。
抱持著鞠躬盡瘁的覺悟來到這裡。

骨を折る　中 盡心盡力

例 街の復興に骨を折る。
盡心盡力重振街道繁榮。

骨身を惜しまず　**中** 不辭辛勞

例 彼は、このプロジェクトのために、骨身を惜しまず働いている。
他為了這個企劃不辭辛勞地工作。

額に汗する　**中** 汗流浹背，賣力工作

例 額に汗して頑張った人が報われる社会が好きだ。
我喜歡只要賣力工作就一定能有所回報的理想社會。

額を集める　**中** 聚集商討

例 今後の営業方針について、額を集めて協議する。
大家聚在一起協議今後的營業方針。

命に代える　**中** 為了…拚了命

例 母親は自分の命に代えても子どもを守る。
做母親的就算拚了命也會守護自己的孩子。

命を懸ける　**中** 拚命

例 自分の子供たちのことは、命を懸けて守るのが、親というものである。
拚了命守護自己的孩子，這就是我們的父母。

力を入れる　**中** 投入心力

例 今回のプロジェクトは、我が社が一番力を入れているものだ。
這次的企劃，我們公司投入了最多的心力。

力を尽くす　中 盡力

例 医者は彼を助けようと力を尽くしたが、無理だった。
醫生已經盡力幫助他，卻還是沒有辦法。

力瘤を入れる　中 盡心盡力、賣力

例 彼はすべての仕事に力瘤を入れている。
他盡心盡力地去做所有的工作。

趣向を凝らす　中 下工夫、別出心裁

例 海辺の店舗は1500円以下というルールの中、それぞれの店が趣向を凝らしている。
在海邊附近的店鋪，在1500日幣以內的價格規定下，各個下了不少工夫。

無駄骨を折る　中 徒勞無功、功虧一簣

例 ここまで作ったのに、基礎工事に欠陥があったなんて、とんだ無駄骨を折った。
工程做到一半，卻因為基礎工程發生問題而功虧一簣。

無になる　中 白費

例 レース当日に病気になり、今までの努力が無になった。
在比賽當天生病，過去的努力全都白費了。

手が込む
中 手工複雜、費工

例 この工芸品は、装飾に手が込んでいる。
這個工藝品的裝飾很費工。

手を掛ける
中 ①做工繁複 ②親自進行 ③偷東西

例 ①手を掛けた料理です。
做工繁複的料理。

例 ②家事と子育てに追われて、外見に手を掛ける時間がありません。
每天被家事和孩子追著跑，根本沒有時間好好打理自己的外表。

例 ③いくら好きだとしても、他人の物に手を掛けてはいけないよ。
不管再怎麼喜歡，也不能偷別人的東西呀！

水泡に帰する
中 化為泡影

例 このことが世間に知れたら、これまでの我が社の努力が水泡に帰することになる。
這件事情如果讓社會大眾知道的話，公司至今的努力都將化為泡影。

水の泡
中 化為泡影

例 うっかり怪我をしてしまい、試合に出られなくて、今まで努力してきたことは全て水の泡になった。
不小心受了傷無法出賽，過去的努力全都化為泡影。

空を掴む **中** 一場空

例 彼が総理大臣になるなんて、空を掴むようなものだ。
他要成為總理大臣這件事終究只是一場空。

專心、分心

目を皿のようにする **中** 屏氣凝神、全神貫注

例 彼は、新聞に自社のことが載っていると、目を皿のようにして、その記事を読む。
只要報紙刊登有關公司的新聞，他就會全神貫注地讀那篇報導。

精を入れる **中** 專心一意

例 もっと精を入れてやれとコーチに注意された。
被教練警告要集中注意力。

手に付かない **中** 無法專心

例 音楽が気になって、仕事が手に付かない。
很在意音樂聲，所以無法專心工作。

気合が入る **中** 全神貫注、提起幹勁

例 久々の運動とあって、気合が入っている。
因為很久沒有運動了，所以這次提起幹勁全神貫注地好好動一動。

気持ちを引き締める 中 聚精會神

例 車の運転の時は、事故を起こさないように、気持ちを引き締めよう。
開車的時候，要聚精會神避免發生意外。

気が散る 中 分心

例 運転中に携帯電話を使うことは、気が散るので、危ない。
開車時使用手機會讓人分心，很危險。

気を取られる 中 分心

例 助手席の荷物に気を取られて、事故を起こしてしまった。
因為副駕駛座上的行李而分心，結果出了車禍。

思考

念頭に浮かぶ 中 湧上心頭

例 季節の挨拶というと、念頭に浮かぶのはお中元やお歳暮ではないでしょうか。
若說到節慶的拜訪，應該會馬上想到中元節和歲末年終吧！

当たりを付ける 中 有頭緒、有著落

例 物事に取り組むときは、当たりを付けてから、取り組むといいと言われた。
人家說做事要先有頭緒之後再開始會比較好。

頭を切りかえる　中 轉換頭腦、想法改變

例 試験科目が変わったらすぐ頭を切りかえよう。
換考其他科目後，腦筋必須馬上轉換過來。

名案が浮かぶ　中 想出好辦法

例 この難局を乗り切る名案が浮かんだ。
想出了能夠打破這艱難局面的好方法。

考察を加える　中 探討

例 今日はこの問題について、考察を加えていきたいと思う。
今天希望能針對這個問題進行探討。

頭をもたげる　中 （想法、感覺）冒了出來、想了起來

例 おいしそうなにおいに急に空腹感が頭をもたげてきた。
聞到了香味，飢餓感便湧現出來了。

勘定に入れる　中 考慮

例 プロジェクトチームについて、彼もそこそこ能力はあるから、勘定に入れておこう。
他滿有能力的，所以可以好好考慮是否要讓他加入企劃團隊。

心に浮かぶ　中 靈光一閃、浮上心頭

例 どうしようもない時に少し落ち着く方法と言えば、たぶん心に浮かんだ言葉を書き留めておくことだ。
讓無所適從的心冷靜下來的方法，就是先把想到的事寫下來。

思索にふける　中 不做別的事，專心思考

例 仕事と家事に忙殺状態で疲れ切っていて、しばらくゆっくり思索にふける暇がない。
被工作跟家事忙得喘不過氣，連短暫休息專心思考的時間都沒有。

思案に暮れる　中 想不出辦法、毫無頭緒

例 明日は友人が来るのに、この散らかった部屋をどうしようかと思案に暮れるばかりだった。
明天朋友就要來了，現在還在為亂糟糟的房間苦惱該怎麼辦。

首を捻る　中 細細思索

例 彼の主張に、皆が首を捻った。
大家仔細地思索他所提出的主張。

頭を使う　中 思考

例 頭を使うことで老化防止になる。
常思考可以預防老化。

頭を働かせる　中 動動腦

例 難題を乗り切るために、頭を働かせる。
為了渡過難關，需要動動腦了。

頭を捻る　中 思考

例 冷蔵庫の残った食材を使って料理をしようと頭を捻った。
我想著如何用冰箱剩下的食材做料理。

脳味噌を絞る　中 絞盡腦汁

例 脳味噌を絞っても、いいアイデアが浮かばない。
絞盡腦汁還是沒有想到好點子。

目の付け所　中 著眼點

例 彼は、私たちとは目の付け所が違うから、私たちには理解できない言動をすることがある。
他著眼之處和我們不同，所以有些舉止是我們難以理解的。

思いを巡らす　中 反覆思考

例 子供の将来に思いを巡らす。
反覆思考小孩的未來。

思いを凝らす　中 絞盡腦汁

例 新しいプロジェクトに思いを凝らす。
絞盡腦汁思考新案子。

悟りを開く　中 悟道、覺悟

例 僧侶が悟りを開く。
僧侶悟道。

知恵を貸す　中 給別人出主意

例 先輩としての知恵を貸してほしい。
我想聽聽身為前輩的您的意見。

知恵を絞る　中 絞盡腦汁

例 お客さんが喜んでくれるように知恵を絞って、料理を考案する。
為了讓顧客滿意，絞盡腦汁設計菜單。

知恵を出す　中 為了讓事情順利進行而費盡心思

例 メンバー全員で知恵を出して、新商品の開発をする。
組員們集思廣益開發新商品。

知恵を付ける　中 從旁獻計、提點

例 誰に知恵を付けてもらったのか、急に新人が生意気になった。
不知道是誰從旁提點，新人突然狂妄了起來。

物思いに沈む　中 陷入沉思

例 この国の将来を考えて、しばらく物思いに沈んでいた。
一想到這個國家的將來，暫時陷入了沉思。

物思いにふける　中 ①想東想西　②想得入神

例 ①物思いにふけるのに最適な場所を見つけました。
找到了可以好好沉思的地方。

例 ②定年後の生活は、猫のように静かに過ごしたい。たまには物思いにふけるのもいいかも。
退休後的生活，想像貓咪那樣靜靜地過日子，偶爾發呆想事情或許也不錯。

想像を絶する　中 超出想像

例 想像を絶する高さの崖に、足がすくんだ。
站在高到超乎想像的懸崖邊，嚇得腿都軟了。

想像をたくましくする　中 在腦中隨便想像

例 どんな絵を描こうかと、想像をたくましくする。
在腦中隨意想像著要畫什麼樣的畫。

同意

うのみにする　中 囫圇吞下、全盤接受

例 広告の宣伝文句をうのみにしてはいけない。
不要輕易相信所有的廣告宣傳。

相槌を打つ　中 點頭認同

例 彼の話に相槌を打つ。
認同他所說的話。

首を縦に振る　中 點頭認可

例 何度説得しても彼は、首を縦に振らなかった。
不管怎麼說服他，他始終不點頭。

根が深い　中 根深蒂固

例 彼に対し、不信感の根が深い。
對他的不信任感根深蒂固。

根を張る　中 已被普遍接受

例 「さよなら原発みなと」の活動はもうしっかり地域に根を張っている。
反核活動已經深入各地區並且被普遍接受。

反對

背(せ)を向(む)ける　　中 反對、忽視

例 彼(かれ)のわがままな意見(いけん)に、皆一斉(みないっせい)に背(せ)を向(む)けた。
對於他隨便輕率的提案，大家都選擇忽視。

首(くび)を横(よこ)に振(ふ)る　　中 不認同

例 彼(かれ)は最後(さいご)まで、会社(かいしゃ)の合併(がっぺい)に対(たい)して、首(くび)を横(よこ)に振(ふ)っていた。
直到最後他依然對公司合併一事表示不認同。

目(め)に余(あま)る　　中 看不下去，無法接受

例 彼(かれ)の言動(げんどう)は目(め)に余(あま)るものがある。
他的言行舉止讓人看不下去。

慾望、邪念

腹(はら)に一物(いちもつ)ある　　中 心懷叵測、別有用心

例 なんだか彼(かれ)は腹(はら)に一物(いちもつ)あるような言(い)い方(かた)をしていた。
總覺得他當時說的話別有用心。

胸(むね)に一物(いちもつ)ある　　中 心懷叵測

例 彼(かれ)が了承(りょうしょう)するのは、胸(むね)に一物(いちもつ)あるからに違(ちが)いない。
他會答應一定是有什麼企圖。

意地が汚い　中（對物質、食物）貪婪

例 いくら無料だと言っても、一人で全て食べつくすなんて、意地が汚いよ。
即使是免費的，要一個人全部吃掉也太貪心了。

喉から手が出る　中 非常想要

例 このゲームは、喉から手が出るほど欲しい。
我非常想要這款遊戲。

欲に目がくらむ　中 被欲望蒙蔽雙眼

例 欲に目がくらんで、大切なものを見失う。
被欲望蒙蔽雙眼的話，就會看不到重要的東西。

欲を出す　中 貪心

例 欲を出して、宝くじをいっぱい買ってしまった。
貪心地買了一堆彩券。

欲張る　中 貪得無厭

例 彼は、ご飯の席では欲張って、食べすぎる癖がある。
他有暴飲暴食的壞習慣。

邪念を抱く　中 抱持邪念

例 外国人と恋愛したいという邪念を抱いて、外国語を勉強する。
抱持想和外國人談戀愛的不純正念頭學外文。

邪念を払う　中 消除邪念

例 邪念を払って、すっきりと新しい年を迎えよう。
摒除邪念迎接新的一年吧！

今か今かと　中 望眼欲穿

例 新商品の発売を今か今かと待っている。
新產品發表令人望眼欲穿。

期待

お預けを食う　中 期待必須（期待的事情因故）延後實現

例 娘が風邪を引いたので、温泉旅行がお預けを食っている。
因為女兒感冒了，溫泉旅行便要延後了。

当てにする　中 指望、期待

例 父親の遺産を当てにして、多額の借金をする。
仗著爸爸會留下遺產，所以借了很多錢。

首を長くする　中 引頸期盼

例 今度の旅行を、首を長くして待つ。
引頸期盼這次的旅行。

意のままに　中 合乎期待

例 親の意のままに子供は育たないものだ。
小孩不會完全符合父母的期待長大。

意を汲む　中 順著…的心意

例 亡き母の意を汲んで、介護の仕事をすることにした。
他順著已故母親的心願成為了一名看護。

狙いが外れる　中 不如預期

例 もう少し待てば株価が上がるという狙いが外れて、結局大損した。
以為只要再等一下股價就會上漲，結果不如預期造成莫大損失。

夢想、目標

悲願を果たす　中 實現了長久以來的心願

例 甲子園に出場して、先輩たちの悲願を果たした。
能夠出賽甲子園，終於不負學長們的期待。

当てがある　中 有希望、目標

例 アパートを追い出されても、当てがあるので、そんなに困らない。
即使被趕出公寓我也有了打算，所以不會太擔心。

思(おも)いが叶(かな)う

中 實現了心願

例 大好(だいす)きな彼(かれ)と付(つ)き合(あ)うことができ、思(おも)いが叶(かな)った。

實現了心願和最喜歡的他交往。

思(おも)いを遂(と)げる

中 完成了心願

例 大好(だいす)きな彼女(かのじょ)と付(つ)き合(あ)うことになり、長年(ながねん)の思(おも)いが遂(と)げられた。

和朝思暮想的女孩交往，實現了多年來的心願。

願(がん)を懸(か)ける

中 祈願

例 大学(だいがく)に合格(ごうかく)できるよう、神社(じんじゃ)に行(い)って、願(がん)を懸(か)けた。

為了成功考上大學，到神社祈求。

心(こころ)が弾(はず)む

中 充滿期待、興致高昂

例 明日(あした)から連休(れんきゅう)なので、心(こころ)が弾(はず)んでいる。

明天開始就是連休了，真讓人期待。

大志(たいし)を抱(いだ)く

中 胸懷大志

例 少年(しょうねん)よ、大志(たいし)を抱(いだ)け。

少年啊，要胸懷大志！

念願(ねんがん)が叶(かな)う

中 願望達成

例 明日(あした)はロンドンに行(い)く、ついに念願(ねんがん)が叶(かな)うときがやってきました。

明天要去倫敦，實現夢想的時刻終於來臨了。

念願を果たす　**中** 願望達成

例 念願の優勝を果たすことができた瞬間、今まで頑張ってきたものが溢れ出した。
如願獲得優勝的瞬間，過去努力的記憶一股湧上心頭。

願いが叶う　**中** 實現願望

例 鈴虫寺の関連資料を調べてみると、願いが叶った人が驚くほど多いです。
查了一下鈴蟲寺的相關資料，發現在那邊實現願望的人多得驚人。

願いが届く　**中** 夢想成真

例 優勝したいという願いが届いた。
希望獲勝的夢想成真了。

願いを込める　**中** 懷抱心願

例 子供の名付けはやはり親の願いが込められた名前のほうがいいと思います。
我覺得幫小孩取名字時，還是要取個符合父母期待的名字比較好。

願ったり叶ったり　**中** 得償所願

例 当たった旅行が京都だったら、願ったり叶ったりですよ！
若抽中的旅遊行程是京都的話，那真的是得償所願呢！

願ってもない
中 求之不得

例 ここにきて、願ってもないチャンスがやってきた。
此時，求之不得的機會總算來臨了。

夢が叶う
中 實現夢想、願望

例 七夕では、夢が叶うように願い事を短冊に書いて、笹に吊るします。
七夕時，為了實現願望，會在短籤上寫下願望掛在竹子上。

夢が破れる
中 夢想破滅

例 結局今年も、甲子園という夢は破れてしまった。
結果今年的甲子園之夢也破滅了。

夢と消える
中 夢想還沒開始就破滅了

例 センター試験に遅刻し、大学合格は、夢と消えた。
在重要考試的時候遲到，考上大學的夢想還沒開始就破滅了。

夢を描く
中 描繪將來的夢想

例 小さい時から、将来の夢を描くのは、大切なことだ。
從小開始描繪將來的夢想是件很重要的事情。

夢を追う
中 追求夢想

例 彼は、いつまでも、叶わない夢を追っている。
他永遠都在追求不可能實現的夢想。

夢を見る 中 想像、做夢

例 夢を見ているだけでは、その夢は現実のものにならない。
光做夢的話，夢想是無法變成現實的。

欲を言えば 中 說到願望

例 欲を言えば、大学進学記念に車が欲しい。
說到願望，希望能擁有一部車來當作考上大學的紀念。

照準を合わせる 中 鎖定目標、瞄準

例 オリンピックに照準を合わせた練習メニューを作る。
以奧運為目標，訂定練習計劃。

照準を定める 中 鎖定目標、瞄準

例 彼女は若いけど、ゴルフで世界制覇に照準を定めている。
她雖然還很年輕，但已經以世界高爾夫冠軍為目標。

✿思念、記憶

里心が付く 中 思鄉病

例 就職のために見知らぬところに来たが、5年も過ごすと里心が付いてしまう。
為了工作來到這陌生的地方，過了5年不禁開始想家。

首を回らす　**中 回首過去**

例 首を回らして、父の面影を懐かしむ。
回首過往緬懷父親的身影。

頭から離れない　**中 無法不去想、掛念**

例 病床の友人のことが頭から離れない。
無法不去掛念正在住院的友人。

胸に刻む　**中 記憶深刻、沒齒難忘**

例 先生の言った事を胸に刻む。
恩師所說的話沒齒難忘。

思いが募る　**中 越發思念**

例 大好きな彼への思いが募る。
對他越來越思念。

思いを馳せる　**中 遙寄思念**

例 遠距離恋愛の彼に、思いを馳せる。
遙寄思念遠距離戀愛的男友。

思いを寄せる　**中 想著、戀慕著**

例 きれいなあの人に、ひそかに思いを寄せる。
偷偷暗戀美麗的她。

記憶（きおく）がよみがえる　**中** 回想起往事

例 あの部屋（へや）に入（はい）ると、子供（こども）の頃（ころ）の記憶（きおく）がよみがえってくる。
一踏入那個房間，兒時的回憶便湧上心頭。

記憶（きおく）に残（のこ）る　**中** 記憶深刻、留在記憶裡

例 今回（こんかい）のなでしこの世界一達成（せかいいちたっせい）は、みんなの記憶（きおく）に残（のこ）った。
日本女足「大和撫子」得到世界第一的這件事，深深地烙印在大家的記憶裡。

記憶（きおく）をたどる　**中** 循著記憶

例 幼（おさな）い時（とき）の記憶（きおく）をたどっていって、やっと思（おも）い出（だ）した。
循著孩提時的記憶，總算回想起來了。

心（こころ）に掛（か）かる　**中** 掛念

例 家（いえ）に残（のこ）してきたペットのことが心（こころ）に掛（か）かる。
掛念留在家中的寵物。

心（こころ）に刻（きざ）む　**中** 銘記在心

例 今日（きょう）のこの出来事（できごと）を心（こころ）に刻（きざ）んでおこう。
將今天發生的事情銘記在心吧。

心（こころ）に留（と）める　**中** 銘記在心

例 師匠（ししょう）から言（い）われたことを心（こころ）に留（と）める。
師傅說過的話我都銘記在心。

心に残る　**中** 留在心裡、念念不忘

例 ドラマを見始めてから１０年経って、永遠に心に残っているのは『東京ラブストーリー』と、『ロングバケーション』だと思います。
開始看日劇已經10年了，永留心中的日劇大概就是《東京愛情故事》和《長假》吧！

烙印を押される　**中** 被貼上無法消除的標籤

例 バンジージャンプが飛べなかったせいで、「ヘタレ」の烙印を押されてしまった。
因為當初不敢玩高空彈跳的關係，他被貼上「弱雞」的標籤。

追憶にふける　**中** 懷念過往

例 年末の大掃除のついでに、面白い手紙を見つけて、学生時代の追憶にふけた。
年末大掃除的時候找到一些有趣的信，懷念起學生時代的過往。

未練がある　**中** 留戀不捨

例 昔の恋人に、まだ未練がある。
對之前的戀人留戀不捨。

未練が残る　**中** 留戀、無法割捨

例 元彼に、まだ未練が残っている。
對前男友仍念念不忘。

憧憬

憧(あこが)れが強(つよ)い　　中 強烈憧憬

例 彼女(かのじょ)はフランス文化(ぶんか)に憧(あこが)れが強(つよ)い。
她對法國文化有著強烈的憧憬。

憧(あこが)れの的(まと)　　中 憧憬的對象

例 伊藤先生(いとうせんせい)は若(わか)くてかっこいいので、女子学生(じょしがくせい)の憧(あこが)れの的(まと)です。
伊藤老師既年輕又帥，是女學生憧憬的對象。

憧(あこが)れを抱(いだ)く　　中 懷抱憧憬

例 スポーツ選手(せんしゅ)はオリンピックに憧(あこが)れを抱(いだ)いている。
運動選手對奧林匹克運動會懷抱憧憬。

鬥志

意欲(いよく)が湧(わ)く　　中 湧現熱情

例 給料(きゅうりょう)が高(たか)い仕事(しごと)だけに、意欲(いよく)が湧(わ)いてくる。
只對薪資高的工作有熱情。

寝食(しんしょく)を忘(わす)れる　　中 廢寢忘食

例 弟(おとうと)は寝食(しんしょく)を忘(わす)れてゲームにはまっている。
弟弟廢寢忘食地沉迷於遊戲之中。

闘志を燃やす

中 鬥志旺盛

例 プロレスの試合で選手は闘志を燃やして、戦っている。

職業摔角的比賽中，選手們鬥志旺盛，進行戰鬥。

熱がこもる

中 ①有熱忱 ②悶熱

例 ①店員さんの熱がこもった売り込みにつられました。

被店員的熱忱吸引就買了。

例 ②キッチンの作りが悪いのか、火を使っているとき、そこに熱がこもります。

不知道是不是廚房的設計不好，開火的時候總是囤積熱氣。

熱が冷める

中 熱情消退

例 二人に倦怠期が訪れたとき、想いが消えたわけじゃなくて、熱が冷めただけと、冷静に考えてみましょう。

當兩個人進入了戀情倦怠期，並不表示兩個人没了感情，只是熱情消退了而已，這時彼此都請冷靜地思考吧！

熱が入る

中 熱衷

例 最近肩こりがひどくて…たぶん仕事に熱が入ると、姿勢が悪くなるのが原因かもしれない。

最近肩膀酸痛得厲害，大概是工作的時候太專注，姿勢不正確的關係。

熱を上げる　**中**熱衷、沉迷

例 彼は一度コンサートに連れて行ったら、すっかりあの歌手に熱を上げている。

他有一次被拉去看演唱會之後，就完全迷上了那位歌手了。

熱を帯びる　**中**高溫、情緒沸騰

例 最後に披露した歌が、沸き上がる感情を熱を帯びた声で唄いあげた『君が好き』です。

最後為您帶來的是，用最有溫度的聲音唱出最動人感情的《我喜歡你》。

熱意を示す　**中**表現出強烈的熱忱

例 面接する時、その会社の方向性や将来性についてどんどん質問をすることも熱意を示す一つの表現となります。

面試時，對公司的營業方針與未來性提問，也是表現熱忱的一種方式。

熱意に欠ける　**中**沒有熱忱

例 経験が豊富で熱意に欠ける方よりは、経験がなくても頑張ろうとする方と一緒に働きたいです。

比起有經驗但沒熱忱的人，我比較想跟就算沒經驗也願意努力的人一起工作。

血が多い　**中**血氣方剛

例 彼は血が多いのか、すぐに感情が激高する。

他可能是血氣方剛，情緒一下子就激昂起來。

血が騒ぐ 中熱血沸騰

例 元ラグビー部だっただけに、ラグビーの試合を見ると、血が騒ぐ。

本來是橄欖球社的，所以一看到橄欖球比賽就熱血沸騰。

首を垂れる 中低迷不振

例 逆転ホームランを打たれ、ピッチャーは首を垂れた。

被對方擊出全壘打而逆轉了局勢，使得我方投手的士氣低迷不振。

痛手を負う 中沉重的打擊

例 優秀な彼が、ヘッドハンティングされたことで、会社は、痛手を負った。

優秀的他被別家公司挖角了，對公司來說真是沉重的打擊。

理解

真意を摑む 中明白真正的意思

例 セールスマンにとって、お客様の発言やオーダーの真意を摑むことが一番大切だ。

對銷售人員來說，能聽懂顧客真正的要求是很重要的。

合点が行く 中 可以理解

例 誰に聞いても、合点が行く答えが返ってこない。
不管問誰都得不到可以理解的答案。

気が知れない 中 難以捉摸、難以理解

例 キャットフードを食べる彼の気が知れない。
無法理解他去吃貓食的想法。

事情に明るい 中 瞭若指掌

例 彼はIT業界の事情に明るい。
他對IT業界的事瞭若指掌。

推測

下手をすると 中 或許、搞不好（負面）

例 下手をすると、逆転負けするかもしれない。
搞不好會勝轉敗。

信念

信念を貫く 中 貫徹信念

例 政治家としての信念を貫いたことで党を除名された。
為了貫徹政治家的信念而被開除黨籍。

信念を曲げる　**中** 扭曲信念

例 出世するために自分の信念を曲げることはできない。
無法為了出人頭地就扭曲自己原本的信念。

✿反省

心を改める　**中** 改過自新

例 40歳になった彼はこれまでの間違った人生を深く反省し、心を改める決心をした。
40歲的他反省自己過往錯誤的人生，下定決心改過自新。

心を入れ替える　**中** 洗心革面

例 心を入れ替えて仕事に励む。
洗心革面努力工作。

反省の色がない　**中** 沒有悔意

例 あの有名なセレブは警察に飲酒運転として摘発されても、反省の色がなかった。
那位名媛因酒駕遭警方開單，卻一點悔意都沒有。

反省を促す　**中** 叫別人反省檢討

例 なぜ試験に落ちたのか、妹に反省を促した。
請妹妹檢討考試失敗的原因。

直覺

勘がいい　中 直覺很準

例 彼は勘がいいので、大して勉強もしていないのに、テストではいつもいい点数を取る。
他的直覺很準，沒有太認真唸書也能考到好成績。

勘が鋭い　中 第六感很靈

例 女の人は、勘が鋭いので、些細なことでも、恋人の浮気を察知する。
女人的第六感很靈，就算是極細微的小事，也能察覺到戀人是否在外花心。

勘が外れる　中 直覺不靈

例 カジノで、勘が外れたばっかりに、大損した。
在賭場因為直覺不靈，造成了很大的損失。

勘に頼る　中 仰賴直覺

例 彼は、何でも勘に頼ってばかりなので、いつも失敗ばかりする。
他不管做什麼事都只靠直覺判斷才總是失敗。

勘を働かせる　中 憑直覺

例 迷子になったので、勘を働かせて、元来た道に戻った。
迷路了，憑著直覺找到來時的路。

鼻が利く　　**中** 鼻子很靈；對利益的直覺很敏銳

例 金儲けの話になると、彼は鼻が利く。
只要談到賺錢的話題，他就會變得很敏銳。

放棄

諦めが付く　　**中** 真正死心

例 昔の恋人のことをずっと忘れられなかったが、結婚して子供もいると聞いたら諦めが付いた。
雖然之前一直忘不了舊情人，但聽到他結婚生子後就真正死心了。

諦めが早い　　**中** 很快就放棄了

例 太郎くんは野球部をわずか10日でやめてしまった。諦めが早すぎるよ。
太郎才入棒球社短短10天就退了，也太快就放棄了吧。

見切りを付ける　　**中** 放棄、絕望

例 彼の才能に見切りを付けた。
對他的才能已不抱任何希望了。

理性

理性を失う　中 失去理性

例 どんなに温厚な人でも、あれだけの喧嘩を売られたら、理性を失ってもおかしくない。
不管再怎麼溫和的人，被如此挑釁後失了理性也一點都不奇怪。

理性を保つ　中 保持理性

例 どんなに喧嘩を売られても、彼は理性を保っていた。
不管怎麼被挑釁，他依然保持理性。

感興趣

目が離せない　中 目不轉睛

例 連続ドラマの今後の展開に目が離せない。
目不轉睛地盯著劇情的進展。

興が乗る　中 有興致

例 興が乗って、一気にテンションが高くなった。
興致一來，情緒就高漲起來了。

興に入る　中 熱衷

例 興に入って、何回も同じゲームをしてしまった。
沉迷地反覆玩著相同的遊戲。

興に乗ずる　**中** 在興頭上

例 忘年会で皆は興に乗じて歌いまくった。
尾牙的時候大家趁興唱了好幾首歌。

興味をそそる　**中** 讓人感興趣

例 街には、若者の興味をそそるものがたくさんある。
街上有很多年輕人感興趣的事物。

興味を引く　**中** 引起興致

例 ポスターなどの公告は、みんなが興味を引くように描かれている。
宣傳用的海報總是繪製得引人入勝。

関心が高い　**中** 高度關心

例 最近の国際情勢に関心が高まっている。
對於最近國際情勢的關注逐漸升高。

関心を集める　**中** 受到關注

例 ユニークな節電方法が人々の関心を集めている。
特殊的省電方法受到人們的關注。

関心を示す　**中** 興致勃勃

例 赤ちゃんは、いろんなものに関心を示す。
小嬰兒對各種事物都興致勃勃。

関心を引く　中 引起興趣

例 見る人の関心を引くようなキャッチコピーを考える。
思考著什麼樣的宣傳標語才能引人注意。

味も素っ気もない　中 沒意思

例 テクニックだけの演奏では味も素っ気もなく、心に響かない。
單單賣弄技巧的演奏很沒意思，無法感動人心。

芸がない　中 乏味

例 ただおしゃべりをするのでは、芸が無い。
如果只是聊天，真的很無趣。

砂を噛む　中 索然無味、味同嚼蠟

例 ニートとしての生活は、まるで砂を噛むような日々である。
尼特族的生活宛如嚼蠟般索然無味。

註 ニート（尼特族）：不升學、不就業，仰賴家人維生的族群。

忘我、失去意識

正体を失う　中 失去意識

例 昨日は正体を失うほど泥酔した。
昨天喝到爛醉失去意識。

我(われ)にもなく　中 忘我、不知不覺

例 彼(かれ)は、我(われ)にもなく、走(はし)り出(だ)していった。
他忘我地衝了出去。

我(われ)を忘(わす)れる　中 忘我

例 彼(かれ)は、我(われ)を忘(わす)れて、仕事(しごと)をした。
他忘我地投入在工作中。

気(き)が遠(とお)くなる　中 失去意識

例 あまりの暑(あつ)さに気(き)が遠(とお)くなりかけた。
酷熱的暑氣讓人逐漸喪失意識。

目(め)がない　中 嗜～如命、沒有抵抗力

例 彼女(かのじょ)は甘(あま)い物(もの)に目(め)がない。
她嗜甜食如命。

根(こん)を詰(つ)める　中 聚精會神不休不止地做某件事

例 そんなに仕事(しごと)に根(こん)を詰(つ)めると、お母(かあ)さん心配(しんぱい)するよ。
你不休不止拚命地工作，媽媽會擔心的喔！

現(うつつ)を抜(ぬ)かす　中 著迷、沉迷

例 長谷川(はせがわ)さんは恋愛(れんあい)に現(うつつ)を抜(ぬ)かして、全(まった)く勉強(べんきょう)をしなかった。
長谷川同學沉迷於戀愛之中荒廢了學業。

狐につまれる　中 像被狐狸迷住般迷失了自我

例 目の前の光景に、一瞬、狐につままれたような気がした。
眼前的景象讓我瞬間有種被狐狸迷住一般，失神的感覺。

魔が差す　中 著了魔

例 魔が差して人の財布に手をのばしてしまう。
像著了魔似的，伸手去偷別人的錢包。

回過神來

我に返る　中 回過神、恢復理智

例 散々暴れた後、彼は我に返った。
抓狂暴走後他恢復了理智。

正気に返る／に戻る　中 恢復理智、神智

例 しばらくして、彼は正気に返った。
過一會，他就恢復了理智。

気が付く　中 ①回過神 ②考慮周到

例 ①気が付いたら、ICUにいた。
回過神來，人已經在加護病房了。

例 ②女将はよく気が付く女性で、とても素敵な方です。
老闆娘是位非常周到，很優秀的女性。

關注、在意

目を気にする　中 在意他人對自己的看法

例 他人の目を気にする必要はない。
没必要在意別人對自己的看法。

目に付く　中 顯眼、引人注目

例 最近、インフルエンザの影響で学級閉鎖が目に付くようになった。
最近因流行性感冒而造成全班停課的問題受到關注。

目を付ける　中 特別關注

例 監督が目を付けた選手は、必ず伸びた。
受到教練特別關注的選手，肯定會進步。

忍耐

堪忍袋の緒が切れる　中 忍無可忍

例 彼は優しいので、いろいろと我慢していたが、とうとう、堪忍袋の緒が切れた。
他個性溫和，總是包容一切，但終究還是忍無可忍了。

仏の顔も三度　中 忍耐是有限度的

例 温厚な彼も、仏の顔も三度までということで、怒ることもある。
溫和如他，但忍耐是有限度的，所以也有發火的時候。

歯を食いしばる　中 咬緊牙關

例 歯を食いしばって、厳しい訓練に耐える。
咬緊牙關忍受嚴苛的訓練。

犧牲

食い物にする　中 剝削、犧牲

例 弱い人たちを食い物にして、彼らは金持ちになった。
他們犧牲了許多弱小的人成為了有錢人。

背に腹は変えられない　中 斷臂求生、犧牲小我，完成大我

例 子供の教育費や生活費が家計を圧迫しているといっても、わが子の健全な発展のために、背に腹は変えられない。
孩子的教育費、生活費是家庭很大的經濟負擔，但為了能讓孩子有健全的發展，只好犧牲小我了。

犠牲を強いる　中 強迫犧牲

例 国の措置は国民に大きな犠牲を強いるものだった。
國家措施有時會強迫國民做出很大的犧牲。

犠牲を払う　中 付出代價、做出犧牲

例 国民は国のために大きな犠牲を払った。
國民為國家付出了很大的犧牲。

選擇

秤に掛ける　**中** 為做出抉擇，比較兩方優劣

例 電力不足や再稼働の是非についてまだもめていると思うが、安全性と利便性を秤にかけることはできない。
未來可能會因為電力不足而為是否該重新啟動產生爭執，但安全跟方便兩者是難以比較的。

天秤に掛ける　**中** ①兩者間做出抉擇 ②（男女關係）做出選擇

例 ①恋愛と仕事を天秤に掛ける。
在戀愛與工作上做出抉擇。

例 ②あの不倫男が「家庭と不倫関係の両天秤にかけている」って、よほど神経が図太くない！
那個搞外遇的男人說「正在家庭與小三之間做抉擇中」，不覺得很厚臉皮嗎！

人選に当たる　**中** 從眾多人中選出合適人選

例 調査委員會の委員の人選に当たる。
選出調查委員會的委員。

篩に掛ける　**中** 篩選

例 人事考査で篩に掛けられて、希望するポストに行けるか、行けないか左遷されてしまうかを決められます。
通過人事篩選決定升遷理想職位或是降職。

ふた ひと
二つに一つ　**中** 二者擇一

例 イエスかノーか、二つに一つだ。
YES或NO，二選一。

計算、規劃

けいさん い
計算に入れる　**中** 將～也納入規劃

例 今年のゴールデンウィークを計算に入れて、休日の計画を立てる。
連同今年的黃金週，開始規劃假期。

さんだん
算段をつける　**中** 詳細規劃

例 仕事を年内に終わらせるための算段を付ける。
為了讓工作可以在今年內完成，做出詳細的規劃。

其他 ＊按五十音排列

おも お
重きを置く　**中** 重視

例 大学生活では、勉強よりサークル活動に重きを置いている。
在大學生活中，比起唸書更重視社團活動。

げんそう いだ
幻想を抱く　**中** 癡心妄想

例 美女とデートをするという幻想を抱く。
癡心妄想能跟美女出去約會。

察しが付く ■中 體會、想像

例 医者が病名を言おうとしないので、大体察しが付いた。
醫生遲遲不說出病名，所以我也大概知道是什麼意思了。

執念を燃やす ■中 堅忍不拔的執著

例 彼は、目標達成に執念を燃やしている。
他對達成目標有著堅忍不拔的執著。

初心に返る ■中 回歸初心

例 初心に返ろうと思ったのは、社会人になって五年目の時です。
思考回歸初心這件事是在出社會滿5年的時候。

初心を貫く ■中 保持初衷

例 成功者と言われる人は皆、途中で迷わず道を変えず、初心を貫いている点が共通していると松下幸之助氏が明言された。
松下幸之助說過，成功的人都有一個共通點，那就是他們在過程中不徬徨、不輕易改變努力的方向，並且貫徹最初的信念。

是非を問う ■中 詢問贊成與否

例 市町村合併の是非を問う住民投票が行われた。
舉行了詢問居民是否同意市町村合併計劃的投票。

梃子でも動かない　中 堅持不動搖

例 彼は頭が良く、根性もあるけれど、一度こうと決めたら梃子でも動かない頑固な面も持ち合わせている。
他頭腦好而且很有毅力，但也有很頑固、一旦決定就絕不動搖的另一面。

二の足を踏む　中 躊躇不前、猶豫不定

例 正札を見て二の足を踏んだ。
看到價格標籤後猶豫不決。

白紙で臨む　中 心無成見地對待事物

例 「もうこれで分かった」と思い込んだり、「こんなもんだ」と決めてかかったりではなくて、白紙で臨む姿勢の方がいいです。
不要一昧覺得「看到這就知道了」、斷定「就是這樣」等，心無成見去看待就可以了。

腑に落ちない　中 無法接受、耿耿於懷

例 事件が解決しても、なんだか腑に落ちないところがあるから、追い続けようとしている。
即使已經破案了，但還是有些地方令人耿耿於懷，所以打算繼續追查下去。

脇目も振らず　中 全心全意、心無旁騖

例 彼は彼女を見つけると、脇目も振らず、彼女のところへ走っていった。
他看見她之後，就毫不思索地向她跑去。

8 動作、行為

08-1

肢體動作／出席、見面拜訪／參加、參與／聚集／
閃躲、逃避／眼神、視線／坐姿／追求、請求／
前往、抵達／準備／休息／不當行為／攻擊／模仿／
得到／鼓勵／行動被限制／挑剔／率先、事先／其他

肢體動作

鼻を突き合わせる 中 緊貼臉、緊挨著

例 鼻を突き合わせるほど顔を近づけられた。
被人直接靠得很近。

顔を突き合わせる 中 面對面

例 デート中、彼らは、ずっと、顔を突き合わせている。
約會的時候他們從頭到尾都靠得緊緊的。

足並みが乱れる 中 步調混亂

例 兵士の足並みが乱れて、戦いに敗れた。
士兵的步調亂了，輸了這場戰役。

足並みを揃える 中 步調一致

例 足並みを揃えて、皆で団結しよう。
大家步調一致，團結起來吧！

手を拱く 中 雙手在胸前交叉（束手無策，只能在旁邊看著）

例 私は子供の泣き声にどうすることもできず、ただ手を拱いて泣き止むことを待つしかなかった。
我對於小孩的哭鬧完全沒法子，只能待他停止哭泣。

手を合わせる 中 合掌祈求

例 父の無事を祈り、仏壇に手を合わせた。
在佛壇前合掌祈求，希望父親平安無事。

尻餅をつく 中 屁股著地跌倒

例 相撲で思いっきり投げ飛ばされ、尻餅をついて負けた。
相撲比賽時，被對方使勁甩出去，一屁股跌坐在地上而輸掉了比賽。

体を預ける 中 把身體靠在對方身上

例 相撲の力士は最後に体を預けて、寄り切った。
相撲選手最後用身體抵著對方，將他推出場外。

身を翻す 中 轉身

例 声を掛けられて、驚いて身を翻した。
被叫住，嚇了一跳轉過身去。

背にする　中 背向

例 太陽を背にして歩く。
背著陽光走。

背中を流す　中 搓背

例 私がおばあちゃんの背中を流して差し上げましょう。
讓我來幫奶奶搓背吧。

腰を浮かす　中 站起來

例 本棚の本を取るために腰を浮かせた。
為了拿書架上的書而站起來。

腰が砕ける　中 ①站不住 ②中途幹勁低落

例 ①ダンス発表会のため、彼女は腰が砕けるまで踊っている。
為了舞蹈發表會她不斷練習，直到根本站不起來為止。

例 ②こちらの腰が砕けて、交渉は失敗しました。
因為我們中途洩氣，所以交涉失敗了。

膝を打つ　中 （突然想起某事或感到佩服時）拍打大腿

例 彼は何か思い出したのか、思わず膝を打って立ち上がった。
他好像想起了什麼事似的，不自覺地拍了一下大腿站了起來。

背筋を伸ばす　中 挺起腰桿

例 おばあさんのところへ行ったら、背筋を伸ばして、きちんと挨拶をしてね。
到奶奶家記得挺起腰桿，好好打招呼喔！

握手を交わす　中 互相握手

例 西洋人は握手を交わす習慣がある。
西方人有見面握手的習慣。

握手を求める　中 要求握手

例 レストランで偶然有名歌手に会ったので、サインと握手を求めた。
在餐廳偶遇知名歌手，於是便向他要求簽名和握手。

手を握る　中 ①握手 ②合力進行

例 ①最後に私たちは手を握って、「さようなら」と言って分かれた。
最後我們握手，道了聲「再見」就分開了。

例 ②外国の会社と手を握る。
和外國公司攜手合作。

手を打つ　中 ①拍手 ②採取對策

例 ①孫の誕生を知って、お父さんは手を打って大喜びした。
爸爸得知孫子出生了，開心地拍手叫好。

例 ②このくらいで、手を打っておいたほうがいい。
在這個階段就先採取應變對策比較好。

虚空を掴む　中 伸手在空中亂抓

例 はしご上で作業中にバランスを失い、思わず手を伸ばしたが虚空を掴んだだけだった。
在梯子上工作時因失去平衡下意識伸出手，但抓了個空。

体当たりを食う　中 被對方猛力一擊

例 体当たりを食って、吹っ飛んだ。
被對方猛力一擊，彈飛了出去。

出席、見面拜訪

無駄足を踏む　中 白跑一趟

例 人を訪ねに行ったら、留守で、結局無駄足を踏むことになってしまった。
專程去拜訪卻沒人在家，結果白跑一趟。

袖を連ねる　中 許多人一起同行、共同行動

例 先日の戴冠式には、多くの貴族が袖を連ねた。
有不少貴族一同參加了前幾天的戴冠儀式。

顔を貸す　中 被拜託出席

例 合コンのメンバーが足りないので、友人から、顔を貸してくれと頼まれた。
因為辦聯誼人數不足，朋友拜託我出席。

顔を出す **中** 出現；出席

例 友人の結婚式に、用事で行けないと伝えたが、友人からは、「顔を出すだけでもいいから」と頼まれた。
已經說了朋友婚禮因有事情無法出席，但朋友還是拜託我一定要出席，露個臉也好。

顔を見せる **中** 見面、出席

例 入院中の母に、一度だけ、顔を見せに、病院に行った。
只去看過住院的母親一次。

顔を合わせる **中** 見面

例 世界的な大スターである彼らが、久しぶりに顔を合わせた。
國際巨星們久違地碰到面。

尊顔を拝する **中** 拜見尊容

例 ご尊顔を拝し、光栄に存じます。
有幸拜見尊容，感到萬分榮幸。

お目に掛かる **中** 見面

例 会長にお目に掛かれて光栄です。
能見到董事長您真是我的榮幸。

敷居が高い　中 不好意思拜訪

例 ご無沙汰していて、なんとなく敷居が高い。
許久沒有連絡，有點不好意思拜訪。

敷居を跨ぐ　中 登門

例 駆け落ち結婚したら、父親からこの家の敷居を跨ぐことは許さん、と言われた。
父親跟我說，如果敢私奔結婚的話就不許再踏進家門一步。

足が遠のく　中 漸漸不去某處（以前常去）

例 馴染みの美容師が店をやめたので、その美容院から足が遠のいた。
熟悉的美容師辭掉工作後，就漸漸沒去那間美容院了。

出足が鈍い　中 起頭慢、進出某場所的人數沒有增加

例 雨天のせいで客の出足が鈍い。
因為下雨的關係，客人不多。

✿ 參加、參與

名を連ねる　中 連署、加入團體或組織

例 NPO法人の役員に名を連ねる。
成為非營利組織財團法人的一員。

名乗りを上げる　中 自報姓名、表明參加

例 有名な俳優が次の選挙に名乗りを上げた。
知名演員表態參加下次的選舉。

末席を汚す　中 成為一員、加入團隊（謙遜的說法）

例 今日の会議には、私も末席を汚させていただきます。
今天的會議讓我也加入吧！

籍がある　中 正式入會在職中；為正式成員

例 まだテニス部に籍がある。
目前還是網球社的正式社員。

籍を置く　中 某團體的一員

例 私は現在、大学に籍を置いている。
我現在是大學生。

首を突っ込む　中 參與、投身

例 ややこしい問題に首を突っ込んでしまった。
不小心參與到複雜的問題之中了。

身を投ずる　中 投身

例 裏社会へ身を投ずることになってしまった。
從事地下非法工作。

身を以って　**中**親自、以身～

例 彼は、身を以って、自分の研究を証明した。
他親身驗證自己的研究。

片足を突っ込む　**中**稍有關係

例 彼は芸能人なのに、政治に片足を突っ込んでいる。
他明明是藝人，卻和政治有些牽連。

聚集

役者が揃う　**中**有能力的人集合在一起

例 名探偵コナンの「名探偵登場」で、役者が揃ったわけだ。
在名偵探柯南「名偵探登場」中，各方高手雲集。

粒が揃う　**中**質量整齊；皆為頂尖人物

例 今回の出場者は粒が揃っているので、いい勝負になりそうだ。
這次的出賽者都是一等一的好手，似乎會是一場旗鼓相當的比賽。

一堂に会する　**中**齊聚一堂

例 アカデミー賞の授賞式では世界の有名な俳優たちが一堂に会する。
奧斯卡金像獎頒獎典禮上，世界各地的名演員們齊聚一堂。

顔が揃う　中 全員到齊

例 原則的に、会議は、出席者の顔が揃ってから、始めることにしよう。
原則上要全員到齊之後才能開始開會。

顔触れが揃う　中 全員到齊

例 世界的なイベントだけあって、豪華な顔触れが揃った。
不愧是國際性的活動，陣容豪華全員到齊。

雁首を揃える　中 集合（負面）

例 謝罪会見で雁首を揃えて頭を下げる役員達。
在謝罪記者會上集結低頭的幹部們。

人垣を作る　中 聚集大量人群

例 事故現場では、大勢のマスコミが人垣を作っていた。
在車禍現場聚集了一堆媒體記者。

閃躲、逃避

尻尾を巻く　中 夾著尾巴逃跑

例 猫が来ると尻尾を巻いて逃げる犬。
貓一靠近就夾著尾巴逃跑的狗。

蜘蛛の子を散らす　中 鳥獸散

例 いたずらっ子たちは、先生の姿を見た途端、蜘蛛の子を散らすように逃げていった。
惡作劇的孩子們一看到老師就各自鳥獸散逃跑了。

退っ引きならない　中 無法逃避、進退兩難

例 こうなったのも、退っ引きならない事情があったからだ。
因為有不可避免的理由，才會導致這樣的情況。

目をそらす　中 撇開視線；不正面回應、閃避問題

例 首相は環境問題から目をそらしている。
首相不正面回應環境問題。

目を盗む　中 偷偷摸摸，掩人耳目

例 親の目を盗んで、夜の街に出かける。
偷偷摸摸地避開父母的耳目，晚上外出遊蕩。

体をかわす　中 閃躲、避開

例 自転車とぶつかりそうになって、とっさに体をかわした。
差點撞上腳踏車，千鈞一髮之際閃開了。

目を逃れる　中 躲避、不讓人發現

例 彼は厳しい監視の目を逃れた。
他躲開嚴密的監視。

人目をはばかる　**中** 躲藏不被別人發現

例 人目をはばかって引越しした。
躲過別人的耳目悄悄地搬家。

目を潜る　**中** 躲過耳目，不被發現

例 脱獄するには、いくつもの目を潜る必要がある。
要逃獄的話，就必須得躲過重重耳目不被發現。

目をくらます　**中** 矇蔽、欺瞞耳目

例 見つかったら、看守の目をくらまして、逃げるんだ。
被發現的話，就躲開守衛的耳目逃跑。

肩透かしを食わせる　**中** 閃躲、迴避

例 彼は肩透かしを食わせるのがうまい。
他這個人最會閃避問題了。

辺りをはばかる　**中** 左顧右盼有所顧忌

例 麻薬密売人が辺りをはばかりながら近づいて来た。
私售大麻的人邊左顧右盼邊慢慢靠近我。

人目を忍ぶ　**中** 低調，儘量不引起別人的注意

例 人目を忍んで、不倫相手の女性に会いに行った。
避過旁人眼光偷偷去找外遇對象。

✿眼神、視線

見ての通り　　**中** 如眼前所見

例 散財した挙句、見ての通りの体たらくさ。
亂花錢的下場，就是如你眼前所見的狼狽樣。

見て見ぬ振り　　**中** 視而不見；饒恕過失

例 困っている人がいるのに、見て見ぬ振りはできない。
明明眼前就有遇到困難的人，無法視而不見。

お目に掛ける　　**中** 請您看

例 今回の作品は、お目に掛けるほど、完成度は高くありません。
這次作品的完成度沒高到能請您看。

目を配る　　**中** 留意四周

例 見つからないように、しっかりと目を配らなければならない。
為了不被發現，必須確實留意四周。

目の毒　　**中** 不宜觀看；看了就想要

例 猥褻物は子供にとって、目の毒だ。
孩童不宜觀看猥褻物。

目もくれない　**中** 無視、不放在眼裡

例 泥棒は、周りの貴金属には目もくれず、金庫のほうに走っていった。
小偷不把周遭貴重飾品放在眼裡，直朝金庫的方向跑去。

目を奪われる　**中** 被吸引住

例 一糸乱れぬ演技に、目を奪われてしまった。
被處處到位的演技吸引住了目光。

目を凝らす　**中** 凝視

例 目を凝らせば、暗い中でも人や物が見えてくる。
只要專心凝視，在黑暗之中也可以看到人或物品。

目を通す　**中** 看過一遍、過目

例 教授は、学生のレポートにざっと目を通した。
教授大概地看過學生的報告。

目を離す　**中** 不小心移開視線

例 目を離したすきに、子供が池に落ちてしまった。
才離開一下視線，小孩就掉進池塘裡了。

目を伏せる　**中** 垂下視線

例 彼は、緊張すると、目を伏せる癖がある。
他有一緊張就低頭看地板的毛病。

目付きが鋭い 中 目光如炬、眼神銳利

例 目つきが鋭かったので、印象に残った。
銳利的眼神讓人印象深刻。

目付きが悪い 中 眼神兇狠

例 彼は目つきが悪いので、いつも誤解される。
他因為眼神太兇狠總是被誤會。

目を据える 中 眼睛眨也不眨，直直盯著看

例 職人の技術を、目を据えて見る。
眼睛眨也不眨一下，盯著專業人士的技術看。

目を引く 中 引人注目

例 特大の看板が、街行く人の目を引く。
特大的招牌吸引街上行人目光。

目をやる 中 看向～

例 ふと、窓の方に目をやる。
不經意地看向窗戶。

目測を誤る 中 目測失誤

例 走り幅跳びで、目測を誤って、踏切に失敗した。
在跳遠時因為沒抓好距離而失敗。

睨みを利かせる
中 以銳利的眼神看著對方、施加壓力

例 部下が勝手なことをしないように、睨みを利かせる。
為防部下做出肆意的舉動，以銳利的眼神盯著他。

眼を付ける
中 瞪

例 ケンカの相手に眼を付けられた。
吵架時，被對方瞪。

眼を飛ばす
中 瞪

例 ぶつかってきた相手に、眼を飛ばした。
瞪了撞到我的人一眼。

目が合う
中 對上視線、四目相對

例 大好きな彼と目が合った。
跟超喜歡的他四目相對。

目が利く
中 明辨是非、眼力很好

例 彼は目が利くから、ニセモノをすぐに見破る。
他眼力很好，一眼就能識破真偽。

目がくらむ
中 視線模糊

例 目がくらむほどの炎天下。
熱到讓人兩眼發昏的炎炎烈日。

目が肥える

中 眼光很銳利（透過累積經驗而磨練出的）

例 彼は目が肥えているから、ニセモノをすぐに見破る。
他眼光很銳利，一眼就能看出是否為偽造品。

目が据わる

中 （喝醉酒等）目不轉睛地盯著某一點看

例 彼はお酒を飲むと、目が据わって、怖い顔になる。
他喝酒後會目不轉睛地盯著某一點看，表情變得很恐怖。

目にも留まらぬ

中 形容速度快到看不見

例 彼は、目にも留まらぬ速さで駆け抜けていった。
他以快到看不見的速度呼嘯而過。

目の色を変える

中 眼神改變

例 彼女は貴金属を見た途端に目の色を変えて見入っていた。
她一看到貴重的金飾就眼神一變，死盯著不放。

✿ 坐姿

居住まいを正す

中 端坐

例 婚約者の両親が突然やってきた。僕はあわてて居住まいを正し、ご挨拶をした。
未婚妻的父母突然來訪，我急忙端坐打招呼。

あぐらをかく　**中** 盤腿坐

例 父は座布団の上にあぐらをかいた。
爸爸盤腿坐在坐墊上。

足を崩す　**中** 隨便坐

例 （正坐している人に向かって）足を崩して楽にしてください。
（對正襟危坐的人說）請放輕鬆點，隨便坐吧！

膝をかがめる　**中** 屈膝

例 膝をかがめて、丁重にする。
卑躬屈膝，畢恭畢敬的。

膝を崩す　**中** 以輕鬆的姿勢坐下

例 遠慮しなくていいですよ、どうぞ膝を崩してください。
不需要太拘謹，請隨便坐。

膝を進める　**中** 坐著靠近對方

例 膝を進めて、他人の悪口とかこっそり話し合っているみたい。
坐靠過去，然後好像在偷偷摸摸地講別人的壞話。

膝を正す　**中** 正襟危坐

例 膝を正して、話を切り出す。
正襟危坐開始對談。

膝を折る

中 ①屈膝 ②屈服

例 ①「正座」というのは、膝を折って行儀よく座ることです。
所謂的「跪坐」指的是舉止優雅屈膝而坐的一種坐姿。

例 ②弱みにつけ込まれてるので、膝を折って頼むしかない。
因為被抓到了弱點，所以只好乖乖低頭懇求。

足を組む

中 蹺二郎腿

例 目上の人の前で足を組むのは失礼だ。
在長輩面前蹺二郎腿是很失禮的。

✿ 追求、請求

矢を放つ

中 ①展開激烈攻勢 ②放箭

例 ①彼は好きな人を射止める矢を放った。
他對喜歡的人展開猛烈攻勢。

例 ②射手は馬に乗り、矢を放って、颯爽と登場してかっこいいです。
弓箭手騎著馬、射著箭，精神抖擻地登場，十分帥氣。

頭を下げる

中 低頭拜託

例 頭を下げて、やっと社長の同意を得た。
低頭拜託後，好不容易才得到了總經理的同意。

許し(ゆる)を請(こ)う　**中** 請求寬恕

例 宴会(えんかい)を借(か)りて、相手(あいて)に自分(じぶん)の過(あやま)ちを認(みと)め、許(ゆる)しを請(こ)う。
借宴客這個機會跟對方認錯，並請求原諒。

✿前往、抵達

足(あし)を延(の)ばす　**中** 順道去…

例 大阪(おおさか)に来(き)たついでに神戸(こうべ)まで足(あし)を延(の)ばした。
到大阪後順道去了一趟神戸。

途(と)に就(つ)く　**中** 出發

例 三泊四日(さんぱくよっか)の旅行(りょこう)を終(お)えて、帰国(きこく)の途(と)に就(つ)いた。
結束了四天三夜的旅行，啟程回國。

風(かぜ)を切(き)る　**中** 飛快前進

例 彼(かれ)は、風(かぜ)を切(き)って走(はし)った。
他飛快地跑了過去。

風(かぜ)をはらむ　**中** 風吹滿帆前進

例 帆(ほ)が風(かぜ)をはらんで、船(ふね)が動(うご)き出(だ)した。
風吹滿帆，船動了起來。

足が向く　**中** 不由得朝～走去

例 まっすぐ家に帰ろうと思ってたが、気が付いたらまたいつもの飲み屋のほうへ足が向いていた。
原本打算直接回家，但一回神卻又朝常去的居酒屋走去了。

土を踏む　**中** 踏上～的土地，指到達某處

例 暫く仕事を休んで、憧れの日本の土を踏むつもりです。
打算暫時告別工作前往夢想中的日本。

準備

水も漏らさぬ　**中** 滴水不漏

例 水も漏らさぬ完璧なプランだと思ってたが、上司の意見を聞いて、やっぱり自分の考えは甘すぎることが分かった。
原本以為是個滴水不漏的完美計畫，結果問了上司的意見才知道自己的想法還是太淺薄了。

布石を打つ　**中** 做好準備

例 経営者の仕事は日常業務だけではなく、将来に向けた布石を打つことも心掛けないといけません。
經營者的工作不只有日常業務，還必須留心對將來的準備。

手筈が整う　中 準備就緒

例 明日の海外旅行の手筈は整っています。
已經準備好明天海外旅行的東西了。

万全を期す　中 保證萬無一失、以期萬全

例 体はもう大丈夫だけど、万全を期すために明日も休みをとった。
雖然身體已經沒事了，但以防萬一明天我也請假了。

条件が揃う　中 條件齊全、萬事俱備

例 もう、都会なんて嫌になったので、暮らしの条件が揃う町に引っ越したい。
已經厭倦了都市，想搬到生活條件齊全的城鎮去。

条件が整う　中 條件齊全、萬事俱備

例 独立国家としての条件が整った。
成為獨立國家的條件都已具備。

条件を満たす　中 條件備妥

例 独立国家としての条件を満たしているのに、世界から承認されない。
雖然已具備成為獨立國家的條件，但卻不被世界承認。

満を持する　　**中** 萬事俱備，只欠東風

例 満を持して、オーディションに臨む。
萬事俱備，接下來就剩下試鏡了。

レールが敷かれる　　**中** 為了讓事情順利進行，事先將準備做好

例 閣僚級会議によって、今回の国際会議のレールが敷かれる。
透過閣僚級會議，替這次的國際會議做好準備。

レールを敷く　　**中** 鋪好軌道、做好準備，讓事情順利不受阻礙

例 親は子供のためを思って、レールを敷きたがるものだ。
父母親為了孩子著想，希望幫他們做好充分的準備。

休息

英気を養う　　**中** 養精蓄銳

例 明日への英気を養うために、しっかり休息を取ろう。
為了明天，要好好地休息，養精蓄銳。

足を休める　　**中** 歇個腳

例 お遍路さんが茶屋で足を休めている。
經過此地的旅人可在這個茶館休息。

一息入れる　　**中** 稍微休息

例 きりがいいところで、一息入れようか。
告一段落之後就稍作休息吧！

一息吐く　　**中** 喘口氣，稍微休息

例 妻が無事に子供を産んだ、ようやく一息吐くことができた。
妻子平安地把小孩生下來，讓我鬆了口氣。

✿ 不當行為

尻に敷く　　**中** 被老婆欺壓、踩在腳底下

例 結婚して奥さんの尻に敷かれるのは嫌だ。
不想要結婚後被老婆踩在腳底下的事情發生。

笠に着る　　**中** 仗勢欺人

例 彼は権力を笠に着て、やりたい放題やっている。
他仗權勢欺人想做什麼就做什麼。

過ちを犯す　　**中** 犯錯

例 彼は、過去に、とんでもない過ちを犯したことがある。
他以前曾犯下了滔天大錯。

過ちを繰り返す　**中** 重蹈覆轍

例 同じ犯罪で何度も逮捕されている彼は、同じ過ちを繰り返している。
不斷因相同罪名被逮捕的他一直在重蹈覆轍。

道に外れる　**中** 走偏、走錯路，指偏離道德倫理

例 不倫なんてそんな道に外れたことを、あの女はよくも平気そうな顔でしているな。
做出像婚外情這種違背道德的事，虧那女人還一副無所謂的樣子哪。

手を上げる　**中** ①毆打對方 ②舉手投降

例 ①彼は一度も女性に手を上げたことが無い。
他從來沒有對女人動過手。

例 ②妻の浪費癖にもうお手上げです。
對於老婆浪費的習慣我只能舉手投降了。

手癖が悪い　**中** 偷東西的癖好

例 彼は手癖が悪いので、何度も警察に捕まっている。
他是個慣竊，被警察逮捕過很多次。

身持ちが悪い　**中** 品行不良

例 あの家の息子は身持ちが悪いというのは、単なるうわさにすぎない。
那家的兒子素行不良這種話，只不過是傳聞而已。

悪事を重ねる 中 做盡壞事

例 あの男は泥棒をしたり、殺人をしたり、悪事を重ねた極悪人だ。
那男的又當小偷又殺人，做盡了壞事，是個罪孽深重的人。

悪事を働く 中 做壞事

例 彼は悪事を働いて逮捕された。
他因為做壞事被逮捕了。

悪態を吐く 中 爆粗口

例 授業中に居眠りをしている生徒に注意をしたら、彼は「フン！うるさいな！」と悪態をついた。
授課中，老師斥責了一位打瞌睡的學生，學生竟對老師爆粗口：「哼！吵死了！」。

盗みを働く 中 偷竊

例 生活苦で盗みを働く人は少なくない。
因為生活困苦而偷竊的人不在少數。

犯行に及ぶ 中 做出犯罪行為

例 普通の窃盗は、お金がないなど、経済的な理由で犯行に及ぶことがほとんどです。
通常竊盜都是因為沒有錢等經濟理由而犯罪的。

犯行を重ねる　**中** 反覆、一再犯罪

例 何度も犯行を重ねた泥棒にとっては、捕まることは今までの犯行が明らかになり、長い年月刑務所に入るということを意味します。
對不斷犯罪的小偷來說，被逮捕就等同是要坦白過去的罪行，且長期被囚禁在監牢的意思。

攻擊

刃を向ける　**中** 刀口指向對方、攻擊對方

例 彼は世話になった恩師に刃を向けた。
他將刀口指向曾照顧過他的恩師。

逆手に取る　**中** 利用對方的主張或攻擊營造對自己有利的局面

例 相手の論点を逆手に取って言い負かす。
利用對方的論點駁倒對方。

急所を突く　**中** 攻擊要害

例 ディベートでは、相手の急所を突くことで勝てる可能性が上がる。
在辯論會中攻擊對方的要害，可以提高獲勝的可能性。

急所を外れる　**中** 偏離要害

例 急所を外れてくれたおかげで、命だけは助かった。
幸虧沒有正中要害，至少保住了性命。

模仿

下敷きにする　中 以～為樣本

例 古い説話を下敷きにして小説を書く。
以古老傳說為基礎來寫小說。

型に嵌まる　中 形式刻板無新意、老一套的

例 彼は、型に嵌まった挨拶しかできない。
他只會老套的打招呼方式。

右へ倣え　中 向右看齊；模仿前人

例 部長に右へ倣えでゴルフを始めた。
大家都跟著經理開始打起高爾夫了。

声色を使う　中 模仿語調

例 いろいろな声色を使って、代返をする。
模仿不同的語調，幫人代點名。

追随を許さない　中 無法仿效、獨到之處

例 他社の追随を許さない独自の技術を開発した。
開發出其他公司無法仿效的技術。

✿ 得到

濡れ手で粟　中 不勞而獲

例 濡れ手で粟のようなことをしている人を見ると、腹立たしい。
看到有些人不勞而獲就很火大。

手に入れる　中 入手、得到

例 貴重な本を手に入れることができた。
拿到貴重的書了。

手にする　中 拿在手裡、得到

例 一等二億円を手にするのは誰かしら。
中兩億元頭獎的人會是誰呢？

手中に収める　中 握入手中、到手

例 延長戦に突入して、ようやく勝利を手中に収めることができた。
比賽進入了延長賽，好不容易才獲得勝利。

掌中に収める　中 掌握在手中

例 いろいろ苦労してやっと実権を掌中に収めた。
幾經波折終於掌握了大權。

鼓勵

尻を叩く 中 督促、催促

例 部長はよくもっと早くしないと間に合わないと、私たちの尻を叩いている。
經理老是催促著我們：再不快一點就來不及囉！

檄を飛ばす 中 鼓動、鼓吹

例 業績が芳しくないので部下に檄を飛ばした。
因為業績不振，所以鼓勵了一下部下。

活を入れる 中 激勵

例 新入社員に活を入れる。
激勵新進員工。

声援を受ける 中 得到加油打氣

例 マラソン大会の時に、たくさんの声援を受けた。
馬拉松大會的時候，獲得許多的加油聲援。

声援を送る 中 幫人加油打氣

例 家族がマラソン大会に出たので、たくさんの声援を送った。
因為家人參加馬拉松大會，所以幫他加油打氣。

発破を掛ける　中 鼓勵

例 後輩に発破を掛ける。
幫後輩打打氣。

螺旋を巻く　中 推一把、鼓勵

例 最近後輩はたるんでいるので少し螺旋を巻いてやろう。
最近後輩有點懶散，推他一把鼓勵一下吧。

気勢を上げる　中 鼓舞士氣

例 優勝に向けて、応援団長が気勢を上げる。
為了迎接勝利，應援團團長鼓舞著大家的士氣。

気持ちを新たにする　中 打起精神

例 選挙には落ちたが、気持ちを新たに、次の選挙の準備をする。
落選了，重新打起精神準備下一次的選舉。

弾みがつく　中 因某事而提升動力

例 「やりたいことを書き出すことで行動に弾みがつく」とよく母に言われている。
媽媽常跟我說「把想做的事情寫下來能提升行動力」。

力が湧く　**中** 湧起力量

例 同僚に励まされて、残業を頑張ろうという力が湧いてきた。
因為受到同事的鼓勵，讓我湧現了繼續加班的力量。

景気を付ける　**中** 使活躍、提起精神

例 まずは、景気を付けるために、乾杯しよう！
首先，為了帶動氣氛先乾一杯吧！

行動被限制

抜き差しならない　**中** 進退兩難

例 抜き差しならない罠に陥った。
陷入無法動彈的陷阱。

足を取られる　**中** 被困住

例 彼はぬかるみに足を取られて転んでしまった。
他被困在爛泥巴中跌倒了。

足止めを食う　**中** 被困住、被禁止外出

例 大雪で飛行機が欠航し、空港で足止めを食った。
因為大雪飛機停飛了，被困在機場。

動きを封じる　**中** 鎮壓住

例 早めに敵軍の動きを封じたので、我々はこの戦いに勝利した。
快速鎮壓了敵軍的行動，我們因此贏得了勝利。

動きが取れない　**中** 被困住、無法隨心所欲

例 台風で飛行機の便が欠航したので、今日は動きが取れない。
遇上颱風，今天飛機停飛，所以哪裡都去不了。

挑剔

揚げ足を取る　**中** 雞蛋裡挑骨頭、扯後腿

例 彼はとにかく揚げ足を取るので嫌われる。
他常雞蛋裡挑骨頭，所以大家都討厭他。

重箱の隅をつつく　**中** 雞蛋裡挑骨頭

例 彼の反論は、重箱の隅をつつくようなものばかりで、反論と言えるようなものではなかった。
他的反駁不過就是在雞蛋裡挑骨頭，根本稱不上是反駁。

難癖を付ける　**中** 挑毛病

例 彼は、人のやったことに難癖を付けるが、自分では何もしない。
他愛挑別人毛病，對自己做的事卻閉口不談。

口が奢る　中 挑嘴

例 彼はお金持ちだから、口が奢っているのだ。
他很有錢，所以嘴很挑。

舌が肥える　中 挑嘴

例 長年高級レストランでバイトしていたので、舌が肥えるようになりました。
長期在高級餐廳打工的關係，吃東西變得很挑。

非の打ち所がない　中 無可挑剔

例 彼の論文は完璧で、非の打ち所がなかった。
他寫的論文非常完美，無可挑剔。

率先、事先

先陣を切る　中 一馬當先

例 店がオープンすると、彼は先陣を切って、店内に入って行った。
店門一開，他就立刻衝進店裡。

唾を付けておく　中 先下手為強

例 目を付けた鞄に唾を付けておく。
對看上的包包先下手為強。

先手を打つ　中 先發制人

例 できる人は先手を打って有利な立場に立つ。
成功的人總是先發制人，搶下有利的先機。

先手を取る　中 搶先一步

例 相手よりも先手を取れ！
一定要比對方先搶得先機！

トップを切る　中 率先

例 業界のトップを切ってA社が販売にふみきった。
A社在同行業界中率先投入銷售。

先を越される　中 被搶先

例 新商品の開発で、他社に先を越された。
新商品的開發，被其他公司搶先了一步。

音頭を取る　中 率先

例 忘年会の時は、いつも部長が乾杯の音頭を取る。
尾牙時，每次都由經理帶頭喊乾杯。

其他 ＊按五十音排列

足で稼ぐ 中 實地探訪、奔波

例 我々には金もコネもないのだから、足で稼ぐしかない。
我們既沒錢也沒關係可靠，只能親自奔波了。

足を洗う 中 洗手不幹、金盆洗手

例 やくざの世界から足を洗って、人生をやり直す。
脫離黑社會金盆洗手，展開新的人生。

足を運ぶ 中 來、去、前往訪問

例 お近くにお越しの際には、我が家にも足を運んでください。
經過附近的話歡迎來我家坐坐。

汗を流す 中 運動

例 彼はスポーツジムで汗を流した。
他在健身房運動。

跡を追う 中 追隨

例 先に亡くなった夫の跡を追って、自殺した。
她追隨著先走一步的丈夫自殺了。

烏の行水　中 洗澡很快

例 彼は3分でシャワーを終えた。まさに烏の行水だ。
他3分鐘就洗好澡，簡直像蜻蜓點水。

踵を返す　中 折回

例 忘れ物に気付いて、踵を返して家に戻る。
發現有東西忘了帶，折返回家拿。

空を切る　中 揮空

例 珍しく彼のバットが空を切った。
他很罕見地揮棒落空了。

首に縄を付ける　中 死拖活拉

例 首に縄を付けてでも、彼女を連れて行く。
死拖活拉也要帶她一起去。

腰が重い　中 行動緩慢、不想動

例 法改正に向けての国会の腰が重い。
針對法律的修改，國會遲遲沒有動作。

腰が軽い　中 草率行動

例 彼は腰が軽いので、いつも親に怒られている。
他總是草率行動，惹父母生氣。

先を急ぐ　中 加快腳步

例 遅刻しそうだったので、先を急いだ。
看來快要遲到了，所以加快腳步。

席を立つ　中 起身離席

例 ファミレスで席を立った間に、料理を誰かに食べられてしまった。
在家庭餐廳稍微離開一下座位的期間，食物竟然不知道被誰吃掉了。

宙に浮く　中 ①懸空 ②中斷停滯

例 ①寝ていると金縛り状態になり、体が宙に浮くような感覚になる。
睡著時身體無法動彈，感覺好像飄浮在空中似的。

例 ②財政難でプロジェクトが宙に浮いてしまった。
財政困難導致計畫停擺。

宙に舞う　中 在空中飛舞

例 3年ぶりに日本一になって、監督が7回宙に舞った。
睽違三年得到日本第一，教練被拋到空中七次。

出足が鋭い　中 動作很快

例 出足が鋭い速攻相撲だった。
是場出手很快的相撲比賽。

手紙を認める　**中** 寫信

例 お世話になったあの人へ、感謝の手紙を認める。
寫信給曾照顧我的人表示感謝。

手塩に掛ける　**中** 親手撫育

例 今日は、手塩にかけて育てた娘の結婚式です。
今天是自己一手帶大的女兒的結婚典禮。

手を出す　**中** 出手做出動作、積極嘗試、誘惑女性、動手

例 内角低めのボールに手を出して、三振した。
投出了偏低的內角球，將對方三振出局。

天を仰ぐ　**中** 抬頭看天空

例 まさかの失敗に、天を仰いだ。
對於預料之外的失敗，仰頭望蒼天。

場所を取る　**中** 佔位子、佔空間

例 花見では、場所を取ることが大切だ。
賞花時佔位子是很重要的事。

幅を取る　**中** 佔地盤

例 花見のときに、あのグループはいつも幅を取る。
那群人總是在賞花的時候佔地盤。

ペースを上げる 中 加快腳步

例 ゴールが近くなってきたので、ペースを上げて走る。
終點就在眼前，加快速度衝刺。

ペースを守る 中 維持進度

例 毎日の勉強は、ペースを守って続けることが大切だ。
唸書最重要的是維持每天的進度堅持下去。

放物線を描く 中 描繪出拋物線

例 高く上がったボールは、放物線を描いて、バックホームに戻った。
高飛球畫出拋物線後被外野手接殺傳回本壘。

註 バックホーム：(backhome)棒球中野手為了刺殺伺機跑回本壘的跑者，而將球傳回本壘的過程。

面と向かう 中 面對面

例 面と向かって、市長を批判する。
當面批評市長。

レッテルを貼る 中 貼標籤

例 世間は彼に、「人殺し」のレッテルを貼った。
社會在他身上貼上了「殺人犯」的標籤。

9 說話、傾聽

09-1

長舌／沉默／發言／注意、警告／插嘴、打斷／誓言／說負面的話／說錯話、說溜嘴／口風緊／口條、能言善道／吹嘘／聲音狀態／話題／嘮叨、閒話／要求／聽聞、傾聽／重點／其他

長舌

口から先に生まれる 中 非常愛講話

例 彼は、口から先に生まれてきたように、よくしゃべる。
他非常愛講話，老是喋喋不休。

口を叩く 中 信口開河

例 生意気な口を叩くな。
別信口開河地說大話。

口数が多い 中 話多

例 彼が、口数が多いことは、今に始まったことではない。
他愛說話這個毛病又不是現在才開始。

舌を振るう 中 滔滔不絕

例 彼は、得意な話題になると、舌を振るいだす。
說到專業領域，他就滔滔不絕。

舌が長い　**中** 話多、多嘴

例 彼は舌が長いので、喋り出すと止まらない。
他話很多，一開始說就停不下來。

✿沉默

口を閉ざす　**中** 不發一語

例 彼は不正をした上司を守るために、取り調べでは口を閉ざした。
為了維護做出不法事情的上司，在審問時他選擇沉默。

口をつぐむ　**中** 不發一語

例 彼の話題になったら、彼女は口をつぐんでしまった。
只要提到關於他的話題，她就不發一語。

沈黙を守る　**中** 保持沉默

例 恋愛に関するうわさについての質問には、沈黙を守った。
對有關戀愛的傳聞，一概保持沉默。

だんまりを決め込む　**中** 保持緘默

例 あの芸能人は、自身のスキャンダルに、だんまりを決め込んでいる。
那名藝人對自身的醜聞保持緘默。

おくびにも出さない 中 絕口不提

例 彼は、自分の若いころの辛さをおくびにも出さない。
他絕口不提年輕時經歷過的辛苦。

口が重い 中 沉默寡言

例 彼は口が重いので、会話をするのも大変だ。
他沉默寡言，很難跟他聊開。

發言

耳に入れる 中 偷偷告訴（不好的事）

例 ちょっと耳に入れたいことがあるんですが。
我有想偷偷告訴你的事。

口を慎む 中 謹慎發言

例 「口を慎みなさい。」と怒られてしまった。
被罵說：「請謹慎發言」。

雄弁を振るう 中 大放厥詞、高談闊論

例 壇上で雄弁を振るって、力説する。
在講台上高談闊論，強力主張。

声を上げる　中 大聲說、提出意見

例 外国人参政権制定に反対の声を上げる。
提出反對給予外國人参政權的意見。

お題目を唱える　中 空喊口號

例 課長は、毎朝、朝礼で、お題目を唱えている。
每天晨會時，課長都會喊口號。

一石を投ずる　中 提出問題

例 この議論に彼は一石を投じた。
關於這個議題他提出了問題。

題目を唱える　中 空喊口號

例 あの政治家は、演説すれば、「政権交代、政権交代」とお題目を唱えている。
那個政治家只要一演講，就會喊「政權交替、政權交替」這個口號。

口を利く　中 發言

例 部長はその提案について、一言も口を利いていなかった。
關於那個提案，經理沒說任何意見。

口を切る　**中** 開口說話、打開封口

例 口を切ったお菓子の袋を輪ゴムで縛る。
用橡皮筋把拆封過的零食袋綁起來。

口に出す　**中** 說出口

例 言いたいことは口に出して、言いましょう。
想說什麼就說吧！

口を開く　**中** 開口說話

例 彼は、重い口を開け始めた。
他沉重地開始訴說。

口火を切る　**中** 最先發言

例 彼は代表として反撃の口火を切った。
他作為代表開始反擊。

異説を唱える　**中** 提出異議

例 ガリレオは天動説に異説を唱えた。それが地動説だ。
伽利略對天動說提出異議，也就是地動說。

言葉を吐く　**中** 說話

例 乱暴な言葉を吐くのは、いけません。
不可以說粗魯的話。

気炎を吐く　　中 氣勢昂揚、大放厥詞

例 お酒を飲みながら、気炎を吐く。
一邊喝酒一邊大放厥詞。

説を立てる　　中 提出論點

例 憲法改正における、改正の限界点はあるという説を立てる。
提出憲法修正是有限制的論點。

説を唱える　　中 提倡論點

例 高校の入試制度を見直す必要があるという説を唱える。
提出應重新探討高中入學考試制度的論點。

異を唱える　　中 提出異議

例 彼は吉田部長の意見に異を唱えた。
他對吉田部長的意見提出異議。

沈黙を破る　　中 ①打破沉默 ②復出

例 ①皆は彼女が沈黙を破るのを待っている。
大家都在等她開口說話。

例 ②長年の沈黙を破って、あの芸能人が暴露本を出した。
沉寂多年的那位藝人，再次出書爆料。

注意、警告

警告を発する 　中 呼籲、提出警告

例 台風が来る可能性があると警告を発する。
發布颱風可能會來的警告。

警鐘を鳴らす 　中 警告

例 専門家は、川の中州でのキャンプは危険だと警鐘を鳴らしている。
專家提出警告，在河川沙洲上露營是很危險的行為。

釘を打つ 　中 注意、警告

例 後輩に、非常識な態度を直せと釘を打った。
警告後輩改掉那沒常識的態度。

釘を刺す 　中 警告；盯住

例 先輩から「調子に乗るなよ」と釘を刺された。
被前輩警告不要得意忘形。

目を光らせる 　中 提高戒備、嚴加注意

例 子供の行動には常に目を光らせていなければならない。
必須時時嚴加注意小孩的舉動。

注意を払う 中 小心注意

例 子供がケガをしないように注意を払う。
小心不要讓孩子受傷。

注意を受ける 中 受到警告

例 騒いでいたら、近所の人から注意を受けた。
太吵鬧的話，會被附近的民眾警告。

✿ 插嘴、打斷

水を差す 中 離間、攪局、潑冷水

例 盛り上がっているところに水を差すなんてわけが分からないやつだ。
大家正熱絡的時候突然過來攪局，真不知道那傢伙在搞什麼。

腰が折れる 中 進行中遭打斷

例 彼が突然しゃべりだしたので、それまでの話の腰が折れてしまった。
他突然說話，打斷了本來的談話。

口を出す 中 插話

例 家族じゃないですから、うちのことには口を出さないでほしい。
你不是我們家的人，我家的事請不要插嘴。

口を挟む　中 插嘴

例 私たちのことに、第三者が口を挟まないでほしい。
我們之間的事不希望有第三者來插嘴。

嘴を挟む　中 插嘴、說閒話

例 重要な要件について話しているので、嘴を挟まないでください。
正在說重要的事情，請不要插嘴。

合いの手を入れる　中 打岔插話

例 会議中、部下が言葉に詰まっていたので、上司が合いの手を入れた。
開會時，部下講話一直結結巴巴的，所以上司才會插話。

腰を折る　中 打斷、屈服

例 彼が唐突に関係ないことを話し出したので、それまでの話の腰を折ってしまった。
他突然說出完全不相干的話，打斷了原本的談話。

言葉を挟む　中 插嘴

例 彼女はあまりに真剣に話しているから、私が言葉を挟む余地もない。
因為她非常認真地在說話，導致我連插嘴的餘地都沒有。

茶茶を入れる 中 打岔、打擾

例 友達が遊びに行こうと茶茶を入れるので勉強できませんでした。
朋友來打岔邀我出去玩，讓我不能念書了。

話の腰を折る 中 打斷談話

例 今まで話していた話の腰を折る人にイラッとする。
對喜歡打斷別人談話的人感到相當厭煩。

話を遮る 中 在別人談話時打岔

例 彼は私達がお喋りをしていると、必ず、話を遮って自分一人で喋り出す。
只要我們聊天，他一定會打岔然後說自己想說的。

誓言

契りを交わす 中 締結誓約、交換誓言

例 結婚とは、夫婦の契りを交わすということだ。
所謂的結婚，就是指夫妻兩人締結誓約。

契りを結ぶ 中 締結誓約、交換誓言

例 彼らは結婚して永久の契りを結んだ。
他們兩個結婚並許下了永久的誓約。

說負面的話

弱音を吐く **中** 說喪氣話

例 普段は負けん気が強い人が、今日は弱音を吐いていた。
平常好強的人，今天卻說出喪氣話。

噓八百 **中** 胡說八道

例 あいつの言うことは噓八百だ。絶対信じるなよ。
他都是胡說八道，千萬別相信。

毒舌を振るう **中** 大肆說諷刺、壞話等毒舌的發言

例 あの批評家はいつも毒舌を振るうことで有名だ。
那位名嘴一直都以毒舌聞名。

刺がある **中** 說話等帶刺

例 他人に指摘する時は、相手の逃場までなくすような刺があるような言い方は避けたほうがいいです。
在指正別人時，儘量避免使用讓對方沒台階下的諷刺語氣比較好。

憎まれ口を利く **中** 說惹人厭的話

例 彼は人に憎まれ口を利くのが趣味みたい。
說會讓人討厭的話似乎是他的興趣。

憎まれ口を叩く　中 說惹人厭的話

例 いつまでも憎まれ口を叩いていないで、さっさと仕事をしろ。
不要一直說些討人厭的話，快開始工作吧。

言葉が過ぎる　中 說得太過分

例 いくらなんでもお言葉が過ぎたと思わない。
不管怎樣，你不覺得說得太過分了嗎！

口が曲がる　中 說錯話而遭天譴

例 そんなこと言っていると、口が曲がるよ。
說那種話是會遭到天譴的。

口が過ぎる　中 言重、說過火

例 そこまで言うのは、口が過ぎるな。
怎麼說得那麼難聽，未免太過火了。

減らず口を叩く　中 講歪理

例 彼は努力をしないで、いつも減らず口を叩いている。
他不付出努力，總是找一堆藉口。

屁理屈を並べる　中 說些荒謬的道理

例 彼は注意されると、屁理屈を並べて素直に聞こうとしない。
他被指正時，只會說些歪理辯駁，都不好好聽別人說話。

口が減らない　**中** 嘴硬、強詞奪理

例 ああ言えばこう言う、口が減らない男だ。
愛東扯西扯，強詞奪理的男人。

理屈をこねる　**中** 牽強附會、強詞奪理

例 討論で論破されそうになり、理屈をこねだした。
討論快要破局時，就只會強詞奪理。

後ろ指を指される　**中** 被別人在背後說三道四

例 僕はいつも正々堂々と勝負してきた。後ろ指を指されるような反則は一度もしたことがない。
我向來都是正大光明地一決勝負，不會做出讓別人在背後說三道四的事。

声を尖らす　**中** 用尖銳的語調講話

例 彼が声を尖らせるとは珍しい。
他很難得用尖銳的語調講話。

愚痴をこぼす　**中** 發牢騷

例 主婦が集まると、必ず、夫の愚痴をこぼす。
家庭主婦只要聚在一起，就一定會發先生的牢騷。

罵声を浴びせる　中 痛罵

例 「お金」で堕落していく政治家に、人々は一斉に罵声を浴びせた。
大家同聲痛罵那位為了「金錢」而墮落的政治家。

口が悪い　中 嘴巴很壞

例 彼は口が悪いが、根はやさしい人だ。
他雖然嘴巴很壞，但其實是個好人。

馬鹿なことを言う　中 說些無聊的話、蠢話

例 この世界が消えればいいなんて、そんな馬鹿なことを言うものではない。
不該說些要是世界能消失就好了的蠢話。

馬鹿を言え　中 胡說八道，在對對方表示強烈反駁時說的話

例 相手の発言に彼は、「バカを言え、こっちの方が正しい」と言った。
聽到對方的發言，他說：「胡說八道，我才是對的」。

說錯話、說溜嘴

口が滑る　中 說溜嘴

例 口が滑って、企業秘密を他社の人に言ってしまった。
不小心說溜嘴把公司機密洩漏給別家公司的人。

口を衝いて出る　中 脫口而出

例 一旦話し始めると、言葉が口を衝いて出てくる。
一旦開了口，話就自己脫口而出了。

口を滑らす　中 漏口風、說溜嘴

例 口を滑らせて、禁句を口にしてしまった。
不小心說溜嘴，說出忌諱的事。

口が軽い　中 大嘴巴、口風不緊

例 彼は、口が軽いので、相談事はできない。
他是個大嘴巴，無法跟他商量事情。

口風緊

口が裂けても　中 守口如瓶

例 この秘密は、口が裂けても、他人に言ってはいけない。
這個秘密絕對要守口如瓶，不能告訴別人。

口が堅い　中 口風緊

例 彼は、口が堅いので、何でも相談できる。
他口風很緊，什麼事都可以找他商量。

口條、能言善道

言葉を濁す 中 支支吾吾

例 彼ははっきり言わず、言葉を濁して、うやむやにする性質を持っている。
他這個人的個性，總是支支吾吾把話說得很曖昧。

歯が浮く 中 肉麻

例 彼は、女の子にはいつも、歯が浮くようなセリフを言っている。
他總愛對女孩子說些肉麻的話。

口車に乗せる 中 巧言令色、花言巧語

例 彼らの口車に乗せられて、犯罪に手を染めてしまった。
被他的花言巧語所騙，和犯罪事件扯上了關係。

弁が立つ 中 能言善道

例 彼は弁が立つので、応援演説に引っ張りだこだ。
他能言善道，是幫人站臺的紅人。

弁を振るう 中 舌燦蓮花

例 選挙演説で、候補者が弁を振るっている。
在選舉演說中，候選人舌燦蓮花。

言葉を飾る　**中** 語言華麗

例 言葉を飾ることより伝える気持ちが重要だと思います。
我覺得比起語言華麗，心意更重要。

歯切れがいい　**中** 表達清楚、口齒清晰

例 面接の時に、歯切れのいい受け答えをする。
面試應答時要口齒清晰。

口がうまい　**中** 能言善道

例 口がうまい人には、気を付けたほうがいい。
對於能言善道的人，最好多提防著。

舌が回る　**中** 口齒伶俐、很會說話

例 よく舌が回る男だね。
他是個非常會說話的男生呢。

呂律が回らない　**中** 講話含糊，口齒不清

例 酒を飲みすぎて、呂律が回らなくなっている。
喝太多酒，講話都含糊不清了。

語呂がいい　**中** 朗朗上口

例 語呂がいいと、すぐに覚えてしまう。
因為朗朗上口，很快就背下來了。

語呂を合わせる　中 使～順口、押韻

例 年号を覚える時は、語呂を合わせるといい。
在背年號的時候，只要讓它唸起來順口就行了。

めりはりに乏しい　中 沒有高低起伏

例 彼の朗読は、めりはりに乏しい。
他朗讀時聲音沒有高低起伏。

めりはりが利く　中 做出強弱的分別；聲音有高低起伏、抑揚頓挫

例 さすが一流女優、セリフ回しは、めりはりが利いている。
不愧是一流女演員，把台詞唸得很有抑揚頓挫。

吹噓

大風呂敷を広げる　中 誇下海口

例 彼は、必ず総理大臣になってみせると言い、大風呂敷を広げた。
他誇下海口說一定要當上內閣總理大臣。

大口を叩く　中 說大話

例 彼は、政治のことなら、何でも知っていると、大口を叩いている。
他說大話，說自己對政治方面的事無所不知。

法螺を吹く　**中** 說話浮誇；說大話

例 彼はよく法螺を吹くので、彼の言うことを信じる人は、誰もいない。
他常說大話，所以說的話都沒有人相信。

聲音狀態

声が嗄れる　**中** 喉嚨沙啞

例 何時間もカラオケをしたので、声が嗄れてしまった。
唱了好幾個小時的KTV，喉嚨都沙啞了。

声が通る　**中** 聲音宏亮

例 彼は、声が通るので、遠くにいても聞こえる。
他的聲音很宏亮，就算離得很遠也聽得見。

声を落とす　**中** 壓低音量

例 公共の場所では、声を落としてしゃべるのがマナーだ。
在公共場所降低音量交談是基本禮貌。

話題

口の端に上る　**中** 成為話題

例 あの大手企業の社長と社員の不倫関係は人々の口の端に上っている。
那家大公司董事長與員工發生婚外情，是大家茶餘飯後的話題。

話題が尽きる　**中** 沒話說

例 彼とは、久しぶりに会ったので、話題が尽きない。
很久沒有跟他碰面了，所以有聊不完的話題。

話題に上る　**中** 成為話題

例 彼女のことは、いつも話題に上っている。
她總是成為話題人物。

嘮叨、閒話

無駄口を利く　**中** 閒聊、說閒話

例 彼はまじめで、無駄口を利くようなこともなく、正直な感じの男だった。
他是一個做事認真、不說人閒話，相當正直的男人。

無駄口を叩く　**中** 閒聊、說閒話

例 無駄口を叩いている暇があったら、仕事しろ。
有時間說閒話不如快去工作。

管を巻く　**中** 叨叨絮絮地說醉話

例 酔っ払いが街行く人に管を巻いている。
醉漢叨叨絮絮地跟街上行人說醉話。

口がうるさい 中 嘮叨

例 あの人は、小さなことにも口がうるさいから、一緒に仕事したくない。
那個人凡事都能嘮叨，實在不想跟他共事。

口を酸っぱくする 中 反覆訴說、苦口相勸

例 彼には、口を酸っぱくして注意した。
反覆地提醒他。

要求

無理を言う 中 強人所難、提出無理的要求

例 友人に無理を言って、迎えに来てもらった。
向朋友提出來接我的無理要求。

贅沢を言う 中 要求很多

例 彼女はあれこれと贅沢を言って、きりがない。
女朋友盡是做些過分的要求，肯定會沒完沒了。

注文を付ける 中 提出要求

例 経費を削減するよう、注文を付ける。
提出縮減經費的要求。

聽聞、傾聽

人伝に聞く　中 從別人口中聽來

例 彼が失業したことは、人伝に聞いて知っている。
從他人口中得知他失業的事。

水を打ったよう　中 形容在場的人很多卻靜謐無聲

例 教授が教壇に立った瞬間、会場は水を打ったように静かになった。
教授站上講台的瞬間，會場立刻靜謐無聲。

聞き耳を立てる　中 豎耳傾聽

例 隣部屋でのひそひそ話に聞き耳を立てる。
豎耳傾聽隔壁房傳來窸窸窣窣的談話聲。

小耳に挟む　中 無意間聽到

例 彼が結婚するという噂を小耳に挟んだ。
無意間聽到他要結婚的消息。

耳にする　中 聽到

例 今年中にあの二人は離婚する、という噂を耳にした。
聽到那兩人今年會離婚的傳聞。

耳にたこができる　中 聽膩、耳朵長繭

例 彼女の彼氏自慢話にはもう耳にたこができた。
她老是炫耀男朋友的那些話，我早就聽到耳朵長繭了。

耳につく　中 聲音久久不散讓人很在意；聽膩

例 隣の人が飼っている犬の鳴き声が耳について眠れない。
隔壁鄰居的狗叫聲一直縈繞不去，害得我難以入眠。

耳を疑う　中 懷疑自己聽錯

例 あの人気女優がお笑い芸能人と結婚したことを聞いて耳を疑った。
聽到人氣女演員要跟搞笑藝人結婚的消息，一度懷疑自己是不是聽錯了。

耳を貸す　中 聽人說話；側耳

例 社長はちゃんと社員の意見に耳を貸さないといけません。
總經理一定要好好傾聽員工的意見。

耳を傾ける　中 側耳傾聽

例 美しい旋律に、耳を傾ける。
側耳傾聽優美的旋律。

耳を澄ます　中 注意聽

例 耳を澄ますといろんな音が聞こえます。
仔細聽的話可以聽到許多不同的聲音。

耳をそばだてる　中 仔細傾聽

例 美容院で耳をそばだてる悪趣味があります。
我有在美容院偷聽別人講話的怪興趣。

耳をつんざく　中 震耳欲聾

例 耳をつんざくような音で目を覚ましました。
被震耳欲聾的聲音吵醒。

耳に残る　中 言猶在耳

例 お母さんの言葉が今も耳に残る。
母親說的話至今言猶在耳。

耳に挟む　中 聽到一些、無意中聽到

例 彼女が会社を辞めるという噂を耳に挟んだ。
無意中聽到她要辭職的傳聞。

重點

壺に嵌まる　中 恰如所願、一針見血

例 それは壺に嵌まった建言だね。
那真是個一針見血的建議。

勘所を押さえる　**中** 抓住重點、一針見血

例 彼はいつも、話の勘所を押さえた質問をする。
他總是可以提出一針見血的問題。

的を射る　**中** 抓到重點、擊中要害

例 彼はいつも、的を射た意見を言う。
他總是說出一針見血的意見。

核心に迫る　**中** 切入重點

例 検事が、目撃者の証言を頼りに事件の核心に迫る。
檢察官根據目擊者的證詞，切入了事件的核心。

核心を突く　**中** 直搗問題核心

例 刑事が、犯人に、核心を突く質問をする。
刑警向犯人提出直搗問題核心的問題。

急所を押さえる　**中** 抓住要害

例 敵の急所を押さえた。
抓住了敵人的要害。

壺を押さえる　**中** 抓住重點

例 壺を押さえて説明する。
抓住重點說明。

話が飛ぶ　中 ①沒有重點 ②換個話題

例 ①彼の説明は話が飛んでばかりで、要領を得ない。
他的說明根本沒有講到重點。

例 ②あいつはすぐに話が飛んで、急によくわからないことを言い始める。
他很快就換了個話題，突然開始說起令人難以理解的話。

要点をかいつまむ　中 提出重點

例 要点をかいつまんで説明する。
提出重點做說明。

要点を掴む　中 抓到要點

例 要点を掴めれば、難しい問題ではない。
只要掌握到要點，其實並不是難事。

其他 ＊按五十音排列

言うに及ばず　中 不用說

例 彼は、地元では言うに及ばず、日本全国で有名な作曲家だ。
他是位不僅在當地，甚至是全日本都家喻戶曉的名作曲家。

言うに事欠いて　中 哪壺不開提哪壺

例 言うに事欠いて、失恋した彼女の前で、彼の名前を出すなんてどういう神経をしてるんだ！

哪壺不開提哪壺，居然在失戀的女生面前提到她男朋友的名字，真是神經有夠大條！

言うまでもない　中 不用說

例 面接であんな失敗をして、彼が不合格になったのは言うまでもない。

他在面試時犯下那麼大的錯誤，不用說也知道他落選了。

大立ち回りを演じる　中 大吵大鬧；大打出手

例 彼は酒に酔うといつも大立ち回りを演じる。

他喝醉之後常常大吵大鬧。

語るに足る　中 值得一提

例 いろいろな経験をした友人は、人生を語るに足る人物だ。

朋友經歷了許多事，是個很值得一起談人生的人物。

角が立つ　中 不圓滑

例 彼は、ケンカになるといつも角が立つ言い方になる。

他只要跟人家吵架，說話就會變得很衝。

角が取れる　**中** 圓滑

例 彼は年を取ってから、角が取れた。
他上了年紀後講話變得圓滑。

軽口を叩く　**中** 開玩笑

例 彼は軽口をたたくのがうまいので、人気がある。
他很會說玩笑話，所以很受歡迎。

箝口令　**中** 封口令

例 彼のスキャンダルには、箝口令が敷かれている。
他的醜聞被下了封口令。

噛んで含める　**中** 詳細解說

例 彼の噛んで含めるような説明で、やっと理解できた。
經過他詳細的說明，現在總算是理解了。

ぐうの音も出ない　**中** 無法反駁、啞口無言

例 主張という主張に全部反論され、彼らはぐうの音も出ない。
提出的所有主張都遭到反駁，令他們啞口無言。

草木も眠る　**中** 萬籟俱寂

例 草木も眠る丑三つ時。
萬籟俱寂的深夜時分。

口（くち）を揃（そろ）える　中 異口同聲

例 「このレストランの料理（りょうり）は安（やす）くておいしい」と皆（みな）口（くち）を揃（そろ）えて言（い）う。
大家異口同聲地說：「這家餐廳的菜便宜又好吃」。

口（くち）を封（ふう）じる　中 封口

例 口（くち）を封（ふう）じるために、彼（かれ）を殺（ころ）した。
為了封口把他殺了。

口（くち）を塞（ふさ）ぐ　中 堵住嘴

例 秘密（ひみつ）をばらしたら命（いのち）は無（な）いと言（い）って、口（くち）を塞（ふさ）いでおいた。
為了堵住他的嘴，恐嚇他說：「敢把秘密洩漏出去你就死定了」。

煙（けむ）に巻（ま）く　中 說話故弄玄虛，讓人摸不著頭緒

例 彼（かれ）は法螺（ほら）を吹（ふ）いて、人（ひと）を煙（けむ）に巻（ま）く悪（わる）い癖（くせ）がある。
他有愛說大話，讓人摸不著頭緒的壞習慣。

言語（げんご）に絶（ぜっ）する　中 無法用言語形容

例 人々（ひとびと）の醜（みにく）い争（あらそ）いは言語（げんご）に絶（ぜっ）するものがある。
人與人之間的鬥爭醜陋得無法用言語形容。

声（こえ）が掛（か）かる　中 邀請、受到賞識、博得喝采

例 友達（ともだち）から、「一緒（いっしょ）に会社（かいしゃ）を立（た）ち上（あ）げないか？」と声（こえ）が掛（か）かった。
朋友邀請我：「要不要一起成立公司呢？」

声を掛ける 中 開口叫住、邀請

例 部員の確保に、新入生に声を掛ける。
為了招攬社團成員，開口叫住新生。

声を揃える 中 異口同聲

例 皆、声を揃えて反対する。
大家異口同聲地反對。

声を大にする 中 強調、強力主張

例 テストに出る部分を先生は声を大にして言った。
老師不斷強調會出的考題。

声を立てる 中 出聲

例 声を立てたら殺す、と脅された。
被威脅說要是發出聲音就會沒命。

声を呑む 中 說不出話來、中斷談話

例 彼は思わず声を呑んだ。
他突然停止了談話。

声を弾ませる 中 歡呼

例 声を弾ませて大学合格の喜びを分かち合う。
大聲歡呼，分享考上大學的喜悅。

声を張り上げる　**中** 放聲大喊

例 コンサート会場の警備員が、声を張り上げて、注意していた。
演唱會的保全人員大聲地提出警告。

声を潜める　**中** 竊竊私語

例 彼は、声を潜めて、芸能人のスキャンダルを話した。
他竊竊私語地談論藝人的醜聞。

声を振り絞る　**中** 大聲呼喊

例 声を振り絞って、助けを求める。
大聲呼喊求救。

言葉が通じる　**中** 讓對方了解自己說的話

例 彼には何度言っても言葉が通じない。
不管跟他說幾次，他就是無法了解。

言葉尻を捕らえる　**中** 抓住對方的語病反擊

例 政治家が発言の言葉尻を捕らえられて、謝罪に追い込まれた。
政治家的發言被抓到語病，被追著要求道歉。

言葉に余る　**中** 言語無法形容

例 彼女に出会えた喜びは言葉に余る。
和她相遇的喜悅是難以用言語來形容的。

言葉を返す　中 回覆、反駁

例 相手に何を言われても言葉に詰まらず、上手に言葉を返して難なく会話を続けます。
不管對方說了什麼都沒有語塞，順暢地回應對方，使對話順利進行。

言葉を交わす　中 交談

例 彼らが廊下で、少し言葉を交わしたところを偶然見かけた。
碰巧看到他們在走廊聊天。

言葉を尽くす　中 費盡唇舌

例 いくら言葉を尽くしても、本人が分かろうとしてくれないと、話が通じない。
即便費盡唇舌，若對方不願了解的話也無法溝通。

言葉を慎む　中 慎言

例 政府は国民の信用を得るため、言葉を慎む必要がある。
為取得國民的信任，政府有必要謹慎發言。

三味線を弾く　中 搪塞敷衍

例 まともに聞いても、彼は三味線を弾くことが多い。
就算當面問他，他多半也是搪塞敷衍。

図星を指される　中 被道破心事

例 相手に自分が考えていた通りのことを言われて、図星を指された。
對方說出了我的想法，一語道破我的心事。

茶を濁す　中 蒙混過去

例 恋愛の話になると、彼は別の話題を振ってきて、茶を濁した。
只要聊到戀愛，他就會插別的話題蒙混過去。

二の句が継げない　中 說不出第二句話來、不知道該說什麼

例 何を聞いても、知らないという返答に、二の句が継げなかった。
不管問什麼都回答不知道，真不知道該說些什麼。

音を上げる　中 發出哀鳴

例 つらい仕事に音を上げる。
艱辛的工作令人哀聲嘆氣。

暖簾に腕押し　中 白費力氣

例 彼に説教するのは、暖簾に腕押しだ。
跟他說教根本就是白費力氣。

場所柄を弁える　中 看場合說話、行動

例 親しい間柄でも、少しは場所柄を弁えて行動してほしい。
就算是關係親密的人，也希望你可以看場合行動。

歯に衣を着せない 中 直言不諱

例 彼は、歯に衣を着せぬ物言いで有名だ。
他以直言不諱的說話方式出名。

話が違う 中 ①不可同一而論 ②和約定的不一樣

例 ①お酒を飲みすぎるのはよくないが、それとこれとは話が違う。
雖說飲酒過量不好，但這跟那是兩回事。

例 ②入社後の仕事が面接時と全然話が違って、常務にクレームを入れたが改善もない。
錄取後做的工作跟面試時說的完全不同，有跟常務反應過，但沒有得到改善。

話を合わせる 中 表面上贊同對方、附和

例 知らないことには、無理に話を合わせる必要はありません。
對不了解的事不必勉強附和。

引くに引けない 中 不能說話不算話

例 自分から言いだした以上は引くに引けない。
既然是自己說過的話，就不能說話不算話。

筆舌に尽くし難い 中 言語無法表達

例 あそこのネギラーメンの美味しさは筆舌に尽くし難い。
那家蔥燒拉麵的美味難以言喻。

一声(ひとこえ)掛(か)ける　　**中 打聲招呼，向對方短暫說幾句話**

例 長期(ちょうき)の外出(がいしゅつ)の際(さい)は隣(となり)の人(ひと)に一声(ひとこえ)掛(か)ける。
要長時間外出時，跟鄰居打聲招呼。

耳(みみ)が痛(いた)い　　**中 逆耳、刺耳**

例 先生(せんせい)からの注意(ちゅうい)は耳(みみ)が痛(いた)い。
老師對我的警告相當刺耳。

耳(みみ)に留(と)まる　　**中 對說的話或聲音感興趣**

例 帰(かえ)り道(みち)にどこからか流(なが)れてきたメロディーが耳(みみ)に留(と)まり、思(おも)わず立(た)ち止(ど)まった。
回家的時候，被不知哪裡傳來的音樂吸引，不自覺地停下腳步。

身(み)も蓋(ふた)もない　　**中 說話太露骨**

例 それを言(い)っては、身(み)も蓋(ふた)もない。
那話也說得太露骨了吧！

物(もの)を言(い)う　　**中 ①發言、說話　②發揮作用**

例 ①「目(め)は口(くち)ほどに物(もの)を言(い)う」ということわざがある。
有句諺語說：「眼睛比嘴巴更會說話」。

例 ②恋愛(れんあい)でも経験(けいけん)が物(もの)を言(い)うのです。
就連談戀愛也是要靠經驗的累積。

雄弁に物語る

中 清楚表達出事實或心情

例 試験に落ちたという現実が雄弁に物語っている。
完全表達出考試失利的現實。

理屈を付ける

中 強詞奪理、強辯硬拗

例 理屈を付けようと思えば、なんにでもつけられるという言葉がある。
有句話說，如果想狡辯的話，不管什麼事都能硬拗。

論を戦わす

中 激烈爭論

例 有名な評論家たちが論を戦わせる討論番組が人気だ。
讓知名的辯論家們盡情爭論的評論性節目人氣很高。

山葵が利く

中 ①發言尖銳 ②山葵的味道嗆鼻

例 ①山葵が利きながらも愛情がにじみ出てるのが風刺漫画の父である近藤日出造の特色である。
諷刺漫畫之父近藤日出造的特色為說話尖酸刻薄，但內心卻充滿感情。

例 ②寿司を食べたら、山葵が利いて、ツーンと鼻に来た。涙が止まらなかった。
吃到壽司裡的山葵而嗆到，淚流不止。

10 學習與能力

10

老師／學習、見聞／技藝／進步、退步／資質／智慧／愚笨／考試、分數／修改／其他

老師

教壇に立つ（きょうだん に た つ）

中 站上講台

例 念願だった先生になり、今日初めて、教壇に立つ。
當上了夢寐以求的老師，今天初次站上講台。

教鞭を執る（きょうべん を と る）

中 執教鞭

例 彼は今、田舎の学校で、教鞭を執っているらしい。
他現在好像在鄉下的學校任教。

師と仰ぐ（し と あお ぐ）

中 尊為師

例 私は夏目漱石を師と仰いでいる。
我以夏目漱石為師。

學習、見聞

机を並べる 中 在學校或職場，一同學習、工作

例 彼とは小学校時代に机を並べた親友だから、私のことをよく分かってくれる。
他是我小學一同唸書的摯友，所以非常了解我。

根を下ろす 中 扎下根

例 引越し先は言葉も文化も違って、未知の国だが、異国の地に根を下ろすように頑張る。
雖然搬到一個語言、文化都不同的未知國度，但會努力去熟悉異國文化。

レクチャーを受ける 中 上課、接受指導；當局、當事者說明

例 スカイダイビングをする前には、必ずレクチャーを受けなければならない。
跳傘前一定要先接受指導。

メモを取る 中 記筆記、抄重點

例 大事なことはメモを取る習慣を身に付けることが重要だ。
養成將重要事情記下來的習慣很重要。

腕を磨く 中 磨練本領、提高技能

例 次回の対戦の為に腕を磨いて待っていろよ。
為了下一次的對戰，你給我磨練好技巧等著！

芸を仕込む 中 訓練、調教

例 動物に芸を仕込む。
訓練動物特技。

稽古を付ける 中 傳授武術、技藝、學問等

例 師匠が弟子に稽古を付ける。
師傅傳授徒弟技藝。

見聞を広める 中 增廣見聞

例 見聞を広めるためにも、外国へ行ったほうがいい。
為了增廣見聞，還是出國去比較好。

視界が開ける 中 視野變遼闊

例 なんとか人混みをかき分け、抜けると視界が開けた。
遠離人群之後頓時覺得視野變得好遼闊。

視野を広げる 中 打開眼界

例 視野を広げるには、まず視野が広がっている人との出会いでしょう。
想打開眼界，首先就是要認識視野寬廣的人吧！

視野が広がる 中 視野變廣

例 大学は視野が広がる場所だと思ったが、結局そうではなかった。
以為大學是能讓視野變得寬廣的地方，結果並不是。

才能を伸ばす　中 發展、訓練才能

例 夫の才能を伸ばすため、妻の私は何でもやります。
只要能讓我老公發揮才能，身為妻子的我什麼都願意做。

才能を引き出す　中 激發才能

例 監督は選手たちの才能を引き出すことに成功した。
教練成功地激發了選手的才能。

技を磨く　中 磨練、鍛鍊技能

例 技を磨いて、より良いパフォーマンスができるようにする。
為了能有更好的表演而磨練技能。

物にする　中 ①學有所成 ②得到成果、達到目的 ③到手

例 ①日本語を物にするのは難しい。
日語很難學有所成。

例 ②留学を安全な物にするために、いろいろ情報を調べていた。
為了讓留學順利，事先查了很多資料。

例 ③ネットで必要なモノを安く物にするので、最近よくオークションで落札します。
在網路上可以買到便宜的東西，所以我最近常在網路上下訂單。

物になる　中 ①學成、達到目標 ②有所成就，成為優秀的人物

例 ①いくつもの言語を勉強したが、どれも物にならなかった。
雖然學了很多種語言，但都沒有學得很精。

例 ②娘の恋人は将来物になりそうな若者だから、安心した。
女兒的男朋友是個看起來將來會很有成就的青年，所以我就放心了。

足元を固める　中 打好基礎、顧好根本

例 他人の心配をする前に、自分の足元を固める方が先だ。
擔心別人之前，先顧好自己吧！

身に付く　中 學會

例 がんばれば、どのような技術も身に付くものだ。
只要努力任何技術都能夠學會。

身に着ける　中 穿、戴在身上；學習知識

例 パーティーに出席するため、ネックレスを身に着ける。
為了出席宴會戴上項鍊。

胸を借りる　中 討教；做練習的對象

例 稽古では、先輩力士の胸を借りる。
在練習時，向相撲的前輩討教。

視野が広い　中 視野寬廣

例 視野を広げようと思っても毎日同じ事を繰り返すだけではなかなか視野が広がってきません。
即使想要讓視野變寬，但僅僅是日復一日地做同樣的事，是無法讓視野變寬廣的。

技藝

耳が肥えている　中 具有辨別音樂好壞的能力

例 彼は一流のアーティストだったから、耳が肥えている。
他是一流的音樂家，所以具有辨別音樂好壞的能力。

腕が冴える　中 技藝高超

例 彼は、幼いころから、卓球をしているので、卓球の腕が冴えている。
他從小就在打乒乓球，所以技藝高超。

腕が立つ　中 技術出色

例 包丁を作る職人の中で、彼は、腕が立つ職人の一人である。
在製作菜刀的師傅當中，他的技術尤其出色。

手筋がいい　中 有書畫、工藝等天分

例 娘は料理の手筋がいいので、将来ファミリーレストランをやるのが夢だと言っていました。
我女兒滿有料理天分的，她還說將來開一間家庭式餐廳是她的夢想。

一芸に秀でる 　中 有一技之長的人

例 社会では一芸に秀でた人が脚光を浴びる。
在社會上有一技之長的人才會受到注目。

筆が立つ 　中 文采出眾

例 「君は筆が立つね」と先生から褒められた。
老師誇獎我「你文筆很好呢！」。

進步、退步

呼吸を呑み込む 　中 抓到訣竅

例 彼が、仕事の呼吸を呑み込むのはまだ早い話だな。
他想抓到工作的訣竅恐怕還早呢！

腕が上がる 　中 技術提高

例 しばらく会わない間に、君は将棋の腕が上がったね。
好長一段時間不見了，你的將棋技巧變好了耶！

脂が乗る 　中 （技術、狀況）變得厲害、純熟

例 慣れたのか、彼の技術に脂が乗ってきた。
大概是熟悉了，他的技術越來越厲害了。

地に落ちる

中 ①退步 ②掉在地上

例 ①有名なこの店の味も、今では地に落ちた。

知名店家的口味現在也退步了。

例 ②彼の信望も地に落ちた。

他的信譽掃地。

板に付く

中 熟練

例 岡田先生は教師になって三年目だ。だんだん板についてきたな。

岡田老師當教師已經第三年了，越來越熟練了呢。

✿ 資質

地力に勝る

中 實力優越

例 関ヶ原の合戦は地力に勝る徳川家康が勝った。

在關原之戰，德川家康以實力贏得勝利。

筋が悪い

中 沒有天分

例 筋が悪いのか、なかなか踊りが踊れない。

不知是否沒有跳舞的天分，舞總是跳得不好。

片鱗を示す

中 窺見一部分的才能

例 彼は様々な分野のことで、その片鱗を示すことがある。

能夠在各領域中窺見到他的才能。

要領がいい　中 ①頗得要領、手腕很好 ②擅長做表面工夫

例 ①彼は要領がいいので、何でもテキパキとこなせる。
他做事頗得要領，不管做什麼都得心應手。

例 ②要領がいい末っ子は甘え上手だから、わがまま言っても周りから許される。
擅長表面工夫的老么很會撒嬌，就算說些任性的話，周遭的人也會原諒。

要領を得ない　中 不得要領

例 彼はいつも要領を得ない説明ばかりだ。
他的說明總是不得要領。

能がない　中 沒有能力、能力不足

例 いつまでも従来のやり方を通しているようでは、能が無い。
永遠只會遵從既有的方法做事，根本就是能力不足。

智慧

目端が利く　中 機靈、隨機應變

例 経験は浅いが、目端が利くから、任せても大丈夫だ。
雖然經驗尚淺，但懂得隨機應變，所以可以放心託付。

打てばひびく　　中 一點就通

例 あの子はとても賢い。どんな事でも少し聞けば、打てばひびくように理解する。
那個孩子很聰明，任何事都一點就通。

才知に富む　　中 才多智廣

例 彼が才知に富んだ人間であることは、この仕事を見ればわかる。
從這個工作中就可以發覺，他是個才多智廣的人。

頭が切れる　　中 頭腦很精明

例 彼は、頭が切れるやり手の弁護士だ。
他是位頭腦精明能幹的律師。

目から鼻へ抜ける　　中 形容聰明機伶

例 彼女は目から鼻へ抜けるような才気を感じさせる。
她散發出聰明機伶的才氣。

機知に富む　　中 富含機智

例 彼は私の知っている中で憎たらしいほど機知に富んだ人だよ。
我認識的人當中，他是個聰明伶俐到令人厭惡的人喔！

知恵が回る　**中** 腦子動很快，很快就能因應情況作出判斷

例 彼は知恵が回るので、どんな時も頼りになる。
他的腦子動得很快，不管發生什麼事找他都相當可靠。

飲み込みが早い　**中** 領悟力高

例 彼は飲み込みが早いから、教えるのも楽だ。
他領悟力很好，教他很輕鬆。

愚笨

愚にも付かぬ　**中** 愚蠢

例 彼の言うことは、愚にも付かぬ話ばかりだ。
他淨說些蠢話。

愚の骨頂　**中** 愚蠢至極

例 あんな人が総理大臣なんて、まさに愚の骨頂だ。
那種人也能成為總理大臣，真是愚蠢至極。

馬鹿なまねをする　**中** 做出愚蠢的舉動

例 仮装パーティの酔っ払いみたい、馬鹿なまねをするんじゃない！
不要去參加什麼愚蠢的變裝派對買醉！

間が抜ける　**中** ①看起來愚蠢、糊塗 ②失算

例 ①彼はいつも、間が抜けたような顔をしている。
他總是看起來一臉蠢樣。

例 ②気が利きすぎて間が抜ける。
太過小心反而會忽略了最重要的事情。

血の巡りが悪い　**中** 腦袋不靈光

例 こんなこともできないとは、君は血の巡りが悪いのではないのかい？
這麼簡單的事也不會，你的腦袋是不是不太靈光？

考試、分數

点が辛い　**中** 打分數很嚴格

例 彼は怠け者に対して点が辛い。
他對懶散的人，分數打得特別嚴格。

山が当たる　**中** 僥倖、考前猜題猜中

例 山が当たって、テストで100点を取った。
猜題都猜中，考試拿到一百分。

点を取る　**中** 得分

例 中間テストでいい点を取るために精一杯頑張る。
為了在期中考取得好成績拚命努力。

星を稼ぐ 中 努力賺取分數、提高成績

例 苦手科目では、宿題をきちんと提出するなどして、星を稼いだ。
不拿手的科目就認真交作業來提高成績。

修改

手を加える 中 修整、補充、偵察

例 私が書いた文章は、先生の手を加えると格段によくなった。
我的文章經老師修改過後，比原來好多了。

修正を加える 中 將不完全或錯誤之事進行修正

例 作文に修正を加える。
修改作文。

其他 ＊按五十音排列

礎を築く 中 奠定基礎

例 野口英世は日本の近代医学の礎を築いた。
野口英世奠定了近代日本醫學的基礎。

腕に縒りをかける 中 拿出所有本領

例 今日は、夫の誕生日なので、腕に縒りをかけて料理をする。
因為今天是老公的生日，所以我下功夫煮菜。

才能が枯れる

中 才枯思竭、江郎才盡

例 才能が枯れてしまったので、もう小説が書けない。
已經江郎才盡，寫不出小說了。

式を立てる

中 以公式表示

例 頭の整理をするために、式を立てて計算した。
為了整理思緒，所以寫下算式計算。

神に入る

中 出神入化

例 まさに、技芸神に入る映画といえる。
這部電影的拍攝技巧可說是出神入化。

造詣が深い

中 造詣很深、對某領域十分了解

例 彼は日本庭園に造詣が深い。
他在日本庭園建築方面的造詣很深。

空で言う

中 默背

例 円周率を何桁も空で言うことができる。
可以默背出好幾位數的圓周率。

知識をひけらかす

中 誇耀學識

例 彼は知っている知識を私たちにひけらかしてくる。
他向我們誇耀他的知識。

点呼を取る　中 點名

例 寮では毎朝、点呼を取って、無断外泊をしている人がいないか確認する。
宿舍每天早上都會點名，確認沒有人無故外宿。

天分に恵まれる　中 受老天爺眷顧，指天生具備優越能力

例 彼女は天分に恵まれ、十五歳でもう有名なコンダクターになっている。
她很有天賦，十五歲時就已經是知名的指揮家。

堂に入る　中 登堂入室

例 彼は名俳優だから、演技が堂に入っている。
他是知名演員，演技已經到了登堂入室的境界。

年季が入っている　中 熟練

例 お父さんは年季が入っている床屋に「いつもの髪型にしてください。」とだけ言っていた。
爸爸只對那經驗豐富的理髮師說「老樣子」。

年輪を重ねる　中 累積經驗、慢慢磨練

例 木が年輪を重ねるように少しずつ前に進めればいい。
只要像樹木的年輪一樣，一點一點往前邁進就可以了。

能書きを垂れる　中 自吹自擂

例 能書きを垂れていないで、さっさとやりなさい。
不要在那邊說大話，快開始動作。

檜舞台に立つ　中 在舞台上大顯身手

例 父の跡を継いで、教壇の檜舞台に立つ。
追隨父親的腳步，在教育界發揮長才。

不徳の致すところ　中 領導無方、能力不足所致

例 今日は何をやってもうまくいかないのは大概、不徳のいたすところが原因だなという気がします。
今天不管做什麼都不順，覺得大概是我自己能力不足所致。

右に出る者がない　中 無人能出其右、無人能比

例 学問では彼の右に出る者がない。
在學問方面，無人能出其右。

門を叩く　中 ①成為入門弟子 ②拜訪

例 ①柔道を習いたくて、道場の門を叩いた。
想要學柔道而加入道場。

例 ②先生に出逢えたのは、私にとって幸せの門を叩いたことみたい。
對我來說能遇到老師，就像是敲響了幸福之門一樣。

11 藝術、文化

11

音樂／文藝／傳統／品味／獨特的／禮儀相關／流行潮流／宗教／其他

音樂

リズムに乗(の)る　中 身體隨著節奏搖擺

例 私(わたし)たちは音楽(おんがく)を聞(き)いたとき、自然(しぜん)とリズムに乗(の)ることができる。

我們在聽音樂時，身體會隨著節奏自然擺動。

リズムを取(と)る　中 跟著節奏

例 手拍子(てびょうし)でリズムを取(と)る。

跟著節奏打拍子。

タクトを振(ふ)る　中 音樂的指揮

例 彼(かれ)は有名(ゆうめい)な楽団(がくだん)を前(まえ)にタクトを振(ふ)っている。

他站在知名樂團前指揮。

文藝

ペンを折る 中 停止寫作

例 創作意力が衰えたという理由で、彼はペンを折った。
他因才思枯竭為由而停筆。

ペンを執る 中 執筆，開始寫作

例 これは、有名な作家が、10年ぶりにペンを執って書き上げた新作です。
這是知名作家睽違10年再度執筆完成的新作。

筆に任せる 中 隨意將想法寫出來

例 自分の見聞や体験、感想などを、筆に任せて自由な形式で書いた文章は「随筆」と言います。
將自己的見聞、體驗或感想，用自由的形式書寫出來的文章稱為「隨筆」。

筆を投げる 中 寫作半途而廢

例 小説を書こうとしたが、途中で筆を投げてしまった。
想要寫小說，但寫到一半就放棄了。

筆を走らせる 中 振筆疾書，指流暢迅速地寫文章

例 アイデアが浮かんできたので、彼は筆を走らせた。
他腦海浮現了點子於是開始振筆疾書。

細工を施す　**中** 精工細琢

例 工芸品に精緻な細工を施す。
讓工藝品更精工細琢。

韻を踏む　**中** 押韻

例 彼女の歌の歌詞は語尾が韻を踏んでいるので、とても文学的だ。
她的歌詞都有押韻，相當有文學氣氛。

✿ 傳統

伝統を継ぐ　**中** 承襲傳統

例 現代は、伝統を継ぐ人がいなくなっているのが、深刻な問題となっている。
現代繼承傳統的人越來越少，成為一個嚴重的問題。

伝統を誇る　**中** 驕傲的歷史傳統

例 今年はようやく 400 年の伝統を誇る「上野天神祭」に行ってきました！
今年終於去參加了擁有400年悠久歷史的上野天神祭。

伝統を守る　**中** 守護傳統

例 先端産業界のトップクラスの会社になっても、伝統を守る気持ちは変わらないと社長はそうおっしゃいました。
老闆說即使成為高科技產業中的領頭公司，維護傳統的心依然不變。

史実に基づく　中 根據史實

例 今回のドラマは史実に基づいて脚本が作られた。
這次的戲劇腳本是根據史實所寫。

品味

見る目がない　中 沒有眼光

例 彼女は典型的な男を見る目が無い女だ。
她是個典型的挑男人沒眼光的女人。

目が高い　中 眼光好

例 その年のワインを選ぶとは、さすが、目が高い。
會選擇那個年份的酒，眼光果然很高。

獨特的

類がない　中 無可比擬、不同凡響

例 日本でも類がない、骨董品市が開かれている。
日本也有非常棒的古董市場。

類を見ない　中 絕無僅有

例 新しい内閣は、他に類を見ない、支持率の高さだ。
新內閣的支持率絕無僅有地高。

二つとない　　**中** 獨一無二

例 これは、世界に二つとない貴重な宝物だ。
這是世界上獨一無二的貴重寶物。

掛け替えのない　　**中** 無可取代的、寶貴的

例 掛け替えのない子供を事故で失う。
寶貝孩子因為車禍而喪生。

掃き溜めに鶴　　**中** 鶴立雞群、獨特

例 こんなむさくるしいところで女性が働いているとは、まさに掃き溜めに鶴だ。
竟然有女生願意在這種骯髒簡陋的地方工作，真是相當獨特。

奇を衒う　　**中** 顯示出奇特

例 最近は、奇を衒うことだけを重視して、基本を無視しているものが多い。
最近常看到只追求標新立異而忽略了基礎的情況。

禮儀相關

席を譲る　　**中** 讓位

例 バスの中では、お年寄りに席を譲りましょう。
在公車裡讓位給老人家吧！

先を争う　**中** 爭先恐後

例 先を争ってバスに乗り込む。
大家爭先恐後地擠上巴士。

隊列を組む　**中** 列隊

例 家の中に小さい蟻がたくさんいて、隊列を組んで絨毯の縁を歩いているのを見つけました。
家裡有好多小螞蟻，我發現它們還列隊沿著地毯邊緣前進。

義理を欠く　**中** 不懂禮數

例 引っ越しの挨拶にも来ず、あの家族は、義理を欠いている。
那家人搬過來的時候連聲招呼都沒打，真是不懂禮貌。

熨斗を付ける　**中** 贈送給想要的人

例 それほどまでに欲しいなら、熨斗を付けてくれてやる。
如果真那麼想要的話就拿去吧。

お使い物にする　**中** 當作禮物送人

例 これは、親戚へのお使い物にしよう。
這個就當作禮物送給親戚吧。

品位に欠ける　**中** 不體面、沒品

例 品位に欠ける行動は、慎むべきだ。
對於不體面的言行舉止應該謹慎自重。

折り目正しい　**中** 有禮貌

例 彼女は、折り目正しく、あいさつできる人だ。
她非常有禮貌，都會打招呼問候。

口上を述べる　**中** 例行問候

例 司会者が開幕式の口上を述べた。
主持人進行開幕式的例行問候。

目礼を交わす　**中** 點頭致意

例 彼と会った時は、いつも目礼を交わす。
遇到他的時候都會禮貌性地點頭致意。

流行潮流

一世を風靡する　**中** 風靡一時

例 iPodが一世を風靡した。
iPod曾風靡一時。

今を時めく 中 當紅的

例 数年前までは新人選手だったが、彼は今を時めくスター選手だ。
數年前他還是個新人，現在已經是當紅的明星選手了。

時流に乗る 中 跟隨潮流

例 時流に乗って、喫茶店が大繁盛する。
乘著這波潮流，咖啡廳的生意興隆。

的となる 中 成為箭靶、指標

例 最近は、LINEが流行の的となっている。
最近LINE（手機通訊軟體）成為流行的指標。

宗教

禅を組む 中 打坐

例 永平寺に行って、禅を組んで、修行に励む。
到永平寺打坐修行。

世を捨てる 中 出家、隱居

例 彼は突然世を捨てて、仏門に入った。
他突然出家，遁入佛門。

洗礼を受ける　中 ①接受洗禮 ②（宗教）受洗

例 ①運動部に入って、早速、先輩からキツイ練習という洗礼を受けた。
加入運動社團，馬上就遭受了前輩嚴格訓練的洗禮。

例 ②洗礼を受けるための準備として、どんな学びが必要ですか。
受洗前的準備我必須了解什麼呢？

慈悲にすがる　中 仰賴慈悲

例 人々の心の荒さをおさめるには観音様の慈悲にすがるほかないと思います。
能安撫廣大民眾受創心靈的，我想只有觀音菩薩的慈悲了。

慈悲を請う　中 請求憐憫

例 仏の慈悲を請う。
祈求佛祖的憐憫。

頭を丸める　中 削髮出家

例 彼女は俗世間との関係を断ち、頭を丸めて出家した。
她斷了俗世的牽掛，削髮出家了。

其他 ＊按五十音排列

紙面を割く　中 登上版面

例 世間を賑わせたニュースだけに、新聞の紙面を割いて記事が書かれている。
只有造成轟動的新聞才能被寫成報導，登上報紙的版面。

紙面を賑わす　中 大幅報導

例 大物芸能人の不祥事は、紙面を賑わせた。
大牌藝人的醜聞被大幅報導。

装飾を施す　中 裝飾

例 家具に木目調の装飾を施す。
在家具上加上木紋的裝飾。

トップを飾る　中 上頭版

例 暴雨のニュースが、新聞各紙のトップを飾った。
豪雨的新聞上了各大報的頭版。

初舞台を踏む　中 初登場

例 2歳で初舞台を踏んだ。
2歲時初次登上舞台。

版を改める　中 改版

例 この本に書いてあったものをちゃんと修正して版を改める。
把這本書中所寫的東西確實修正後改版印刷。

版を重ねる　中 再版

例 ベストセラーとなった本は何度も版を重ねた。
暢銷書總會再版好幾次。

舞台に立つ　中 站上舞台，指登台表演或在某處活躍

例 日本代表選手に選出され、世界大会の舞台に立ちました。
被選為日本代表選手，參加全球比賽。

12 應對處理

12

解決／無法應付／處理／使用、效用／幫忙、奉獻／利用、藉口／勉強進行／意料外／顧及／困難／其他

解決

片が付く 中 解決

例 徹夜して、やっと仕事の片が付いた。
一整夜沒睡終於完成了工作。

丸く収まる 中 圓滿解決

例 彼女が謝罪したことで、一応、事は丸く収まった。
她已經賠罪道歉了，這件事也總算圓滿解決了。

道が開ける 中 找到解決方法或未來的方向

例 地道に一歩ずつ進んでいれば、成功への道が開けてくるものだ。
只要腳踏實地地前進，自然就會找到邁向成功的道路。

けりが付く 中 事情有結果

例 武田信玄と上杉謙信は川中島で五度も戦ったのに、けりが付かなかった。
武田信玄與上杉謙信在川中島大戰五回合，但仍無法分出勝負。

無法應付

取り付く島がない 中 沒有辦法；無法靠近

例 何の説明も聞かず「できません」と言われたら、取りつく島が無い。
他連說明也不聽就說「辦不到」，讓我完全無計可施。

手がない 中 人手不足、無計可施

例 こうなったら、最後までやり続けるしか手が無い。
如今這個狀況，也只能努力到最後了。

手が付けられない 中 不知道該怎麼辦才好

例 彼女はわがままで、手が付けられない。
她很任性，讓人不知道該拿她怎麼辦才好。

始末が悪い 中 難對付、無計可施

例 「私は悪気がなかった」という言い訳は最も始末が悪い。
以「我沒惡意」這種藉口推托的人最難搞了。

始末に負えない 中 無計可施、不好處理

例 いい年をして、注意されると逆切れ、若造より始末に負えないなぁ。
都一把年紀了，稍微被唸一下就惱羞成怒，比年輕小夥子還令人傷腦筋吶。

手に負えない　中 無法處理

例 この仕事は私には手に負えない。
這份工作我無法處理。

埒が明かない　中 沒有進展，無法解決

例 彼とはいくら話しても埒が明かない。
不管再怎麼跟他說，也沒有任何進展。

手出しができない　中 無法出手、束手無策

例 このライオンは、一度暴れ出すと、手出しができなくなる。
這隻獅子一旦開始暴走，我們就束手無策了。

手に余る　中 無法處理

例 この試験は私の手に余る難問が多い。
這次考試有很多我不會的難題。

手も足も出ない　中 一籌莫展、束手無策

例 ヤクザの恐喝に手も足も出ない。
對於黑道的恐嚇一點辦法也沒有。

腕を拱く（手を拱く）中 束手無策

例 火事の火がどんどん広がっていくのを腕を拱いて見ていることしかできなかった。
只能眼睜睜地看著火勢不斷蔓延毫無辦法。

✿ 處理

急場をしのぐ　**中** 權宜之計、應付了緊急的情況

例 借金返済日の前に給料がもらえたので、何とか急場をしのげた。
在還債日前領了薪水，總算是撐過這關了。

処置を講ずる　**中** 採取措施

例 火災発生の防止のための必要な処置を講ずる。
為防止火災的發生，採取必要的措施。

手心を加える　**中** 酌情處理、手下留情

例 相次ぐ不祥事には厳しい検査が必要なのに、手心を加えるとは、ひどい話だ。
對層出不窮的醜聞明明有嚴加調查的必要，竟然說什麼酌情處理，真是過分。

始末を付ける　**中** 善後

例 配偶者の不倫、どう始末をつけるのか。
該如何處理另一半的婚外情呢？

微に入り細を穿つ　**中** 連細節都縝密處理

例 彼の微に入り細を穿つようなプレゼン資料の準備は誰もかなわない。
他的報告準備得很仔細，誰都比不上他。

手を回す　中 ①預先採取措施 ②徹底搜尋

例 ①あれこれ手を回して、今回の大成功を収めました。
東奔西走地做了很多準備才取得這次的成功。

例 ②事件の真相を明らかにするため、手を回して情報を集める。
為了查明事件的真相，徹底蒐集各種資訊。

使用、效用

物を言わせる　中 發揮效用

例 金に物を言わせて人々を従えても、信頼が無いから、すぐに裏切られる。
即使靠錢讓人們服從，但也會因為缺乏信賴感快速遭到背叛。

用を成さない　中 不能用、派不上用場

例 この道具は「万能」と書いてあるのに、いざという時、用を成さない。
這個道具明明寫著「萬能」，但在緊要關頭卻派不上用場。

用が足りる　中 很夠用、足夠

例 彼だけで用が足りるでしょうから、私は参加しないでおきますね。
有他在應該就夠了，所以我就不參加了。

使い物にならない　中 不能用、沒有用

例 こんなにボロボロでは、使い物にならない。
這麼破爛，根本就不能用。

薬が効く　中 有效

例 薬が効いて、やっと言うことを聞いてくれるようになった。
情況有改善，看樣子是有把我的話聽進去。

薬になる　中 有益

例 今回の失敗が、彼にとってはいい薬になるだろう。
這次的失敗對他來說應該也是有幫助的吧。

功を奏する　中 發揮效用

例 あらかじめ、家具に転倒防止のシールを貼っていたことが功を奏した。
事先貼在家具上的止滑片發揮了效用。

幫忙、奉獻

一肌脱ぐ　中 助一臂之力

例 彼のためなら一肌脱ぐのはやぶさかではないよ。
只要是為了男朋友，赴湯蹈火在所不辭。

力になる　中 助力、援助

例 困っている人たちの力になる。
援助有困難的人。

力(ちから)を貸(か)す　**中** 幫忙

例 私(わたし)でよければ、いつでも力(ちから)を貸(か)します。
只要您願意，任何時候我都會出手相助的。

情(なさ)けが仇(あだ)　**中** 好心辦壞事、幫倒忙

例 彼(かれ)の仕事(しごと)を手伝(てつだ)ったら、逆(ぎゃく)に失敗(しっぱい)してしまい、情(なさ)けが仇(あだ)となった。
想要幫忙他的工作，結果反而造成失敗，幫了倒忙。

肩(かた)を貸(か)す　**中** 幫受傷的人扶著肩膀；出力幫忙

例 足(あし)をくじいた友人(ゆうじん)のために、肩(かた)を貸(か)してあげた。
幫扭傷了腳的朋友扶著肩膀走路。

手(て)が入(はい)る　**中** 過程中插手幫忙

例 論文(ろんぶん)を完成(かんせい)させる前(まえ)に、先生(せんせい)の手(て)が入(はい)った。
在論文完成之前，老師幫忙加以修正。

一役(ひとやく)買(か)う　**中** 主動協助、參與

例 新党結成(しんとうけっせい)に一役(ひとやく)買(か)う。
協助新政黨的成立。

役(やく)に立(た)つ　**中** 有用、幫上忙

例 彼(かれ)はいろんなところで人々(ひとびと)の役(やく)に立(た)っている。
他在各方面都給予大家協助。

命を捧げる　　**中** 獻身…

例 自分の命を捧げて、国を守った。
獻身保衛國家。

身を挺する　　**中** 挺身而出

例 彼は身を挺して彼女を守った。
他挺身保護她。

✿ 利用、藉口

出しにする　　**中** 利用

例 仕事を出しにして、遊びに出かける。
利用工作當藉口，跑出去玩。

出しに使う　　**中** 利用

例 政治家は人民を出しに使って、自分の欲望を満たす。
政治家以人民當作藉口，滿足自己的慾望。

盾に取る　　**中** 以～為藉口

例 規則を盾に取って、そこまで厳しい処分をするのは、理不尽だ。
以規定作為藉口，施行如此嚴厲的處分實在不合理。

勉強進行

無理が利く（むりがきく） 中 雖然艱難，但勉強去做還是行得通

例 工場長である友人に頼めば、多少の無理が利く。
請身為廠長的朋友幫忙的話，即使有點勉強還是能幫我辦到。

無理がたたる（むりがたたる） 中 強行去做困難的事，導致不好的結果

例 無理がたたって、病気になってしまった。
過於勉強結果病了。

無理を通す（むりをとおす） 中 勉強硬做不合理的事

例 無理を通して道理を蹴っ飛ばす。
不顧道理去做不合理的事。

意地を張る（いじをはる） 中 逞強

例 できもしないことを、「できる」と言う彼は、意地を張っているのだ。
做都做不到的事情他也說沒問題，不過是在逞強罷了。

意料外

不意打ちを食らう（ふいうちをくらう） 中 突然發生出乎預料的事情

例 数学の期末試験が終わり、安心していたら、追試の不意打ちを食らった。
以為數學期末考結束了，正鬆下一口氣時，沒想到卻突然說要補考。

裏をかく　中 突然；出乎意料

例 敵の裏をかいた奇襲作戦で勝利した。
敵方靠出乎意料的突襲取得了勝利。

憑き物が落ちたよう　中 形容狀況突然改變（從不好變好）

例 あの人は今まで病人みたいに暗かったのに、憑き物が落ちたかのように、明るく朗らかになった。
那個人明明之前都像病人一樣陰鬱，卻突然間變得光明開朗了起來。

意表を突く　中 出人意表

例 彼の答えは、意表を突くものだった。
他的回答出人意表。

見当が外れる　中 出乎意料

例 見当が外れて、結局、年賀状は一枚も来なかった。
出乎意料，最後連一張賀年卡都沒收到。

裏目に出る　中 適得其反

例 彼女を喜ばそうとしてサプライズパーティを開いたが、裏目に出て嫌われた。
原本想讓女朋友開心而舉辦了一場驚喜派對，沒想到適得其反，惹她討厭了。

瓢箪から駒が出る　中 玩笑變成了現實；事出意外

例 まさか無口で超あがり症の彼が弁護士になるなんて、まるで瓢箪から駒が出たような話だ。
沉默寡言、在人前又超容易緊張的他當上了律師，如玩笑般的事竟然成真了。

顧及

手が届く　中 能力範圍內、照顧周到、達到～年齡

例 かゆい所に手が届くようなサービスをこころがけよう。
努力為客人做到無微不至的服務吧！

手が回る　中 ①顧及 ②警方逮捕犯人

例 ①忙しくて、子供を顧みることまで手が回らない。
忙到無暇顧及小孩。

例 ②警察の手が彼に回った。
警察逮捕了他。

見栄も外聞もない　中 沒有多餘的心力去管別人的想法

例 見栄も外聞もなく、金策に走る。
沒有多餘的心力去管別人怎麼說，只顧奔走籌錢。

困難

壁にぶつかる　中 碰壁、瓶頸

例 模試の成績が上がらないという壁にぶつかった。
遇到無法提高模擬考成績的瓶頸。

手を焼く　中 棘手

例 反抗期の末っ子には手を焼いた。
正值叛逆期的么子讓我相當頭痛。

万難を排す　中 排除萬難

例 万難を排して任務に遂行した。
排除萬難完成了任務。

骨が折れる　中 困難、麻煩

例 原稿チェックは、意外と骨が折れる。
校對原稿意外地麻煩。

ブレーキになる　中 成為阻礙

例 あなたの頑張りがブレーキになることがある。
有時候你太過努力反而會造成阻礙。

修羅場を潜る　中 度過難關

例 修羅場を潜っているかどうかで、かなりその人の根性や生き方が違ってくる。
能否度過難關會影響到那個人的毅力和生活方式。

困難を極める　中 艱難至極

例 今回のダム工事は、困難を極めたが、何とか完成した。
這次的水壩工程雖艱難至極，但總算是完工了。

難関を突破する　中 突破難關

例 安宅住吉神社は難関を突破することに霊験があると言われています。
據說安宅住吉神社在祈求突破難關的方面特別靈驗。

其他 ＊按五十音排列

一手に引き受ける　中 一手包辦

例 VISAの申請手続きは旅行代理店が一手に引き受けてくれるので安心だ。
旅行社一手包辦了簽證的申請，所以我很安心。

引導を渡す　中 叫對方放棄

例 見込みのない歌手志望者に引導を渡す。
我叫那個想當歌手卻看不出他會紅的人放棄。

痒い所に手が届く　中 照顧得無微不至

例 A社のサービスは、本当に痒い所に手が届く、すばらしいものだ。
A公司的服務真的是無微不至，十分地棒。

岐路に立つ　中 站在分歧點上

例 彼は、進学か就職かの人生の岐路に立たされている。
他正站在升學與就業的分歧點上。

草の根を分けても　中 用盡一切方法尋找

例 なくした結婚指輪は、草の根を分けても探し出さねばならない。
就算翻遍所有地方也要找到搞丟的結婚戒指。

事が運ぶ　中 順利進行

例 自分が変われば、どんな辛い時でも思い通りに事が運びます。
只要改變自己，不論是多麼艱困的時刻都能如願順利進行。

裁決を仰ぐ　中 仰賴判決

例 協議会の裁決を仰ぐ。
仰賴委員會的判決。

裁決を下す　中 判決、下達判決

例 取締役会で裁決を下す。
由董事會提出判決。

手段を選ばない　**中** 不擇手段

例 彼は、目的のためなら、手段を選ばない。
他為了達成目的可以不擇手段。

外堀を埋める　**中** 排除所有障礙；迂迴進攻

例 犯人逮捕に向けて、まずは、状況証拠などを集めて、外堀を埋めることだ。
為了逮捕罪犯，首先要收集案情證據，並排除所有障礙。

血眼になる　**中** 殺紅了眼，指為了達成目標不擇手段

例 なくしたピアスを血眼になって探す。
為了找到不見的耳環不擇手段。

手出しをする　**中** 出手處理、管閒事

例 余計なことに手出しをするな。
不要多管閒事。

どじを踏む　**中** 失敗

例 ライバル企業に企業秘密を漏らすとは、とんだどじを踏んでくれたものだ。
讓競爭公司知道了公司機密，你真是給我捅了個天大的婁子。

話を壊す　**中** 煮熟的鴨子飛了、壞事

例 『話を壊す地雷語』という面白い本を購入しました。
我買了《壞事的地雷語》這本有趣的書。

芽を摘む　**中** 扼殺、防患於未然

例 今のうちに、若手の芽を摘んでおこう。
趁現在把乳臭未乾的小毛頭除掉。

問題にならない　**中** 不值得一提、不成問題；無法相提並論

例 少々の無茶をしても問題にならないはずだ。
就算有點亂來，但應該是不成問題的。

問題になる　**中** 成為問題、值得一提

例 学級崩壊が昨今、問題となっている。
上課秩序混亂已成為最近的問題。

13 競爭、勝負

13

勝／敗／謀略、準備／弱點、脆弱／差異／對決／不容小覷／佩服／趁其不意／差別、比較／還以顏色／其他

勝

手刀を切る（てがたなをきる）

中 相撲勝利的一方領獎時所做的動作（將手垂直往左、中、右各砍一刀表示對三位勝利之神的感謝）

例 勝った力士は、必ず手刀を切る。

獲勝的力士一定會將手垂直往左、中、右各砍一刀。

白星を挙げる（しろぼしをあげる）

中 勝利

例 初めてランキングが上のチームから白星を挙げた。

首次從排名較高的隊伍手中奪得勝利。

王手を掛ける（おうてをかける）

中 即將取得勝利的階段；拿出最後一張王牌

例 決勝戦進出を果たし、優勝に王手を掛けた。

確定進入決賽，為了取得勝利拿出了最後一張王牌。

軍配を上げる 中 宣布優勝

例 声優の交代前と後のアニメ、どちらがしっくりくるかと言われたら、交代前に軍配を上げたい。

動畫在聲優重新配音後的和諧度與之前的版本相較之下，重新配音前的略勝一籌。

勝ちを拾う 中 意外的勝利

例 不戦勝で勝ちを拾った。

因對手棄權而意外獲勝。

勝ち星を挙げる 中 獲勝

例 ずっと負け続けていた相手から、勝ち星を挙げることができた。

從一直輸的對手手中獲得了優勝。

息の根を止める 中 殺害、壓倒性的勝利

例 A党は、反対派のB党の息の根を止めようとした。

A黨想打敗反對派的B黨，獲得壓倒性的勝利。

敗

土がつく 中 相撲落敗

例 千秋楽でとうとう土がついてしまった。

在相撲比賽的最後一場落敗了。

註 千秋楽：相撲比賽的決賽。

負けが込む　中 一再落敗

例 ギャンブルは負けが込んでも、やめられないから怖い。
賭博的可怕之處就是即便一直輸也很難停手。

一本取られる　中 認輸了

例 確かに君の言うとおりだ。これは、一本取られた。
事情的確如你所說，我認輸了。

星を落とす　中 比賽落敗

例 大相撲初日にして、早くも星を落としてしまった。
相撲大賽的第一天就落敗了。

犬の遠ぼえ　中 喪家犬的哀鳴

例 人の成功をねたんで文句を言ってもそれはただの犬の遠吠えですよ。
因嫉妒他人的成功而抱怨，這不過是喪家犬的哀鳴罷了。

白旗を掲げる　中 舉白旗投降

例 相手チームのすごさに、たまらず白旗を掲げた。
對方十分厲害，無力再抵抗而舉白旗投降。

敗色が濃い　中 看起來即將落敗

例 彼らのチームは、ここまでは善戦してきたが、ここで敗色が濃くなった。
他們的隊伍雖一路奮戰，但似乎即將在此落敗。

敗色が漂う　**中** 瀰漫敗北的氣氛

例 戦う前に、チームはもう敗色が漂っていた。
比賽之前，隊伍已瀰漫著敗北的氛圍。

敗色が濃厚になる　**中** 確定落敗

例 日本の敗色が濃厚になって、連合国は日本の戦後処理の話し合いを始めた。
日本確定落敗，聯合國開始討論日本的戰後處置。

敗北を喫する　**中** 落敗

例 応援していたチームが格下のチームに敗北を喫してしまった。
支持的隊伍竟輸給實力低一個層級的隊伍。

土俵を割る　**中** 相撲比賽時被推出場外而落敗、被對方打敗

例 あの力士は、相手力士の突っ張りに押されて、土俵を割ってしまった。
那名力士被對方用力推出土俵而落敗。

謀略、準備

爪を研ぐ　**中** 蓄勢待發

例 来るべき政権交代の時に向けて、爪を研ぐ。
蓄勢待發迎接即將到來的政權交替。

三拍子揃う　中 各條件兼備

例 投・攻・守の三拍子揃った好チーム。
投、攻、守兼顧的絕佳隊伍。

秘策を授ける　中 傳授祕訣

例 仕事の手を休め、ちょっと考えてから彼に秘策を授ける回答を返信しました。
暫停手邊工作想了一下，然後回信傳授他祕訣。

秘策を練る　中 籌劃密謀

例 敵をあっと言わせるような秘策を練った。
我們密謀了會讓敵人大吃一驚的計畫。

牙を研ぐ　中 摩拳擦掌

例 決着に向けて、牙を研ぐ。
摩拳擦掌準備迎戰對手。

探りを入れる　中 刺探敵情

例 ライバル企業に探りを入れる。
刺探競爭對手的敵情。

出端を挫く　中 先發制人

例 試合に勝つには敵の出端を挫くしかない。
想要贏得比賽，就必須先發制人。

攻勢に転ずる　中 由守轉攻

例 ここにきて、やっと攻勢に転ずることができた。
走到這一步，總算可以由守轉攻了。

虚を衝く　中 趁虛而入

例 敵の虚を衝いたことで、敵陣は崩壊した。
趁虛而入攻破敵方的陣營。

陣を敷く　中 佈陣，為戰鬥等用途在某處配兵或做準備

例 あの場所に陣を敷こう。
就在那個地方佈陣吧！

作戦を練る　中 演練作戰計畫

例 決勝に向けて作戦を練る。
演練作戰計畫來一決勝負。

謀を巡らす　中 運用謀略

例 商談を成功させるには、時として謀を巡らすことも必要だ。
想談成生意，有時是必須要運用謀略及手段的。

隙に付け込む　中 趁對手掉以輕心的時候、抓住空隙

例 相手がボールを見失っている隙に付け込んで、一気にホームに駆け込む。
趁對方漏接球的空隙，一口氣直衝本壘。

腕に覚えがある　中 有把握

例 彼は、幼いころダンスを習っていたので、踊りには腕に覚えがあると言った。
他表示因為從小練舞，所以對跳舞相當有把握。

弱點、脆弱

足元を見る　中 抓住別人的弱點

例 足元を見て、高額で買わせた。
看穿了對方的弱點，以天價讓他買下。

弱みに付け込む　中 掌握對方弱點或喜好，加以利用

例 人の弱みに付け込んで、お金をむしり取る、卑怯な人たちがいる。
有些卑鄙的人會抓住別人的弱點來要錢。

弱みを握る　中 掌握對方弱點

例 ライバルの弱みを握ったことで、競争が有利になる。
掌握對手的弱點，對競爭有利。

弱みを見せる　中 讓對方看見脆弱的一面

例 人は、信頼した人にだけ弱みを見せるものだ。
人只會讓自己信賴的人看到脆弱的一面。

✿差異

桁が違う　中 天壤之別

例 今回釣り上げた魚は、以前のとは、桁が違うくらい大物だ。
這次釣到的魚比以往釣到的都大得多。

一線を画する　中 劃清界線、明確區分

例 わが社とA社は、同業他社の関係にあるが、広告の面においては、一線を画している。
本公司與Ａ公司是同業關係，但是在廣告方面可是完全不一樣的。

差が詰まる　中 差距減少

例 仲間の努力で、相手との差が詰まってきた。
靠著夥伴們的努力，慢慢減少了與對手間的差距。

差が出る　中 產生差距

例 受験勉強は夏休み頑張るか頑張らないかで結果に差が出る。
升學考試會因為暑假是否有認真唸書而產生差距。

差が激しい　中 差距很大

例 マラソン1位と最下位の選手の距離の差がだんだん激しくなっている。
馬拉松第一名的選手和墊底的選手之間的差距越來越大。

差を付ける　**中** 拉開距離

例 彼は、2位に 30 分以上の差を付けて、ゴールした。
他以領先第二名30分鐘的差距抵達終點。

見分けが付かない　**中** 看不出區別

例 彼らは双子だけど、見分けがつかないことはない。
他們雖然是雙胞胎，但不會分不清誰是誰。

對決

土俵に上がる　**中** 相撲站上會場；對決

例 年齢や状態が異なる二人は同じ土俵に上がることはできない。
不同年齡與狀態的人，是無法一起對決的。

雌雄を決する　**中** 一決雌雄

例 戦いに決着をつけることは雌雄を決すると言います。
一決勝負也可以換說成一決雌雄。

一戦を交える　**中** 比一場

例 あなたは将棋の名手だとお聞きしましたよ。私と一戦交えませんか？
聽說您是將棋的高手，能不能和我比一場？

不容小覷

一筋縄ではいかない 中 不可等閒視之，普通方法不管用

例 一筋縄ではいかない手ごわい相手。
不容等閒視之的難纏對手。

馬鹿にならない 中 不容小覷

例 双子を産むと、食費なども馬鹿にならない。
雙胞胎的伙食費可不容小覷。

隅に置けない 中 不容小覷

例 彼もああ見えて、隅に置けない人だ。
不要看他這樣，他是個不容小覷的人物。

甘く見る 中 小看

例 対戦相手を甘く見ていたら、あっさり負けてしまった。
小看了對手結果馬上就被打敗了。

佩服

後塵を拝する 中 被人超越；迎合權力者、諂媚他人

例 気が付けば、新入社員の後塵を拝することになった。
等到回過神來，才發現已經輸給了新進社員。

頭が下がる　**中** 佩服

例 地道な奉仕活動には頭が下がる。
對於認真務實的社會服務活動感到相當佩服。

足元にも及ばない　**中** 望塵莫及

例 佐藤君も投手だが、王建民の足元にも及ばない。
佐藤雖然也是投手，但還是遠比不過王建民。

後光が差す　**中** 菩薩的光圈；耀眼的存在

例 この問題の救世主として現れた彼には、後光が差していた。
以救世主之姿解決這個問題的他，背後彷彿浮現了光圈。

気を呑まれる　**中** 懾服

例 相手の迫力に気を呑まれた。
被對方的魄力給懾服了。

兜を脱ぐ　**中** 甘拜下風

例 ライバル社の商品の方が人気とあっては、こちらは兜を脱ぐしかないな。
面對競爭公司商品的高人氣，我們也只能甘拜下風。

✿趁其不意

隙(すき)をつく 中 抓住空檔、趁對方不注意

例 投手(とうしゅ)の隙(すき)をついて、盗塁(とうるい)する。
趁投手不注意時盜壘。

隙(すき)を見(み)せる 中 讓對方抓到空檔

例 モテル女性(じょせい)の特徴(とくちょう)と言(い)うと、隙(すき)を見(み)せるというものではありませんか。
說到受歡迎的女生有什麼特色，應該是會故意製造空檔讓人有機可乘吧！

隙(すき)を見(み)る 中 見機、趁空檔

例 隣(となり)の野良猫(のらねこ)は私(わたし)が部屋(へや)を出(で)る隙(すき)を見(み)て、ドアを擦(す)り抜(ぬ)けて部屋(へや)に入(はい)り込(こ)んできた。
附近的野貓趁我要出門的空檔，從門縫鑽了進來。

一泡(ひとあわ)吹(ふ)かせる 中 讓人大吃一驚、出其不意

例 全力(ぜんりょく)で戦(たたか)って優勝候補(ゆうしょうこうほ)のチームに一泡(ひとあわ)吹(ふ)かせてやろう。
全力應戰，給準優勝隊伍出其不意的一擊吧！

隙(すき)を狙(ねら)う 中 伺機

例 彼(かれ)は、上司(じょうし)が外出(がいしゅつ)した隙(すき)を狙(ねら)って、仕事(しごと)をさぼる。
他趁上司外出不在時偷懶。

椅子(いす)を狙(ねら)う　**中** 伺機奪走（地位、權力）

例 吉田(よしだ)さんは次期社長(じきしゃちょう)の椅子(いす)を狙(ねら)っている。
吉田先生伺機謀取下任社長的寶座。

不意(ふい)を打(う)つ　**中** 攻其不備

例 相手(あいて)チームの不意(ふい)を打(う)って、点(てん)を稼(かせ)ぐ。
趁對方隊伍鬆懈，冷不防地出擊得分。

不意(ふい)を突(つ)かれる　**中** 冷不防地突然遭到攻擊

例 不意(ふい)を突(つ)かれて、得点(とくてん)を許(ゆる)してしまった。
疏於防備冷不防地遭到攻擊而失分。

闇討(やみう)ちを掛(か)ける　**中** 趁夜偷襲；趁人不備

例 水戸(みと)の脱藩浪士(だっぱんろうし)たちは、大老井伊直弼(たいろういいなおすけ)に闇討(やみう)ちを掛(か)けた。
水戶的除籍浪人，趁夜偷襲大老井伊直弼。

闇討(やみう)ちを食(く)わせる　**中** 趁夜偷襲；趁人不備嚇人一跳

例 敵(てき)に闇打(やみう)ちを食(く)わせる。
趁夜偷襲敵人。

差別、比較

上には上がある　**中** 人外有人，天外有天

例 田舎で天才と呼ばれた少年も東京に出てきたら普通の人だった。やはり上には上がある。
在鄉下被稱為天才的少年，到了東京之後也不過是個普通人，果然是人外有人，天外有天。

引けを取らない　**中** 不遜色於…

例 プロと競っても引けを取らない。
一點也不輸給專家。

毛の生えたよう　**中** 稍微好一點、差強人意

例 新入社員なんて、大学生に毛が生えたようなものだろうと先輩が言っているのを聞いた。
聽到前輩說，新進員工的程度只比大學生好一點。

目じゃない　**中** 不是對手

例 ここには、砂金なんか目じゃないくらいのお宝が眠っている。
在此沉睡著砂金無法與之相比的高價值寶藏。

✿ 還以顏色

一矢を報いる 中 反擊、報一箭之仇

例 ずっと負け続けていた相手に勝ち、一矢報いることができた。
終於戰勝了宿敵，報了一箭之仇。

鼻を折る 中 挫人銳氣

例 ミスを指摘して、ライバルの鼻を折る。
指出錯誤之處，挫挫對手的銳氣。

鼻っ柱をへし折る 中 挫人銳氣

例 気が強くて高慢な部下の鼻っ柱をへし折ってやった。
挫挫那個傲慢的部下的銳氣。

鼻を明かす 中 讓一直居於優勢的人跌破眼鏡

例 マラソン大会で一位になって、いつも自分をばかにしていた連中の鼻を明かした。
在馬拉松大賽中得了第一名，讓一直看不起自己的那群人跌破眼鏡。

喧嘩を買う 中 接受挑釁而打架

例 相手になめられたので、その喧嘩を買った。
因為對方瞧不起我，我當然就還以顏色。

目に物見せる　中 給對方好看

例 あいつには、絶対、目に物見せてやる。
絕對要給那傢伙一點顏色瞧瞧！

其他 ＊按五十音排列

相手になる　中 當作對手

例 大人と子供では相撲を取っても体格が違いすぎて相手にならない。
大人跟小孩因體型差異太大，在相撲時無法當作比賽對手。

一線を退く　中 退出第一線

例 中田選手はもう一線を退いてしまったので、昔のようなプレーはできません。
中田選手已退出第一線，所以不能再像從前那樣參與比賽了。

円陣を組む　中 圍成一個圓圈

例 試合の前に選手たちはコートの真ん中で円陣を組んだ。
開始比賽前，選手們在球場中間圍成一個圓圈。

追い討ちを掛ける　中 乘勝追擊

例 逃げる敵に、さらに追い討ちを掛ける。
乘勝追擊敗戰的敵人。

奥の手を使う　**中** 使出絕招

例 ゲームで、いつも勝てないので、とうとう奥の手を使うことにした。
每次比賽都贏不了他們，最後決定使出絕招。

押しが利く　**中** 很有（迫使人屈服）威脅性

例 彼の言動は、押しが利く。
他的言行舉止具有能迫使人屈服的威脅性。

食うか食われるか　**中** 你死我活、弱肉強食

例 アフリカのサバンナは、食うか食われるかの世界だ。
非洲的熱帶草原是一個弱肉強食的世界。

決着を付ける　**中** 結果出爐、分出勝負

例 彼らはどちらが強いか、決着を付けるために、決戦の場所へ向かった。
他們為了一較高下，於是前往決戰會場決勝負。

下手を取る　**中**（相撲）將手臂插進對手的手臂下抓住丁字褲

例 下手を取って、相手力士の上手を切った。
從對手的手臂下方抓住丁字褲，將對手扳倒了。

鎬を削る　**中** 激烈的鬥爭

例 この町には、多数のラーメン屋が存在し鎬を削っていた。
這個鎮上曾經有許多間拉麵店，有過激烈的競爭。

修羅場と化す　**中** 化成戰場、煉獄

例 職場は修羅場と化す。
職場如戰場。

スコアを崩す　**中** 成績（紀錄）退步

例 休養明けということもあり、スコアを崩してしまった。
可能是因為剛從休養中復出，成績下滑了。

スコアを伸ばす　**中** 成績（紀錄）提高

例 スコアを伸ばすコツを知っておくことも重要なポイントだ。
知道提高成績的竅門也很重要。

砂を噛ます　**中** 相撲比賽時將對手推倒在土俵上

例 豪快な上手投げで、相手力士に砂を噛ませた。
有力地將對方往上一拋，扳倒在土俵上。

太刀打ちできない　**中** 無法競爭

例 あんなに強いチームには、到底太刀打ちできない。
那麼強的隊伍，我們根本沒得比。

テープを切る　**中** 第一個抵達終點線

例 1位の選手が、堂々とゴールのテープを切った。
第一名選手帥氣地搶先抵達終點。

デッドヒートを演じる 中 賽跑或賽馬等，兩人以上激烈的競爭

例 阪神は、今年も巨人や中日とデッドヒートを演じるかもしれない。
今年的阪神可能又會和巨人或中日展開激烈的競爭。

鬨の声を上げる 中 為了振奮士氣，大家一起吶喊

例 戦国時代のドラマでは、よく、鬨の声を上げるシーンがある。
在描述戰國時代的電視劇中，經常可看到大家一起吶喊的場景。

止めを刺す 中 最後一擊、抓住要害讓對方無法反擊

例 チャンピオンは、強烈なアッパーカットで止めを刺した。
冠軍以猛烈的上勾拳給對方最後一擊。

歯が立たない 中 硬得咬不下去、不敵對手

例 相手チームに全く歯が立たなかった。
完全不敵對方的隊伍。

離れ業を演じる 中 使出絕招

例 前代未聞の離れ業を演じて金メダルを獲得した。
以前所未聞的大絕技贏得了金牌。

ハンデを負う　中 揹負不利的條件、有不好的影響

例 不登校になると、子供は人生に大きなハンデを負うことになり、保護者にとっても大変に辛いことです。
一旦開始拒絕上學，對孩子的一生會有不好的影響，對監護人而言也是相當辛苦的事情。

ハンデを付ける　中 讓分賽（為使強弱競賽選手得勝機會平均對強者加不利條件的比賽）

例 強い相手に勝てるわけはないけど、せめてハンデを付けてほしい。
雖然贏不了強勁的對手，但至少希望對方能讓一點分。

一溜まりもない　中 不堪一擊

例 巧みな弁舌に一溜まりもなく説き伏せられた。
不敵他的能言善道，輕易地就被說服了。

火花を散らす　中 競爭激烈

例 ライバル同士が鉢合わせすると、お互いにバチバチと火花が散っているようです。
競爭對手碰面時，眼神碰撞，火光四射。

火蓋を切る　中 戰鬥開始

例 選挙戦の火蓋が切られた。
選舉的戰火開打了。

武力に訴える 中 訴諸武力，以武力解決

例 武力に訴えるのではなく平和的な外交手段で解決していくことを根本理念としています。
以非武力的和平解決方式作為外交的基本理念。

ベンチを温める 中 坐板凳、板凳選手

例 いつもはスタメンの彼も、ケガのため、この試合ではベンチを温めていた。
向來擔任先發選手的他，卻因傷在此次比賽中坐冷板凳。

待ったを掛ける 中 叫暫停

例 正式な試合では、待ったを掛けることは許されていない。
正式比賽是不容許叫暫停的。

水をあける 中 大幅領先

例 かつてカメラ王国と言われた日本は、最近韓国に水をあけられている。
以前曾被稱為相機王國的日本最近被韓國大幅領先。

向こうを張る 中 對抗

例 競争相手の向こうを張って、安売りする。
為了對抗競爭對手而壓低價格販售。

四つに組む　中 正面迎戰

例 困難と四つに組む。
正面接受困難的挑戰。

リードを許す　中 運動比賽時被對手拉開差距

例 1回表で、相手チームに5点のリードを許してしまった。
第一局上半，被對方隊伍拉開5分的差距。

脇が甘い　中 守備弱、漏洞多

例 このチームは、脇が甘いから、負けが先行しているんだ。
這支隊伍因為守備較弱所以一開始就註定會輸。

14 事故、事件

14

災情／罪、嫁禍／嫌疑／法律、制裁／隱瞞、謊言／識破、揭露／內幕／伎倆、計謀／秩序／證據、關鍵／造成傷害／血／其他

災情

被害（ひがい）が大（おお）きい　中 災情重大

例 今回（こんかい）の災害（さいがい）は被害（ひがい）が大（おお）きいため、復旧（ふっきゅう）には時間（じかん）が掛（か）かる。
這次的災情重大，要花費一些時間才能復原。

被害（ひがい）が広（ひろ）がる　中 災情擴大

例 大雨（おおあめ）で洪水（こうずい）の被害（ひがい）が広（ひろ）がった。
大雨使得洪水災情更嚴重了。

火（ひ）が回（まわ）る　中 火勢蔓延

例 あっという間（ま）に二階（にかい）にまで火（ひ）が回（まわ）った。
一轉眼，火勢已經蔓延到二樓了。

火（ひ）を出（だ）す　中 發生火災

例 あれだけ気（き）を付（つ）けていたのに、とうとう火（ひ）を出（だ）してしまった。
明明已經如此小心了，卻終究還是發生了火災。

火を放つ　　中 點火；放火

例 容疑者は火を放って、車で逃げ去った。
嫌犯放了火之後就坐車逃逸了。

小火を出す　　中 小火災

例 寝タバコのせいで、小火を出した。
在床上抽煙引發了小火災。

罪、嫁禍

罪をなすりつける　　中 嫁禍、栽贓

例 真犯人が自分に対する量刑を軽くするために、他人に罪をなすりつけた。
真正的犯人為了要減輕刑責，於是嫁禍給其他人。

罪をかぶる　　中 背黑鍋、頂罪

例 誰かをかばうために、いわれのない罪をかぶるのか？
為了袒護誰才出來頂罪？

罪を着せる　　中 嫁禍、栽贓

例 無関係の人に罪を着せるとは、卑怯な奴だ。
嫁禍給不相關的人，真是卑劣的傢伙。

罪を償う **中** 贖罪

例 減刑を求めるよりも、罪を償おうとする気持ちの方が大切だ。
比起要求減刑，有心想贖罪更為重要。

濡れ衣を着せられる **中** 被誣陷、被誣賴

例 万引きの濡れ衣を着せられた経験がある。
曾經有被誣賴成小偷的經驗。

罪がない **中** 沒有罪

例 子供には罪が無い、悪いのは大人だ。
錯不在小孩子，而是在大人。

罪が深い **中** 罪孽深重

例 人の心を弄んで、なんと罪が深い行為だ。
玩弄別人的心是多麼罪孽深重的行為啊。

嫌疑

嫌疑が掛かる **中** 有嫌疑

例 指名手配の犯人とよく似ていたので、彼に殺人の嫌疑が掛かった。
他和通緝令上的犯人十分相似，因此被懷疑有殺人嫌疑。

嫌疑が晴れる　中 洗清嫌疑

例 決定的な証拠が発見され、彼への嫌疑が晴れた。
找到決定性的證據，洗清了他的嫌疑。

容疑が掛かる　中 有嫌疑

例 彼に殺人の容疑が掛かった。
他有殺人的嫌疑。

容疑が固まる　中 確定有嫌疑

例 容疑が固まったので、警察は、彼の逮捕に踏み切った。
已確認他有嫌疑，所以警方對他展開了逮捕行動。

容疑が晴れる　中 洗清嫌疑

例 真犯人の逮捕で、彼への容疑が晴れた。
真正的犯人遭到逮捕，洗清了他的嫌疑。

法律、制裁

灸を据える　中 ①加以懲處 ②灸治

例 ①いたずらっ子には、一度、お灸を据えないといけない。
對於愛惡作劇的孩子，有必要加以懲處一下。

例 ②自宅でお灸を据えるのは、意外と簡単で、肩こりにも効果があります。
沒想到在家施灸術這麼簡單，而且對肩頸痠痛也頗有療效。

鉄槌を下す　**中** 處以嚴厲的制裁

例 罪を犯した人に、裁判所が鉄槌を下す。
法院對犯下罪行的人處以嚴厲的制裁。

刑に処する　**中** 給予處罰

例 被告人を、懲役5年の刑に処すると裁判長が主文を述べた。
主審宣讀判詞主文，被告將被處以5年有期徒刑。

制裁を受ける　**中** 接受制裁

例 ISISの乱暴な行為に対し、アメリカだけでなく他の国からも制裁を受けることになるだろう。
對於ISIS的暴行，不只是美國，也可能會受到其他國家的制裁。

刑に服する　**中** 服刑

例 被告人は、懲役10年の刑に服することになった。
被告被判處10年的有期徒刑。

判決を下す　**中** 做出判決

例 裁判官は厳正中立な立場で公正な判決を下す。
法官保持中立的立場做出公正的判決。

制裁を加える　中 加以制裁

例 ルールを破った奴に制裁を加えた。
對破壞規則的傢伙予以制裁。

刑を科す　中 處刑

例 再犯者には、もっと重い刑を科さねばならない。
對累犯須加重處罰。

法に照らす　中 依照法律

例 この事件は、法に照らして処理されることになった。
這個事件決定依法處理。

法に触れる　中 觸法

例 法に触れる悪事を働く。
作姦犯科。

法を犯す　中 犯法

例 最近は、平気で法を犯す人が増えてきた。
最近不把犯法當一回事的人增加了。

手が後ろに回る　中 被警察逮捕

例 いくらなんでも、手が後ろに回るようなことをしてはいけない。
不管怎麼說都不能做出違法的事。

星を挙げる　中 警察逮捕嫌犯

例 連続通り魔の星を挙げることに成功した。
成功逮捕隨機連續殺人犯。

註 連続通り魔：隨機連續殺人魔。

隱瞞、謊言

直隠しにする　中 隱瞞

例 不祥事を追及された関係者は、事実を直隠しにした。
遭到調查的醜聞關係人，隱瞞了事實的真相。

闇から闇へ葬る　中 暗中處理掉

例 政治家の汚職は、闇から闇へ葬られることがある。
有時候，政治家的瀆職案會被掩飾在黑暗中。

嘘で固める　中 全是謊言

例 あの詐欺師は嘘で固めたようなセールストークで客を騙した。
那騙子滿口謊言地向客人推銷。

鯖を読む　中 謊報數量

例 モテたいがために、彼女は年齢の鯖を読んだ。
為了受歡迎，她謊報年齡。

話を作る　　**中** 無中生有、捏造

例 どうしてそんないい加減な話を作ったの。
為什麼要無中生有呢？

事実に反する　　**中** 不是事實

例 事実に反する証言をすると、刑事罰が科せられます。
做出不實證詞會被處以刑罰。

事実を曲げる　　**中** 扭曲事實

例 検察が事実を曲げて、冤罪を作り上げた。
檢察官扭曲事實，製造冤案。

内諾を得る　　**中** 得到非正式、私下的承諾

例 この件に関しては、すでに大統領の内諾を得ている。
關於這件事，已經得到總統私下的允諾。

密約を交わす　　**中** 締結密約

例 密約を交わしたとみられる文書が、このほど発見された。
最近發現了疑似黑箱合約的文件。

✿識破、揭露

足が付く 中 形跡敗露

例 現場の遺留品から足が付き、泥棒は逮捕された。
小偷因為現場的遺留物而形跡敗露遭到逮捕。

尻を割る 中 抓包

例 妻が私の不倫に尻を割った。
老婆抓包我外遇。

襤褸が出る 中 缺點、失敗之處被揭穿

例 嘘ばかりついていると、いずれ襤褸が出る。
老是說謊話，總有一天會被揭穿的。

露になる 中 露出、揭露

例 犯人の供述によって、事件の凶悪さが露になった。
根據犯人的供述，揭露了事件殘暴的真相。

日の目を見る 中 公諸於世

例 今回の企画は、日の目を見ることなく、ボツになった。
這次的企劃還未見光就胎死腹中。

秘密を暴く　中 將隱藏的秘密公開、曝光

例 相手に気づかれずに人の秘密を暴くのが探偵だ。
在不被對方察覺的情況下探究他的秘密，這才是偵探。

秘密を漏らす　中 洩漏秘密

例 国家の秘密を漏らす。
洩漏國家的機密。

白日の下にさらす　中 將隱藏的事物攤在陽光下

例 日本政治史に残る疑獄事件を、白日の下にさらす。
把日本政治史上的收賄案件攤在陽光下檢視。

種を明かす　中 揭開秘密

例 東京大学合格のための勉強法の種を明かす。
揭開考進東大的唸書秘技。

背景を探る　中 挖掘事物潛藏的內幕

例 尖閣諸島漁船衝突事件の背景を探る。
探討釣魚台諸島漁船衝突事件背後的原因。

泥仕合を演じる　中 揭短相爭、惡性競爭

例 彼らは、今回の責任をなすりつける泥仕合を演じた。
他們互揭瘡疤，推托這次的責任。

内幕を暴く　中 洩漏內幕

例 刑事が、事件の内幕を暴いた。
刑警洩漏了案子的內幕。

光を当てる　中 見天日

例 ネガティブな感情に光を当てて、きちんと向きあったらその感情が解消される。
將負面情緒攤開在陽光下，並且去面對它才能讓它真正消失。

尻が割れる　中 穿幫

例 すぐに尻が割れそうな企みしか思いつかない。
只想得出一些立刻就會穿幫的詭計。

尻尾を出す　中 露出馬腳

例 知らぬ顔をしていたが、とうとう尻尾を出した。
雖然裝作一副不知情的樣子，但終究還是露出馬腳了。

尻尾を掴む　中 抓住小辮子

例 数々の証拠が上がり、とうとう彼が浮気の尻尾を掴んだ。
證據一一浮現，終於抓到他外遇的小辮子。

馬脚を現す　　**中** 露出馬腳

例 ワインに詳しいと言っていた彼だが、目の前にワインが来て、馬脚を現した。
他誇耀自己非常了解葡萄酒，不過當葡萄酒在眼前時，他便露出了馬腳。

面の皮を剥ぐ　　**中** 揭開某人的真面目

例 彼が仕事でミスをしたのをいいことに、その面の皮を剥いでやった。
他在工作上犯了錯，藉此機會揭開了他的真面目！

化けの皮が剥がれる　**中** 揭開假面具

例 ワインに詳しいと言っていた彼だが、ワインが目の前に来て、化けの皮が剥がれた。
他自誇對葡萄酒很有研究，但當葡萄酒送到他眼前時，謊言就被揭開了。

✿ 內幕

裏には裏がある　　**中** 內幕重重

例 裏には裏があるので、あまり信用するなよ。
這裡面內幕重重，千萬別太相信喔！

背景に乏しい　　**中** 背景單調、没有潛藏的內幕

例 この事件は、単純すぎて、背景に乏しい。
這件事情太過單純，沒有潛藏的內幕。

伎倆、計謀

芝居を打つ 中 設下騙局

例 女性が芝居を打って、男性を翻弄するのは容易いことだ。
女人要設下騙局玩弄男人是件很容易的事。

罠を掛ける 中 ①設陷阱捕捉動物 ②設下圈套陷害人

例 ①虫を捕まえるために、森に罠を掛ける。
為了捕捉昆蟲而在森林裡設下陷阱。

例 ②罠をかけて他人に害を加えるような行為は止めてください。
請你不要做出設陷阱陷害他人的行為。

陰謀を企てる 中 策劃陰謀

例 大統領暗殺という陰謀を企てた罪で彼は逮捕された。
他以密謀暗殺總統的罪名遭到逮捕。

其の手は食わない 中 不會中計

例 俺は、同じ罠には引っかからないから、二度と其の手は食わないぜ。
我不會再陷入同樣的圈套，才不會上當咧！

手に乗る 中 中計、上當

例 その手に乗らないぞ！
我是不會上當的。

ねたを明かす　　中 揭曉魔術等手法

例 手品では、最後にねたを明かすことがある。
有時在魔術秀的最後會揭曉魔術手法。

馬鹿を見る　　中 上當、倒楣

例 先輩を信用したせいで、すっかり馬鹿を見た。
都是因為相信學長的話才吃虧上當的。

罠に嵌まる　　中 被騙、上當

例 イノシシが罠に嵌まっているのが見つかった。
發現山豬掉進陷阱裡。

術中にはまる　　中 落入圈套

例 怒って殴ったらまんまと彼の術中にはまってしまうよ。
動怒出手打人就等於是落入他的圈套了喔！

思う壺に嵌まる　　中 陷入圈套

例 彼の口車に乗ったら、まんまと彼の思う壺に嵌まってしまった。
聽信他的花言巧語，徹底地落入了他的圈套。

秩序

秩序を乱す　中 擾亂秩序

例 社会の秩序を乱す者は、必ず社会から制裁を受ける。
擾亂社會秩序的人，必會受到社會的制裁。

風紀を乱す　中 擾亂風紀

例 インドのある村の当局者が「過去数ヶ月で男性と駆け落ちや不倫が増えている、携帯電話は社会の風紀を乱している。」と述べていた。
印度某村落的村長表示：「這幾個月內與男性私奔、不倫戀的事件不斷增加，我們認為是使用手機擾亂了社會風紀所致。」

世間を騒がせる　中 擾亂社會安寧

例 彼が世間を騒がせた凶悪事件の犯人だ。
他就是擾亂社會安寧，犯下暴行的犯人。

治安が乱れる　中 治安很差

例 クーデターが発生したことで、一気に、治安が乱れた。
發生政變後，治安一下就變差了。

✿ 證據、關鍵

証拠(しょうこ)を挙(あ)げる　中 舉證歷歷

例 裁判(さいばん)では証拠(しょうこ)を挙(あ)げて、主張(しゅちょう)をする。

判決時舉出許多證據以強調主張。

証拠(しょうこ)を掴(つか)む　中 掌握、得到證據

例 彼(かれ)が泥棒(どろぼう)だという証拠(しょうこ)を掴(つか)んだ。

掌握了他是小偷的證據。

証拠(しょうこ)を握(にぎ)る　中 掌握、得到證據

例 こっちは、お前(まえ)が犯人(はんにん)だという証拠(しょうこ)を握(にぎ)っているんだ。

我們已經掌握了足以證明你是犯人的證據。

アリバイがある　中 有不在場證明

例 事件(じけん)の日(ひ)、彼女(かのじょ)は田中(たなか)さんと会(あ)っていたアリバイがあるので犯人(はんにん)は彼女(かのじょ)ではない。

事件當天她和田中先生在一起，所以有不在場證明她不是犯人。

アリバイを崩(くず)す　中 推翻不在場證明

例 刑事(けいじ)が、重要参考人(じゅうようさんこうにん)のアリバイを崩(くず)そうと、躍起(やっき)になっている。

刑警為了推翻重大嫌疑犯的不在場證明而努力。

根も葉もない　**中** 無憑無據

例 「根も葉もない噂は流さないでください」と女優が怒り出した。
女演員生氣地說：「請不要再散播這種無憑無據的謠言了。」

鍵を握る　**中** 掌握關鍵

例 この証拠が、事件解決の鍵を握っている。
這個證據掌握了解決事件的關鍵。

造成傷害

被害が及ぶ　**中** 遭受傷害

例 家庭という密室で弱者である子どもに被害が及ぶ児童虐待は、外部からは見えにくい。
處在家中這個密室空間的弱勢孩童遭受到的虐待，是局外人難以發現的。

被害が出る　**中** 造成傷害

例 化粧品でかぶれ症状などの被害が出ることもある。
化妝品可能會引發紅腫搔癢等症狀。

被害を受ける　**中** 遭受災害

例 身分証明書が偽造され、知らない間に被害を受ける可能性がある。
如身分證被偽造，可能會在不知情的情況下遭受損失。

危害を加える　**中** 傷害

例 猿は怒ると人に危害を加えることがある。
猴子生氣的話有時會傷害人類。

血

血を見る　**中** 見血，指在爭鬥中出現死傷

例 単なる喧嘩が、とうとう血を見る事態にまで発展した。
單純的吵架演變成見血的鬥毆場面。

返り血を浴びる　**中** 沾上別人的血

例 犯人は、被害者を切りつけたとき、大量の返り血を浴びたはずだ。
犯人砍傷被害人的時候，本身應該也沾滿了血跡。

其他 ＊按五十音排列

網の目を潜る　**中** 逃過法網

例 警察の網の目を潜って、逃げ切ることはできない。
不可能躲過警方佈下的法網。

糸を引く　**中** 背後操縱

例 事件の本当の犯人が後ろで糸を引いている。
事件真正的犯人在背後操縱。

裏を取る 中 查證情報是否屬實

例 事件の裏を取ってから、警察は犯人の追跡を始めた。
查證屬實後，警察開始追捕犯人的行蹤。

片棒を担ぐ 中 同伴、共犯

例 友人にそそのかされて、犯罪の片棒を担ぐようなことをしてしまった。
受朋友唆使成了共犯。

鎌を掛ける 中 套話

例 自白を引き出すために、取り調べで、鎌を掛けてみる。
為了讓他坦承認罪，在審問時試著套他話。

傷が付く 中 留下汙點

例 秘書が逮捕されたとあっては、国会議員としての私の名に傷が付く。
秘書遭到逮捕，讓身為國會議員的我名聲受辱。

口裏を合わせる 中 串通

例 不正がばれないように、会社の人と、口裏を合わせる。
為了不讓非法的事情曝光，和公司的人先串通好。

口を合わせる 中 串通

例 アリバイ工作のために、友人と口を合わせる。
為了製造出不在場證明，和朋友事先串通好。

口を割る　**中** 自白

例 刑事の追及に、ついに、口を割ってしまった。
在刑警的追問下，最終自白了。

時効が成立する　**中** 追訴期、時效已過

例 強盗事件の時効が成立し、捜査は終了した。
搶劫事件因追訴期已過而結束搜查。

白を切る　**中** 裝不知情

例 彼は自分は盗んでいないと白を切り通した。
他裝做不知情地聲稱自己並沒有偷東西。

尻を拭う　**中** 擦屁股，指收拾善後

例 隣の息子さんは小さい頃から不始末ばかりやって、両親は尻を拭うため、散々苦労してきた。
隔壁鄰居的兒子從小就不檢點，父母為了幫他擦屁股受了不少苦。

凄みを利かせる　**中** 恐嚇、嚇唬人

例 街のチンピラが、腕をまくって凄みを利かせた。
街頭的小混混把袖子捲起來裝腔作勢嚇唬人。

前科がある　中 有前科

例 彼には、強盗の前科がある。
他有強盜的前科。

血で血を洗う　中 以血還血

例 先の戦争は、血で血を洗うような悲惨なものだった。
那是一場以血還血的悲慘戰爭。

爪痕を残す　中 戰爭或災害過後的痕跡

例 今回の台風は、日本各地に大きな爪痕を残した。
這次的颱風，在日本各地都留下了肆虐的痕跡。

手玉に取る　中 任意操控

例 会社の株式を全部取得し、会社を手玉に取る。
取得公司所有的股份，將公司操控於手掌間。

天誅が下る　中 遭到天譴

例 詐欺師は必ず天誅が下る。
騙子一定會得到報應的。

天誅を下す　中 替天行道

例 謀反人に天誅を下す。
替天行道，懲罰謀逆者。

天罰が下る 中 遭到天譴

例 悪徳業者に天罰が下る。
不肖業者會遭天譴。

道具にする 中 利用

例 彼は、人を道具にして、ここまでのし上がってきた。
他一路利用別人才爬到現在的地位。

とばっちりを受ける(食う) 中 受到無妄之災

例 私は失敗していないのに、とばっちりを受けて（食って）、私まで怒られた。
我雖然沒有失敗，卻遭到無妄之災，跟著被罵。

逃げ足が速い 中 腳底抹油，溜得很快

例 あの泥棒は、逃げ足だけは速い。
那個小偷逃得很快。

逃げ場を失う 中 無處可逃

例 犯人は逃げ場を失って、ビルから飛び降りた。
犯人無處可逃，從樓上跳了下來。

馬鹿な目にあう　中 無妄之災

例 遊びに行ってパスポートを盗まれるなんて、馬鹿な目にあったものだ。
出去玩結果護照被偷，真是無妄之災。

半旗を掲げる　中 為表哀悼降半旗

例 国家元首の死に、国中が半旗を掲げた。
國家元首逝世，全國降半旗表示哀悼。

非常線を張る　中 高度戒備

例 事件後、警察は非常線を張って犯人の行方を追っている。
事件發生後，警察高度戒備追捕犯人的行蹤。

非を認める　中 認錯

例 彼は簡単に非を認めるような人ではない。
他不是個會輕易認錯的人。

袋のねずみ　中 甕中之鱉

例 周囲を完全に包囲したから、窃盗犯はもう袋のねずみだ。
將四周包圍起來，小偷已是甕中之鱉。

プライバシーを犯す　中 侵犯隱私

例 人権やプライバシーを犯す行為はいけないんですよ！
不可做出會侵犯人權和隱私的行為！

鞭を入れる 　　中 快馬加鞭；提升動力

例 最終コーナーを回って、騎手が一気に鞭を入れた。
繞過最後一個彎道，騎士一鼓作氣加速往前衝。

15 國家、政治

15

國家／政治／投票

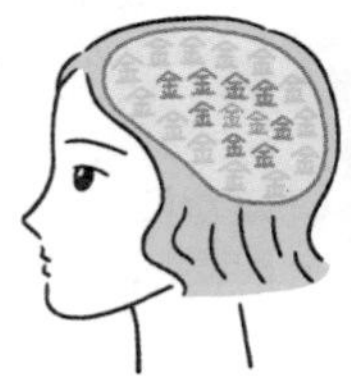

國家

国を挙げて（くにをあげて） 中 舉國、全國

例 国を挙げて、年金問題に取り組む。
全國上下都致力於解決年金問題。

政治

地下に潜る（ちかにもぐる） 中 檯面下的非法政治或社會活動

例 地下に潜って、反政府活動を展開する。
反政府活動在檯面下展開。

反旗を翻す（はんきをひるがえす） 中 謀反

例 長年の独裁に、民衆が反旗を翻した。
民眾揭竿起義反抗多年的獨裁。

✿投票

票(ひょう)が割(わ)れる
中 票選結果相當

例 確(たし)かに票(ひょう)が割(わ)れる恐(おそ)れがある。
的確，有可能會造成票選結果相當的局面。

票(ひょう)を投(とう)じる
中 投票

例 なにとぞ清(きよ)き一票(いっぴょう)を投(とう)じてください。
拜託請投下神聖的一票。

票(ひょう)を読(よ)む
中 數票

例 票(ひょう)を読(よ)んだ結果(けっか)、安倍晋三(あべしんぞう)の当選(とうせん)は間違(まちが)いない。
數票的結果，安倍晉三確定可以當選。

16 金錢、交易

16

賺錢／成本結算／花費／划算／貪汙／交易／富有／經濟拮据／債務／損失／預算／價值／其他

賺錢

財産を築く　中 賺大錢

例 彼は一代で財産を築いた。
他這一生賺了很多錢。

一山当てる　中 指靠投機取巧等方式大發橫財

例 株で一山当てる。
靠買賣股票賺大錢。

金になる　中 賺錢

例 友人が、金になる話を持ってきた。
朋友來和我談論與賺錢有關的話題。

財を築く　中 累積財富

例 有名な自動車会社の創業者は、一代でその財を築いた。
知名的汽車產業創始人，用一生的時間累積了那些財富。

財を成す 中 賺取財富

例 苦労しないで財を成す人はいないでしょう。
沒有任何人能平白無故地賺到大錢。

利鞘を稼ぐ 中 賺取差額

例 株取引で、多くの利鞘を稼いだことがある。
有時可以在股市交易中賺取大筆的差額。

採算が合う 中 賺錢、盈利

例 採算が合わない部門は廃止または他社に売却する方向で検討中です。
正在檢討是否要將沒有賺錢的部門廢除或是賣給其他公司。

採算が取れる 中 賺錢、盈利

例 採算が取れるような経営計画を作る必要がある。
必須要擬定能夠賺錢的經營計畫。

成本結算

帳尻を合わせる 中 平衡收支、做個適當合理的總結

例 年度末に借金して帳尻を合わせる。
年度結算時，借錢讓收支平衡。

元(もと)を取(と)る　**中** 回本

例 元(もと)を取(と)るためには、一日(いちにち)100個(ひゃっこ)売(う)らなければならない。
為了回本，一天至少要賣100個。

収支(しゅうし)が合(あ)う　**中** 收支打平

例 お母(かあ)さんが一生懸命節約(いっしょうけんめいせつやく)したので、どうにか収支(しゅうし)が合(あ)った。
母親拚命地節省，家用總算是收支打平。

算盤(そろばん)を弾(はじ)く　**中** 計算損失及利益

例 値段設定(ねだんせってい)について、どれくらい儲(もう)かるのかと、算盤(そろばん)を弾(はじ)く。
關於價錢的設定，是以要賺多少來計算的。

勘定(かんじょう)が合(あ)う　**中** 對帳正確

例 決算(けっさん)の時(とき)は、勘定(かんじょう)が合(あ)うまで、計算(けいさん)し直(なお)さなければならない。
結算時，必須反覆計算到對帳結果正確無誤。

花費

チップを弾(はず)む　**中** 多給小費

例 彼(かれ)は機嫌(きげん)がいいから、チップを弾(はず)んでいる。
他心情很好，所以多給了一些小費。

元手が掛かる　中（事業等）花費本錢

例 起業するには、多くの元手が掛かった。
創業耗費了許多本錢。

糸目を付けない　中 捨得花錢

例 子供の教育のためなら金に糸目を付けない。
為了小孩的教育我很捨得花錢。

身銭を切る　中 自掏腰包

例 身銭を切って、客を招待した。
自掏腰包招待客戶。

出費がかさむ　中 花費增加

例 今月は出張が相次ぎ、それに伴って出費がかさんでいる。
這個月接連出差，花費也跟著增加。

出費を抑える　中 節約用錢

例 今月はお金が無いので、出費を抑えよう。
這個月沒有錢，所以要節約開銷。

小切手を切る　中 以支票支付

例 手元に現金が無いときは、小切手を切ることで、支払うことができる。
手頭上沒有現金時，可以使用支票支付。

私財をなげうつ　中 不吝惜地花費自己的財產

例 私財をなげうって、貧困に苦しむ人々を助けた。
不吝惜拿自己的財產，去救助窮苦的人們。

財布の紐を緩める　中 花比平常多的錢

例 彼女の誕生日のために財布の紐を緩めて、プレゼントを買ってあげた。
為了女朋友的生日，花了比平常更多的錢買禮物送她。

札束を積む　中 花大錢

例 この映画は札束を積まれても絶対売らない。
這部電影不管花多少錢都不會大賣。

札びらを切る　中 揮金如土

例 彼はキャバクラに行くと、いつも札びらを切る。
他只要去酒店就會揮金如土。

財布の底をはたく　中 把錢花光

例 財布の底をはたいて、旅に出た。
散盡家財旅行去了。

金を食う　中 開銷增加

例 子供の食費に金を食って、欲しいものが買えない。
小孩的伙食開銷增加了，所以無法買想要的東西。

金に飽かす　**中** 砸大錢

例 これらは金に飽かして、作らせたオーダーメイドの家具だ。
這些是砸大錢特別訂製的家具。

自腹を切る　**中** 自掏腰包

例 自腹を切って、部下を接待する。
自掏腰包招待部屬。

腹が痛む　**中** 自費

例 簡単に国家が補償するなんて、そもそも国民が払った税金で、自分の腹が痛むわけでもないし。
輕易說要國賠，其實這還不是會用到人民繳納的稅，自己根本無關痛癢。

足が出る　**中** 超支

例 予算よりたくさん買いすぎて、足が出た。
超出預算買了太多東西，所以超支了。

金遣いが荒い　**中** 花錢大手大腳

例 彼は、一日で10万円以上使うなど、金遣いが荒いことで有名だ。
他以一天花10萬日圓以上，花錢大手大腳的行徑而出名。

かねづか　はで
金遣いが派手だ　　中 花錢如流水

例 彼女は、一日で、20万円くらい使うほど、金遣いが派手だ。
她花錢如流水，一天甚至可以花掉20萬日圓。

有り金をはたく　　中 花光了手邊的錢

例 大好きな彼女のために、有り金をはたいて、指輪を買った。
為了心愛的女友，花光了手邊的錢買了戒指。

划算

割りがいい　　中 划算

例 座っているだけとは、何と割りのいい仕事だ。
怎麼會有這麼好康的工作，只要坐著就好。

割りに合わない　　中 不划算

例 16時間働いて、給料が8千円は、割りに合わない仕事だ。
工作16個小時薪水才8千日圓，這工作真不划算。

算盤が合う　　中 划算

例 算盤が合わない仕事。
不划算的工作。

間尺に合わない　中 不划算

例 手間暇かけて開発した商品が売れないなんて、こんな間尺に合わないことは無い。
費力開發的商品賣不好這種不划算的事，不會發生。

貪汙

私腹を肥やす　中 中飽私囊

例 横領の繰り返しで私腹を肥やす。
長期侵吞公款，中飽私囊。

腹を肥やす　中 中飽私囊

例 会社の金を着服して、自分の腹を肥やす。
侵吞公司的錢，中飽私囊。

懐を肥やす　中 賺取不義之財

例 彼は長年不正融資を斡旋して、懐を肥やしてきた。
他多年來靠著非法融資賺取不義之財。

鼻薬を嗅がせる　中 小小的賄賂

例 商人たちが市場管理官に鼻薬を嗅がせて違法に商品を広げます。
商人們賄賂市場管理人員，讓違法商品流入市面。

交易

勘定が済む　中 結完帳

例 勘定が済んだ人、帰ってもいいですよ。
已經結完帳的人，可以回去了喔！

注文を取る　中 取得訂單

例 新入社員が注文を取ってきてくれた。
新進員工替我拿到了訂單。

注文を出す　中 訂購

例 材料が足りなくなったので、追加の注文を出した。
材料不夠了，所以追加訂購。

手付けを打つ　中 付訂金

例 部屋を借りる時は、大概手付けを打つものだ。
租房子的時候大部分都要先付訂金。

手付けを払う　中 付訂金

例 手付けを払ったら、もう契約を取り消すことができない。
一旦付了訂金就無法取消合約了。

引き合いがある　**中** 詢價、詢問交易條件

例 製茶技術の高さと商品開発力で全国からの引き合いがある。
因為具備了高超的製茶技術以及商品開發能力，所以全國各地都有人前來詢價。

値が付く　**中** 決定、固定價格

例 暴落し続けた株に、ようやく値が付いた。
連續下跌的股價總算穩定下來了。

値が張る　**中** 高於一般價、高出市價

例 この服はかなり値が張るので、買う時はちょっとためらってしまう。
這件衣服的價格遠高出市價，所以買的時候稍微猶豫了一下。

富有

栄華を極める　**中** 窮盡奢華

例 太陽王ルイ15世は栄華を極めた。
太陽王路易15過著窮盡奢華的生活。

懐が暖かい　**中** 形容手頭富裕

例 懐が暖かい時、心も温まる。
荷包飽飽的心裡也會暖暖的。

金が唸る **中** 有的是錢

例 彼の金庫には、金が唸っている。
他的金庫有花不完的錢。

金に糸目を付けない **中** 不吝花錢

例 彼女は欲しい物のためには、金に糸目を付けない。
只要是想要的東西，她不管花再多錢都無所謂。

実入りがいい **中** 收入高

例 あの国会議員は頻繁にテレビ番組に出ていて、国会議員を辞めた方が実入りがいいかもしれません。
那個國會議員老是上節目，說不定辭去國會議員的話，收入還比較高呢。

經濟拮据

身の皮を剥ぐ **中** 捉襟見肘

例 身の皮を剥ぐようにして、三人の子供を育て上げる。
捉襟見肘地將三個孩子養大成人。

家が傾く **中** 破產

例 名古屋では嫁入り道具にお金をかける習慣がある。娘が三人いると家が傾くと言われている。
在名古屋有花錢準備嫁妝的風俗。所以有家裡如果有三個女兒就會破產的說法。

おけらになる　**中** 身無分文

例 キャバクラで豪遊したために、おけらになってしまった。
在酒店裡花了很多錢，現在身無分文了。

懐が寂しい　**中** 形容手頭拮据

例 給料日前で懐が寂しい。
發薪日前荷包緊緊。

懐が寒い　**中** 形容手頭拮据

例 月末で懐が寒い。
月底手頭拮据。

財布の紐を締める　**中** 勒緊褲頭，指省吃儉用

例 今月は大きな買い物の予定があるから、財布の紐を締めておこう。
這個月預計會有一筆很大的花費，所以必須勒緊褲頭過日子。

✿ 債務

債務を負う　**中** 揹負債務

例 会社は経営に失敗し、多額の債務を負うことになった。
公司經營不善，揹負了龐大的債務。

債務を抱える　中 揹負債務

例 複数の相手にとても支払うことのできない債務を抱えることを多重債務といいます。
面對複數的債權人，揹負著龐大債務的情形稱為多重債務。

借金を踏み倒す　中 借錢不還

例 借金を踏み倒す目的で脅迫をする人が多い。
有不少人以借錢不還為目的而去恐嚇別人。

耳を揃える　中 湊足（錢）

例 耳を揃えて持って来い！
把錢湊齊送來！

金を作る　中 籌錢

例 今月中に金を作らないと、破産してしまう。
要是這個月沒籌到錢就會破產。

首が回らない　中 周轉不靈，債台高築

例 あらゆるところから借金をしたので、首が回らなくなってしまった。
四處向人借錢，導致債台高築。

付けが利く　**中** 可賒帳

例 この店は付けが利く。
這間店可以賒帳。

付けが溜まる　**中** 賒的帳越來越多

例 そろそろ付けが溜まってきたようだ。
賒的帳似乎逐漸越來越多。

損失

損害を被る　**中** 金錢或物質有所損失

例 株で失敗して、多額の損害を被った。
投資股票失敗，造成高額的損失。

元も子もない　**中** 得不償失

例 この商談が成立しなかったら元も子もないから、慎重に交渉しよう。
這筆交易如果沒談成就會得不償失，所以要慎重進行。

赤字を出す　**中** 出現赤字

例 新商品があまり売れず、赤字を出した。
新產品不受歡迎，出現了赤字。

割を食う　中 吃虧、不利

例 割を食うような仕事は、誰もがしたくないものだ。
沒人想做吃虧的工作。

預算

予算を組む　中 編列預算

例 来年度の予算を組む。
編列明年度的預算。

予算を立てる　中 編列預算

例 毎月の生活費の予算を立てるには、自分の生活の実態を知ることが大事だと思う。
在編列每個月生活費的預算時，最重要的是要了解自己的生活型態。

價值

箔が付く　中 鍍金，增加其價值

例 日本留学した経験が履歴書に箔が付いた。
日本留學的經驗為履歷加分。

真価が問われる　中 看出其價值

例 今日の試合に勝てるかどうか、監督としての真価が問われる。
從今天比賽的輸贏，就可以看出教練的真本事。

株が上がる　中 身價上漲

例 危機に対し、冷静な対応をして株が上がった。
面對危機，以冷靜態度處理，使身價上漲。

財産となる　中 成為財富

例 この救助活動に参加することが、私にはいい財産となる。
參加此次救援活動的經驗將成為我寶貴的資產。

其他 ＊按五十音排列

赤字を埋める　中 彌補赤字

例 赤字を埋める為に、社員は日曜日も必死で働いた。
為了彌補赤字，員工連星期天也在拚命地工作。

上前を撥ねる　中 抽取佣金

例 人材派遣会社が上前を撥ねるので、どんなに働いても私はあまり儲からない。
人力派遣公司會抽取佣金，所以不管我怎麼努力也賺不到什麼錢。

大台に乗る

中 漲到…大關

例 平均株価が、20万円の大台に乗った。
平均股價漲到20萬日圓大關。

大台を割る

中 跌落、落榜

例 不景気のせいで、株価が1万円の大台を割った。
因為經濟不景氣，股價跌破一萬日圓大關。

形に取られる

中 抵押

例 大切にしていた骨董品を、借金の形に取られた。
用寶貝的古董當抵押品借錢。

金が物を言う

中 有錢能使鬼推磨，什麼都可用錢解決

例 「この世は、すべて、金が物を言うのだ」と誰かが言った。
有人說：「這是個什麼事都能用錢解決的世界」。

金蔓を掴む

中 抓住搖錢樹

例 金蔓を掴んだことで、会社を興せる可能性が高まった。
靠著抓住了搖錢樹，開公司的可能性提高了。

金に目がくらむ

中 財迷心竅

例 彼は金に目がくらんだために、罪を犯してしまった。
他因為財迷心竅而犯下罪行。

金(かね)を残(のこ)す　中 留下遺產

例 子供(こども)のために金(かね)を残(のこ)さないほうがいい。
為了孩子好，不要留下遺產比較好。

景気(けいき)がいい　中 景氣好

例 楽(らく)して儲(もう)けられるなんて、そんな景気(けいき)のいい話(はなし)など無(な)い。
現在的景氣，已經没有經鬆賺大錢這種好事了。

財産(ざいさん)を残(のこ)す　中 留下遺產

例 彼(かれ)は内縁(ないえん)の妻(つま)にも財産(ざいさん)を残(のこ)した。
他也留下一筆遺產給同居人。

財布(さいふ)の紐(ひも)を握(にぎ)る　中 掌握經濟大權

例 女房(にょうぼう)が財布(さいふ)の紐(ひも)を握(にぎ)っている。
老婆掌握了家裡的經濟大權。

私財(しざい)を投(とう)ずる　中 投入個人財產

例 私財(しざい)を投(とう)じて記念碑(きねんひ)を作(つく)った。
以個人財產建立了紀念碑。

質(しち)が流(なが)れる　中 流當

例 質(しち)が流(なが)れた物(もの)を格安(かくやす)で買(か)う。
以便宜的價格買流當品。

質(しち)に入(い)れる　中 典當

例 宝石(ほうせき)を質(しち)に入(い)れる。
典當寶石。

賛沢(ぜいたく)を尽(つ)くす　中 竭盡所能地奢華

例 贅沢(ぜいたく)を尽(つ)くした家具(かぐ)。
竭盡所能奢華的家具。

底(そこ)を突(つ)く　中 見底

例 貯金(ちょきん)が底(そこ)を突(つ)いた。
存款見底了。

担保(たんぽ)に入(い)れる　中 抵押

例 お金(かね)を借(か)りるのに、この家(いえ)を担保(たんぽ)に入(い)れた。
為了借錢而將這棟房子拿去抵押。

担保(たんぽ)を取(と)る　中 作保

例 担保(たんぽ)を取(と)らないと、お金(かね)を貸(か)すことはできない。
没有人擔保就無法借到錢。

手(て)が出(で)ない　中 財力、能力等無法負荷

例 このブランドの商品(しょうひん)は、庶民(しょみん)にはとても手(て)が出(で)ない。
這個品牌的商品，一般民眾根本買不起。

手続きを踏む　中 辦手續

例 委員会に参加するのは正式な手続きを踏んで許可を得なければならない。

要想加入委員會就必須辦正式手續拿到許可才行。

手を引く　中 脫手

例 不況が続き、不動産事業から手を引こうかと検討しています。

不景氣的狀況持續，在考慮是否要從不動產事業開始脫手。

手を広げる　中 擁有多方關係、買賣範圍擴大

例 日本の他に、海外事業にも手を広げたい。

除了日本之外，也想將事業拓展到海外。

土地を転がす　中 炒地皮

例 バブル期には、土地を転がして金儲けする地上げ屋というのが存在した。

泡沫經濟時期，有很多人靠炒地皮賺錢。

年貢を納める　中 ①納稅 ②有所覺悟

例 ①年貢を納めて、あなたを村人の仲間に入れる。
納稅之後你就是村落的一員了。

例 ②「俺、もう年貢の納め時や！結婚しよう」と言われましたけど、即断りました。
他對我說「我已經到了該定下來的年紀了，跟我結婚吧！」但我立刻拒絕了。

註 婚姻是愛情的墳墓，因此有些人會有逃避結婚的傾向，而到了好不容易甘心定下來回歸到「正軌」時，是必須有所覺悟放下一些自我的堅持才能做到的。原意為做盡壞事的壞人終於甘願伏法的慣用句，後常用來比喻該有所覺悟了、終於肯結婚了的意思。

花より団子　中 比起表面更重實際

例 彼女は不細工でもお金持ちと付き合っているから、まさに花より団子だ。
從她寧可跟其貌不揚的有錢人交往這點來看，她應該是麵包重於愛情。

人手に渡る　中 讓渡

例 借金のせいで、先代からの家屋敷が人手に渡ってしまった。
因為欠債的關係，只好把祖先留下的房子讓給別人。

骨までしゃぶる　中（像吸血鬼一樣）把人吃乾抹淨

例 高利貸しは骨までしゃぶって、金を返してもらおうとする。
就像吸血鬼一樣，高利貸討債會把人吃乾抹淨。

目が飛び出る 中 形容價格太高，嚇到眼珠快飛出去；形容遭到嚴厲斥罵

例 ブランドもののカバンの値段は、目が飛び出るほどだ。
名牌包的價錢高到令人眼珠子都快掉出來了。

17 預感、運氣

17

預感／好的預感／不好的預感／運氣／預測、猜測／影響／回報、報應／其他

預感

虫(むし)が知(し)らせる　中 預感

例 虫(むし)が知(し)らせたのか、親戚(しんせき)に電話(でんわ)をしてみると、おじさんが亡(な)くなっていた。
不知道是不是有預感，試著打電話給親戚後，才知道叔叔過世了。

好的預感

芽(め)が出(で)る　中 萌芽、出現成功的前兆、走運

例 誰(だれ)でもいきなり芽(め)が出(で)るということは無(な)い。
没有人是突然成功的。

茶柱(ちゃばしら)が立(た)つ　中 茶葉梗立起來，表示吉兆

例 茶柱(ちゃばしら)が立(た)っているから、今日(きょう)はいいことがありそうだ。
茶葉梗立起來了，看來今天似乎會有好事發生。

験がいい　**中** 好兆頭

例 ここは、自分たちのホームグラウンドだから、験がいい。
這裡是我們的主方賽場，真是個好兆頭。

見通しが明るい　**中** 一片光明

例 来年日本経済は見通しが明るい。
明年日本的經濟一片光明。

不好的預感

暗雲が立ち込める　**中** 有不好的預兆

例 順調に計画が進んでいたが、ここにきて、重大な問題が発生し、計画の進行に、暗雲が立ち込めている。
計畫雖然進行順利，但現在發生了重大問題，有計畫會產生變數的不好預兆。

影が差す　**中**（不好的）前兆

例 不景気で、会社倒産の影が差してきた。
受不景氣的影響，公司有倒閉的前兆。

縁起でもない　**中** 不吉利

例 大地震が起きるとか、戦争が起きるとか、縁起でもないことを言わないでください。
請別說些會發生地震或戰爭這類不吉利的話。

雲行きが怪しい　中 ①不好的預兆 ②變天

例 ①同業他社の倒産で、わが社の経営も雲行きが怪しくなってきた。
其他同業相繼倒閉，讓我們公司也有不好的預兆。

例 ②天気予報では終日晴れとなっていたが、雲行きが怪しいので傘を持っていったほうがいいよ。
氣象預報說整天都會是晴朗的好天氣，但現在看起來像要變天了，還是帶著傘吧！

けちが付く　中 不好的預兆

例 試合にけちが付いたのは、初めてだ。
第一次在比賽時有這種不好的預兆。

運氣

悪運が強い　中 賊運亨通

例 あの泥棒は警察に追われていたがすんでのところで逃げ切った。悪運の強い男だ。
那小偷被警方追捕，在千鈞一髮之際逃脫了。真是賊運亨通。

好い目を見る　中 走好運

例 組織の中では、自分だけ好い目を見ようとするな、と言われた。
有人告訴我，在組織裡千萬別獨攬好處。

貧乏籤を引く　**中** 抽到下下籤，指運氣很差

例 正月に一人だけ働くはめになるとは、とんだ貧乏籤を引いたもんだ。
陷入獨自一人在正月裡工作的窘境，運氣真的是太差了。

運が向く　**中** 轉運

例 今までの努力が少しずつ世間に認められてきた。少し運が向いてきたようだ。
一直以來的努力漸漸被社會所認同，似乎開始轉運了。

間が悪い　**中** 運氣不好

例 間が悪いことに、自転車に乗ろうとしたら、チェーンが切れた。
運氣真差，在想要騎腳踏車的時候發現鏈條脫落。

付きに見放される　**中** 運氣不好

例 彼は付きに見放されたのか、ギャンブルで全く勝てなくなった。
他似乎運氣很差，都沒有賭贏。

運が尽きる　**中** 運氣用盡

例 ついに運が尽きた。
好運終於用盡了。

好い目にあう　**中**很順利

例 運よく、安く物が買えるなど、今日は、好い目にあっているなぁ。
今天運氣很不錯買到便宜的東西，真順利呢。

預測、猜測

目処が立つ　**中**有頭緒、眉目，有著落、希望

例 年内にこのビルを完成させられる目処が立った。
這棟建築可望在今年完工。

予断を許さない　**中**難以預料，不容樂觀

例 手術後も予断を許さない状態だ。
手術後的狀況是無法預料的。

見通しが利く　**中**看得到未來、有希望

例 台湾の経済も、やっと見通しが利くようになった。
台灣的經濟總算也看得到未來了。

見通しが立つ　**中**可以預測；有指望

例 これでどうにか、資金繰りの見通しが立った！
這樣一來，資金的調度總算是有指望了。

山が見える 中 預料到的結果、前途

例 長年のプロジェクトも、ようやく山が見えてきた。
多年來的企劃總算看到成果了。

先を読む 中 預測將來

例 彼はいろいろなことを経験したので、先を読む目は確かなものだ。
因為他閱歷豐富，所以預測未來的眼光正確無誤。

先が見える 中 ①有預知未來的能力 ②可推測出未來

例 ①彼は先が見える人だ。
他是位可以預知未來的人。

例 ②この計画もようやく先が見えた。
這個計畫終於要完成了。

雲を掴むよう 中 變數大、捉摸不定

例 君が総理大臣になりたいっていうのは、雲を掴むようなものだ。
你想成為總理大臣的變數相當大。

読みが当たる 中 推測正確

例 彼は自分の読みが当たって、喜んでいる。
他因為自己的推測正確而開心。

読みが深い 中 深謀遠慮

例 彼は読みが深いから、滅多に失敗はしない。
他向來深謀遠慮，幾乎不會失敗。

読みを誤る 中 錯誤解讀、錯估局勢動向

例 社会情勢の読みを誤って、出遅れてしまった。
錯估社會的情勢而錯失良機。

行間を読む 中 推敲出字裡行間的含意

例 行間を読めるか否かによって、小説を味わうことができる。
能否體會小說的玩味之處，取決於是否可以推敲出字裡行間的含意。

見当が付く 中 有頭緒、猜出

例 彼の言動を見れば、彼にどんなことが起こったかは、およその見当が付く。
只要觀察他的言行，大概就可以猜出他發生了什麼事。

底が割れる 中 被拆穿；容易猜出結局

例 最近のドラマは、見てすぐに底が割れる。
最近連續劇的故事發展很容易就可以猜到。

真意をはかる　中 推敲真正的意思

例 彼の真意をはかるために、いろいろと考える。
為了推敲他的本意，思考了很多事情。

目先が利く　中 先見之明、有遠見

例 目先が利く彼は、株で大儲けした。
有先見之明的他，靠股票賺了大錢。

影響

衝撃を与える　中 帶來衝擊

例 今回の震災は、世界中の人々に衝撃を与えた。
這次的地震帶給全世界的人很大衝擊。

羽振りがいい　中 有權勢、具影響力

例 今は不況と叫ばれ、しかしそんな中でも羽振りがいい人はいます。よく見習い、コツを身に付けましょう。
現在大家都在喊不景氣，但在這樣的環境中，還是有人能呼風喚雨。我們應該好好觀察，並學習箇中訣竅。

尾を引く　中 留下影響

例 昨日の喧嘩がまだ尾を引いているので、彼とはしばらく顔を合わせたくない。
還在因為昨天的吵架而生氣，所以暫時不想和他見面。

影を落とす　中（負面）影響

例 今回の景気低迷は、意外な業種にも影を落とした。
這次的不景氣，影響了意料之外的某些行業。

影を引きずる　中 被過去影響

例 新しいグループになったのに、前のグループの影を引きずっているので、彼らはあまり活躍できないだろう。
都已經組成新團體了，卻跳脫不了前團體的模式，看來他們大概不會紅了。

後を引く　中 ①受到影響 ②一直想…

例 ①3年前の事故が後を引く。
受到3年前的事故影響。

例 ②チョコレートは、一度食べだすと、後を引く。
只要一開始吃巧克力就會欲罷不能。

✿ 回報、報應

付けが回る

中 報應、回報

例 今頃になって、若いときの不摂生の付けが回ってきた。

到了這個年紀，就要為了年輕時疏忽健康而付出代價。

労に報いる

中 酬勞

例 プロジェクトの準備を手伝ってくれた皆の労に報いるためにも、成功させたい。

就算是為了回報大家協助準備企劃的辛勞，無論如何都要讓它成功。

身から出た錆

中 自作自受

例 今回の失敗も、結局は君の身から出た錆だ。

這次的失敗全都是你自作自受。

墓穴を掘る

中 自掘墳墓

例 楽して金儲けができるという話に乗って、墓穴を掘った。

對能輕鬆賺大錢的話題感興趣，結果是自掘墳墓。

様を見ろ

中 活該

例 絶対成功すると言って、私の忠告を聞かなかった彼が失敗して、様を見ろと思った。

他覺得一定會成功，不聽我的忠告結果失敗了，真是活該。

其他 ＊按五十音排列

一か八か 中 交給命運吧、聽天由命

例 手術の成功率は50%だったが、一か八かの賭けに出た。
手術的成功率是50%，所以就交給命運吧！

縁起を担ぐ 中 討個好兆頭

例 テストの前日は縁起を担いでトンカツを食べる人が多い。
考試前一天，想討個好兆頭吃炸豬排的人很多。

註 日文唸法トンカツ和勝つ的發音類似的緣故。

験を担ぐ 中 求吉利／避諱

例 試験前には、験を担ぐためにカツ丼を食べる。
考試前為求吉利而吃豬排飯。

先がある 中 未來不可限量

例 若人には先がある。
年輕人的未來無可限量。

長い目で見る 中 以長遠的眼光來看

例 今は損かもしれないが、長い目で見ることも必要だ。
現在看來或許是損失，但我們需要以長遠的眼光來做評斷。

博打に出る　**中** 孤注一擲、走險棋

例 社長は会社更生という博打に出た。
總經理採取公司重整的險棋。

博打を打つ　**中** 賭博、賭

例 事態打開に向けて、博打を打つ。
為了打開局勢，決定賭它一賭。

脈がある　**中** 有希望

例 好きな人がいますが、脈があるかどうかまだ分かりません。
雖然有喜歡的人但卻不知道有沒有機會。

明暗を分ける　**中** 清楚區分出輸贏、幸運與否等

例 火事から逃げる時の方向が生死の明暗を分けた。
火災中逃跑方向決定了生死。

18 自然篇

18

晴天／雨天／節氣／太陽／月亮／火／其他

晴天

雲(くも)が晴(は)れる　**中** 雨過天晴

例 雲(くも)が晴(は)れるまでずっと部屋(へや)でゲームに没頭(ぼっとう)していた。
天氣放晴前，我一直待在房間玩電玩。

雨(あめ)が上(あ)がる　**中** 雨停了

例 夏(なつ)、雨(あめ)が上(あ)がった後(あと)の天気(てんき)は、蒸(む)し暑(あつ)い。
夏天雨停後，天氣會很悶熱。

雨天

雨(あめ)がぱらつく　**中** 下小雨

例 だんだんと雲(くも)が出(で)てきて、雨(あめ)がぱらついてきた。
雲漸漸變多，開始下起了小雨。

雨が降りしきる 中 傾盆大雨

例 彼は、雨が降りしきる中、駆け出して行った。
他在傾盆大雨中跑了出去。

✿ 節氣

梅雨が明ける 中 梅雨季結束

例 関西地方で梅雨が明けました。
關西地區的梅雨季結束了。

梅雨に入る 中 梅雨季開始

例 東北地方が梅雨に入りました。
東北地區的梅雨季開始了。

✿ 太陽

日が当たる 中 ①日曬 ②受到恩寵的

例 ①南向きのテラスには、よく日が当たる。
向南的陽台日曬充足。

例 ②今日から、イエス様を信じて本当に日が当たる人生を歩んで行きたい。
想從今天開始虔誠信主耶穌，往蒙受恩賜的人生邁進。

日が暮れる　中 日落西山

例 夏より冬の方が日が暮れるのが早いので、早く帰らないといけない。
比起夏天，冬天天色黑得早，得趕快回家。

日が差す　中 太陽照在某處

例 小雨が降っていても、時々日が差すこともあるのんびりした午後です。
雖然下著小雨，但仍透出一點陽光的悠閒午後。

日が高い　中 日正當中

例 日が高いうちに早く仕事を終わらせたい。
想趁天還亮的時候快點完成工作。

日が斜めになる　中 太陽西下

例 目覚めた時には、すでに日が斜めになっていた。
醒來的時候，太陽已經下山了。

日に焼ける　中 曬黑、物品因日曬而變色

例 真夏の昼にちょっと外出しただけでも、日に焼けてしまう。
盛夏的中午，只是出去一下子也會曬黑。

日差しが強い　中 陽光很強

例 一日のうちで一番日差しが強くて紫外線が強い時間帯は12~1時頃です。
一天之中陽光最烈，紫外線最強的時間是中午12點到下午1點。

日差しを遮る
中 遮陽

例 ベランダにたくさん朝顔を植えている。風通しはよくて、日差しを遮ることもできる。
陽台上種了很多牽牛花，既通風又可以遮陽。

日向を歩く
中 ①走在陽光下 ②指生活在優渥的環境之中

例 ①真冬に日向を歩いていると、とても暖かくて気持ちいいです。
寒冬裡，走在太陽下會感到溫暖舒服。

例 ②彼女はちゃんと仕事が出来て、しかも大手企業の社長令嬢だ。他人からみれば日向を歩いている部類の人でしょう。
她工作能力很好，又是大企業社長的千金，在別人眼裡她的生長環境相當優渥吧！

✿ 月亮

月が満ちる
中 ①滿月 ②嬰兒足月

例 ①今日は月が満ちているなぁ。
今天是滿月呢。

例 ②お姉さんの赤ちゃんは月が満ちて生まれてきた。
姊姊的寶寶足月生產。

月が欠ける
中 月缺

例 満月の翌日からは、だんだん月が欠けていく。
滿月的隔天，就會開始月缺。

火

火が付く
中 ①著火 ②點燃戰火

例 ①フライパンの油に火がついたら、蓋をかぶせるのが一番安全です。
平底鍋著火了的話，蓋上鍋蓋是最安全的了。

例 ②核戦争の火がつくことを避けるべきだ。
應該避免發動核子戰爭。

火に当たる
中 靠近火堆或暖爐取暖

例 早速火に当たって体を温めたい。
想趕快到暖爐旁邊取暖。

火に掛ける
中 放在火上烤

例 今は直接火に掛けることができるシリコン鍋があるが、やっぱり使わない。
現在有可以直接用火加熱的矽膠鍋子，但我還是不會去用。

火を入れる
中 點火、加熱

例 菌類は熱に弱いので、食べる前に火を入れるほうが安心です。
細菌怕高溫，所以加熱後再吃比較安心。

火を落とす
中 熄火

例 鍋に大根を並べ入れ、大根が浮くと火を落として弱火で煮る。
把白蘿蔔放入鍋裡煮，煮到蘿蔔浮起之後再轉小火繼續煮。

火を付ける　　中 ①點火　②放火　③導火線

例 ①法事やお通夜の席で線香に火をつける。
做法事或守靈時會點線香。

例 ②責任者は火事の後最初に「絶対誰かが火を付けた。捕まえてやる。」と言って大激怒。
負責人在火災發生後首度發言，憤怒道：「絕對是被人放火的！非要抓到他不可！」。

例 ③紛争に火を付けたのは、ほんの小さな事件だった。
引起紛爭的導火線，盡是微不足道的小事。

火花が飛ぶ　　中 ①產生火花 ②迸出火花

例 ①コンセントにプラグを差し込んだら火花が飛んだ。
把插頭插入插座時會產生火花。

例 ②決勝戦に入った二人の間に、激しい火花が飛んだ。
進入決賽的兩人之間火光四射。

其他 ＊按五十音排列

蕾がほころぶ　　中 開花

例 三月中旬に桜の蕾が全部ほころんできた。
三月中旬櫻花全部綻放。

天気が崩れる　中 天氣變差

例 明日から天気が崩れるという予報が出ている。
氣象預報說，從明天開始天氣會變壞。

波が荒い　中 波濤洶湧

例 今日の海は波が荒い、無理やり海に出るな。
今天大海波濤洶湧，不要勉強出海。

灰にする　中 燒成灰、火葬

例 燃えるごみは、この場所で灰にしてしまおう。
可燃垃圾要在這個地方焚燒。

灰になる　中 付之一炬；將死者火葬

例 火事で結婚の記念写真が灰になった。
結婚紀念照在火災中付之一炬。

雪を頂く　中 ①山頂積雪 ②白髮蒼蒼

例 ①雪を頂く富士山は、より美しい。
山頂積雪的富士山更加美麗。

例 ② 70 歳を越したおじいさんは、すっかり頭に雪を頂いている。
70多歲的爺爺早就滿頭白髮了。

19 時間篇

19

日／月／年／費時／抽空／等待／緊急／延遲／時間的流逝／時機／其他

日

日を重ねる　中 經過一些時日

例 炎症を抑えるため、薬を使っているが、日を重ねるにつれて薬の副作用が大きくなってしまっている。
為了抑制發炎而用藥，但過了一段時間後，藥的副作用逐漸變明顯。

日を改める　中 改天

例 ディズニーランドのチケットは、もう買ったので日を改めようとしても、変更することはできない。
迪士尼的門票已經買好了，現在就算想改日期也沒辦法。

月

月を越す　中 換月

例 もうじき月を越しそうだな。
就快要到下個月了。

月が変わる　　**中** 開始新的一個月

例 月が変わったら、キャンペーンは終了します。
開始新的一個月，活動也跟著結束了。

年

年が改まる　　**中** 新年到來

例 立春をもって年が改まる。
過了立春就是新的一年。

年を越す　　**中** 跨年、迎接新年

例 今年は珍しく実家で年を越す。
今年難得在老家跨年。

費時

手が掛かる　　**中** 費時間、麻煩

例 古い機械は修理に手が掛かって、お金もかかります。
舊機器的修理很麻煩費時又花錢。

手間が掛かる　　**中** 費時費力

例 本格的なカレーを作ろうと思うと、意外と非常に手間が掛かる。
當想煮道地的咖哩時卻發現其實還滿費工的。

時間が掛かる　**中** 費時間

例 この原稿をまとめるにはかなり時間が掛かる。
整理這份原稿要花不少時間。

時間を食う　**中** 耗費時間

例 駅で迷って、時間を食ってしまった。
在車站迷路花了點時間。

時間を費やす　**中** 花費時間

例 メールを書く時に一番時間を費やすのは件名を考える時だ。
寫信最花時間的就是在思考信件主旨的時候了。

時間を潰す　**中** 消磨時間

例 5時まで暇なので喫茶店で時間を潰すことにした。
5點之前都沒事，所以決定到咖啡店消磨時間。

間を持たす　**中** 打發時間

例 担当者がまだ来ないので、雑談でもして、間を持たすことにした。
負責人還沒有到場，先隨便聊聊消磨時間。

油を売る　**中** 閒聊天浪費時間、偷懶、磨蹭

例 帰り道に油を売ってないで早く帰りなさい。
回家路上不要亂晃拖時間，要儘早回來。

抽空

時間を割く 中 撥出時間

例 有名な教授に時間を割いて来ていただいた。
請知名教授特地撥出時間蒞臨此地。

都合をつける 中 安排時間、抽空

例 何とか都合を付けて行けるようにします。
我會儘量抽出時間過去。

暇を割く 中 抽空、找個時間

例 友達がせっかく台湾へ遊びに来たので、暇を割いて案内してあげる。
朋友難得來台灣玩，抽空帶他們出去逛逛。

暇を盗む 中 偷空、抽空

例 暇を盗んで本を読む。
抽空看書。

暇を見つける 中 抽空、找個時間

例 最も忙しい人が最も暇を見つける。
越忙碌的人越能找出時間。

等待

痺れを切らす　　**中** 無法再等下去

例 いくら待っても相手が来ないので、痺れを切らして帰って来た。
不管怎麼等對方就是不來，所以就放棄回家了。

今日か明日かと　　**中** 左等右盼

例 息子の結婚式を、今日か明日かと待つ親。
左等右盼兒子結婚典禮的父母親。

矢も楯もたまらない　**中** 迫不及待、急不可待

例 大学受験の合否が心配で、矢も楯もたまらない。
擔心大學考試是否合格，心急難耐。

緊急

時を争う　　**中** 分秒必爭

例 妻の出産は、時を争う問題だ。
老婆生孩子就像是在跟時間賽跑。

時を移さず　　**中** 立即、刻不容緩

例 企画書ができたら、時を移さず上司に提出しよう。
企劃書一完成，就立刻提交給上司吧。

延遲

遲れが出る 中 遲到、延誤

例 大雪のため、電車に、1時間以上の遅れが出ている。
因為下大雪，電車延誤了1個小時以上。

後手に回る 中 陷於被動

例 政府の対応はすべて後手に回る結果となってしまった。
政府的對策總是較被動。

牛の歩み 中 像老牛拉車一樣慢

例 彼は何をするにも牛の歩みのように遅い。
他做什麼事都像老牛拉車一樣慢。

時間的流逝

時が流れる 中 時間流逝

例 時の流れが速く感じるのは年を取った証だよ。
感覺到時間過得非常快的時候，那就是上了年紀的證明。

時を刻む 中 時間一分一秒地走

例 そこにあったのは、時を刻んでいる大きな古時計だった。
那是個滴滴答答走著的古老大鐘。

月日が経つ　中 時間流逝

例 あの出来事からどれくらい月日が経っただろう。
發生那件事情後，經過了多少日子啊！

月日が流れる　中 時間流逝

例 大学卒業から10年の月日が流れた。
大學畢業至今，已經過了10個年頭。

年には勝てない　中 歲月不饒人

例 年には勝てないのか、すぐに息切れしてしまう。
歲月不饒人，一下子就氣喘吁吁。

年は争えない　中 歲月催人老、掩蓋不住老態

例 彼女は若作りをしているが、やはり年は争えない。
她雖然打扮得很年輕，但終究掩蓋不住老態。

時機

世が世なら　中 生逢其時

例 世が世ならば、こんな仕事をしていなかった。
如果生逢其時就不會做這種工作。

機が熟す 中 時機成熟

例 首相は、「機が熟した」と言って、消費税増税に踏み切った。
首相表示：「時機已經成熟了」，消費稅的增加是勢在必行。

機に乗じる 中 趁機

例 指導者の死去の機に乗じて革命を起こす。
趁領導者去世的時候起義。

機をうかがう 中 等候時機

例 いつまでも機をうかがっていると、チャンスを逃してしまうよ。
永遠都在等待時機的話，那可是會錯失機會的喔！

機を失する 中 錯失良機

例 株売却の機を失してしまった。
錯失了轉手賣掉股票的時機。

機を見るに敏 中 很會把握機會

例 機を見るに敏な彼は、チャンスというチャンス全てを見逃さない。
很會把握機會的他，絕不會放過任何機會。

機先を制する 中 搶得先機

例 機先を制したことで他社より早く発展することができた。
靠搶得先機，比其他公司發展得更快。

時機を失する　中 錯失良機

例 避難計画は時機を失することなくうまく行われている。
避難計畫在沒有錯過任何救援時機的情況下順利進行著。

遅きに失する　中 錯過時機、為時已晚

例 飛行機に乗り遅れたので、買ったチケットは、遅きに失した。
因為趕不上飛機，所以浪費了機票。

折に触れて　中 藉著機會

例 課長は折に触れて、部下を叱る。
課長藉機訓斥部下。

折を見て　中 找機會

例 留守だったので折を見て、また訪問する。
剛好不在家，只好再找機會訪問了。

タイミングが合う　中 絕佳時機

例 ちょうどタイミングが合って、彼と会うことができた。
時機正好可以和他見上一面。

間を置く　中 間隔一定的距離、時間

例 電話をかけなおす場合は、しばらく間を置いてから、かけなおすほうがいい。
想重撥電話時，最好稍微隔一段時間再打比較好。

間がいい　中 時間點正好

例 仕事のミスを上司に報告に行ったが、間がいいことに、上司はご機嫌だった。
去向上司報告工作上的疏失時，碰巧上司的心情很好。

其他 ＊按五十音排列

今に始まったことではない　中 不是一兩天的事

例 彼は昔から乱暴者だ。暴力をふるうのは今に始まったことではない。
他從前就是個粗暴的人，有暴力行為不是一兩天的事。

今の今まで　中 直到剛剛

例 今の今まで先生はあなたの帰宅を待っていたけど、もう帰ってしまったよ。
老師一直在等你回家，直到剛剛他才回去。

遅れを取る　中 落後

例 マラソンで、スタート直後に転んでしまい、皆から遅れを取った。
在馬拉松比賽的起跑點跌了一跤，落後了所有的人。

今日という今日 中 就是今天

例 今日という今日は、借金を全額返してもらいます。
今天請把欠我的錢全數還清。

時間が迫る 中 時間快到了

例 試験開始の時間が迫る。
考試快要開始了。

時間に縛られる 中 受時間限制

例 ツアー旅行は、時間に縛られることが多い。
跟團旅行大多會受到時間的限制。

時間を稼ぐ 中 爭取時間

例 相手の戦力を消耗させながら、こちらの時間を稼ぐ戦術です。
採取邊消耗對方的戰力邊爭取時間的戰術。

寸暇を惜しむ 中 把握時間不浪費

例 彼はずっと寸暇を惜しんで、研究をしていた。
他一直把握時間進行研究。

先を越す 中 先下手、早一步

例 技術の開発で、先を越す。
早一步開發技術。

都合がいい **中** 方便、合適

例 私は明日の方が都合がいいです。
我明天比較方便。

手垢が付く **中** 老舊、過時

例 そんな手垢が付いた表現は、もう誰も使っていない。
那種過時的表現方式，已經沒有人在使用了。

時が解決する **中** 時間會帶走一切

例 どんな辛い思いでも、時が解決してくれるだろう。
再痛苦的回憶，也會隨著時間流逝而淡去吧。

日が浅い **中** 沒幾天、時日尚淺

例 私はまだ転職して、日が浅いです。
我才剛換工作，還是個新人。

暇に飽かす **中** 閒暇之餘，花很長的時間去做某事

例 暇に飽かして世間話に興ずる。
閒暇之餘，喜歡談天說地。

暇を潰す　　　　　　**中** 打發時間

例 テレビを見て、暇を潰す。
看電視打發時間。

暇を持て余す　　　　　　**中** 閒得發慌

例 仕事が一段落したので、いまは暇を持て余している。
工作告一段落，現在閒得發慌。

20 狀態篇

20

忙碌、緊急／人手不足／立場／空間、安定／疲倦／整齊／條理、道理／平衡／處境、情勢／持續／事物的狀態／蹤影、下落／其他

忙碌、緊急

一刻を争う 中 分秒必爭

例 一刻を争う時にけんかをしている暇はない。早く救急車を呼びなさい。
在這分秒必爭的時候哪有時間吵架，請快叫救護車。

手が塞がる 中 抽不開身

例 料理で今は手が塞がっている。
現在在煮飯所以抽不開身。

尻が暖まる 中 把椅子坐熱，長時間待在某處

例 この間は尻が暖まる暇がないほどお嫁入りの支度に忙殺されていた。
這段時間為了結婚的準備東奔西跑忙得昏天暗地的。

猫の手も借りたい 中 忙到不可開交，連貓的手都想借

例 最近、猫の手も借りたいほど忙しくなりました。
最近忙到不可開交。

目が回る　中 暈眩；忙昏頭

例 ジェットコースターに乗って、目が回った。
坐了雲霄飛車，暈頭轉向。

目を回す　中 失去意識；忙昏頭

例 忙しさのあまりに目を回す。
忙得暈頭轉向。

急を告げる　中 告急

例 風雲急を告げる、政界再編の動き。
政治圈大變動，情勢十分緊急。

急を要する　中 迫在眉睫

例 急を要する事態が発生した。
發生了迫在眉睫的緊急狀況。

手に汗を握る　中 比喻狀況十分危急，提心吊膽

例 手に汗を握って、野球の試合の行方を見守った。
冷汗直流，緊盯著棒球比賽的戰況。

人手不足

欠員が出る　中 人數不足

例 怪我で、チームに欠員が出た。
因為受傷導致隊上人數不足。

人手が足りない　中 人手不足

例 人手が足りない会社に我慢できず退社しました。
無法忍受人手短缺的公司而離職。

手が足りない　中 人手不足

例 この仕事をやり終えるには、どうしても手が足りない。
要完成這個工作，人手實在不足。

立場

次元が異なる　中 不同立場、等級

例 日本政府は「次元が異なるレベル」の緊急経済対策に取り組んでいます。
日本政府正積極擬訂「不同等級」的緊急經濟對策。

次元が違う　中 不同立場、等級

例 あのレストランは美味しさの次元が違っている。
那家餐廳的美味等級是不同的。

立つ瀬がない
中 沒有立場

例 それでは、私の立つ瀬がなくなってしまう。
如此一來我就沒有立場了。

一線を引く
中 劃清界線；表明立場

例 社長は、仕事とプライベートとの間に、一線を引いている。
總經理把工作和私人領域劃分得相當清楚。

✿空間、安定

事なきを得る
中 安然無事

例 タイヤがパンクしたが、予備のがあったので、事なきを得た。
輪胎爆胎了，但還好有備胎所以沒事。

尻を据える
中 長時間靜靜地待在某處

例 彼女は思慮深く、尻を据えて考えるタイプだ。
她是個思慮縝密喜歡靜靜思考的人。

腰を据える
中 ①沉著 ②專心一意

例 ①バイトをやめて、腰を据えて小説を書くことにした。
辭去了打工，決定專心致志地寫小說。

例 ②腰を据えて仕事に取り組む。
專心致力於工作。

体が空く　　**中** 空間

例 急な仕事は、体が空いている人に頼んだほうがいい。
突然多出的工作，拜託現在有空的人去做比較好。

息を吐く　　**中** 鬆一口氣、放鬆

例 最近は、忙しすぎて、息を吐く暇もなかった。
最近太忙了，連喘口氣的時間都沒有。

尻を落ち着ける　　**中** 安定地停留在某處

例 ようやく私も、尻を落ち着けるようになった。
我終於也安定了下來。

腰が据わる　　**中** 安定

例 彼も、最近腰が据わってきたようだ。
他最近似乎也比較穩定了。

ぬるま湯に浸かる　　**中** 平靜安逸

例 最近の子供はぬるま湯に浸かったまま大人になっている。
最近的小孩都在平穩安逸的環境中長大。

苦もなく　　**中** 輕而易舉

例 みんなが必死に解いている問題を、彼は苦もなく解いた。
大家想破頭在解的問題，他三兩下就得出答案了。

枕を高くして寝る　中 高枕無憂

例 仕事が軌道に乗って、やっと枕を高くして寝ることができた。
事業上了軌道，現在終於可以高枕無憂了。

疲倦

神経を使う　中 勞心費神

例 バイト先ですごく神経を使う仕事をやっています。
目前打工的性質非常勞心費神。

力が尽きる　中 筋疲力盡

例 ゴール直前で、力が尽きた。
在快到終點前，用盡了所有力氣。

足が棒になる　中 腿累得發痠

例 朝から晩まで歩きまわって、足が棒になりました。
走了一整天，腿累得發痠。

神経をすり減らす　中 精疲力盡

例 細かい作業ばかりで、神経をすり減らす。
盡是些瑣碎的作業，讓人精疲力盡。

心を砕く　**中** 勞心費神

例 彼は人のことにも心を砕いてくれた。
就算不關他的事，他也會為了別人勞心費神。

精も根も尽きる　**中** 精疲力盡

例 険しい登りが続いたので頂上に着いた時には精も根も尽きてしまった。
山路綿長險峻，攻頂後感到精疲力盡。

整齊

一糸乱れず　**中** 井然有序、有條不紊

例 軍人たちが一糸乱れぬ行進をする。
軍人步伐整齊地行進。

軒を争う／連ねる／並べる　**中** 櫛比鱗次

例 観光地へ行くと、土産物屋が軒を争っている／連ねている／並べている。
到了觀光地區，名產店櫛比鱗次。

條理、道理

筋が立つ　**中** 有條理

例 彼の話はいつも筋が立っている。
他說話一直很有條理。

筋が通る　中 脈絡貫通、有條有理

例 彼は、いつも筋が通っている。
他說話總是很有條理。

筋道を立てる　中 條理分明

例 話が複雑なので、ちゃんと筋道を立ててから説明してください。
內容很複雜，所以請條理分明地說明。

段取りがいい　中 有條不紊

例 彼は何をやっても、段取りがいい。
他不管做什麼都有條不紊。

段取りを付ける　中 做安排

例 ゴールデンウィークに向けて、仕事の段取りを付ける。
為了迎接黃金週，事先安排好工作進度。

辻褄が合わない　中 前言不搭後語

例 事実と彼の主張は、辻褄が合わない。
實際情況和他提出的主張前言不搭後語。

道理に適う　中 合乎道理

例 私の意見と同じではなくても、道理に適っていればOKです。
就算跟我意見不同，只要有理就OK。

道理(どうり)に外(はず)れる　中 不合道理

例 人(ひと)として、道理(どうり)に外(はず)れるような言動(げんどう)は慎(つつし)みましょう。
做人要謹言慎行，不要做出不合道理之事。

道理(どうり)を弁(わきま)える　中 通情達理

例 彼(かれ)の意見(いけん)は道理(どうり)を弁(わきま)えている。
他的意見很合乎情理。

途轍(とてつ)もない　中 毫無道理；（多得、大得）驚人

例 成功(せいこう)した者(もの)は陰(かげ)には途轍(とてつ)もない努力(どりょく)があると思(おも)います。
我認為成功者都在背後付出了相當大的努力。

理(り)に適(かな)う　中 合乎道理

例 彼(かれ)の言動(げんどう)は、いつも理(り)に適(かな)っている。
他的言行舉止總是合理得當。

理屈(りくつ)に合(あ)う　中 合理

例 彼(かれ)の理屈(りくつ)に合(あ)った説明(せつめい)には、誰(だれ)もが納得(なっとく)した。
對於他合理的說明，大家都能接受。

途方(とほう)もない　中 毫無道理、荒唐；出眾、出奇

例 途方(とほう)もないことを言(い)うな。
別說莫名其妙的話。

物分かりがいい　中 通情達理

例 彼は物分かりがいい人だから、相談してみる価値はあるよ。
他是個通情達理的人，可以試著和他談談。

平衡

均衡が崩れる　中 失衡

例 彼がこちら側に加わったことで両者の均衡が崩れた。
因為他的加入，導致兩邊不再勢均力敵。

均衡を保つ　中 維持平衡

例 両者は全く動けないほど、均衡を保っている。
兩方維持相當的平衡，幾乎沒有一絲變動。

釣り合いを保つ　中 維持平衡

例 現在、与野党の勢力は釣り合いを保っている。
現在執政與在野兩黨的勢力處於平衡的狀態。

釣り合いを取る　中 保持平衡

例 貯金したい人にとって、収入と支出の釣り合いを取ることがたいせつだ。
對想存錢的人來說，保持收支平衡是很重要的。

✿ 處境、情勢

大事に至る 中 事情變嚴重

例 車に轢かれたが、幸い大事に至ることはなかった。
雖然被車子輾到，但所幸情況沒太嚴重。

瀬戸際に立つ 中 站在緊要關頭上

例 国土のおよそ7分の1で大気汚染が起こっていて、瀬戸際に立つ中国。
七分之一以上的國土都籠罩在空氣污染的環境中，中國正處於相當危急的狀態。

流れが変わる 中 情勢改變

例 私のミスで、試合の流れが変わって、逆転されてしまった。
我的失誤改變了比賽的情勢，被對方逆轉勝輸了這場比賽。

流れに乗る 中 把握對自己有利的局勢

例 スキルを学ぶことより、流れに乗る事を学ぶ方がもっと大事だと思います。
我覺得學習技巧不如學習怎麼把握時機。

スランプに陥る 中 陷入低潮

例 あのマンガ家はスランプに陥ったので、連載を休んでいる。
那位漫畫家正陷入低潮，所以連載休刊中。

進退谷まる　**中** 進退兩難

例 締め切りが来るので、進退谷まった。
截稿日逼近，面臨了進退兩難的局面。

危機に瀕する　**中** 瀕臨危機

例 日本の原発事業は危機に瀕している。
日本的核能產業正瀕臨危機。

危機を脱する　**中** 解除危機

例 応急措置が的確だったので、すぐに生命の危機を脱した。
緊急措施做得十分確實，很快就脫離了生命危險。

蜂の巣をつついたよう　**中** 亂成一團

例 首相の突然の辞任を受けて、議会は蜂の巣をつついたような騒ぎになった。
受到首相突然請辭的影響，議會人仰馬翻亂成一團。

虎の尾を踏む　**中** 如虎口拔牙般非常危險

例 虎の尾を踏むような事態になってでも、このプロジェクトは成功させる。
就算已經是虎口拔牙般危險的情況，也一定要讓這個計畫成功。

裸になる　**中**赤裸、一無所有

例 津波に襲われて、裸になってしまった。
遭到海嘯侵襲後變得一無所有。

旗色が悪い　**中**情勢不利

例 日ましに旗色が悪くなって行くのが感じられたので、負ける覚悟ができていました。
日益感到情勢漸趨不利，已經做好了會輸的覺悟。

暗礁に乗り上げる　**中**陷入僵局

例 議論が進まず、暗礁に乗り上げる。
討論陷入了僵局，沒有任何進展。

最高潮に達する　**中**進入最高潮

例 選手がいい試合をするので、観客の興奮は最高潮に達した。
選手們的比賽精彩刺激，觀眾興奮的情緒達到最高潮。

全盛を極める　**中**巔峰狀態

例 ジュリア・ロバーツは10年ほど前に全盛を極めた。
在10年前，茱莉亞羅勃茲的名氣就已處於巔峰了。

峠を越す　**中**渡過最困難時期、渡過危險期

例 大雨の峠は越したが、まだ川は危険な状態である。
大雨已逐漸平緩，但河川還處於危險狀態。

様相を帯びる 中 呈現～狀態

例 二国間の関係は、一触即発の様相を帯びてきた。
兩國的關係處於一觸即發的緊繃狀態。

様相を呈する 中 變成～的情況

例 裁判は泥沼の様相を呈してきた。
官司陷入了泥沼。

分がある 中 佔有優勢

例 今の状況によると、彼女に分がある。
以現狀來看，她比較佔有優勢。

分が悪い 中 情勢不利、劣勢

例 自分が分が悪い時は逃げてもいいと思うなら大間違いだ。
要是你以為只要情勢不對落跑也沒差的話，那就大錯特錯了！

引っ込みが付かない 中 騎虎難下；下不了台

例 この仕事は自分一人ですると言った手前、引っ込みがつかなくなってしまった。
才剛誇口說這個工作自己一個人就能做好，結果現在卻騎虎難下。

抜け目がない **中** 天衣無縫、處世精明

例 自分の取り分だけはさっさと持って行ってしまう彼女は、やはり抜け目がない。
她拿了自己要的就離開了，果然很精明。

苦になる **中** 覺得辛苦

例 好きなことをやっているから、困難なことがあっても、苦にならない。
因為是做自己喜歡的事，所以就算遇到困難也不覺得苦。

苦境に立つ **中** 陷入艱難的處境

例 まさかの事態で苦境に立たされた。
發生了出乎預料的事件，以致陷入了艱難的處境。

深みに嵌まる **中** 陷入泥沼（多用在不良的社會關係）

例 浮気の兆候が現れたら、深みに嵌まる前に何らかの行動を起こさないといけません。
一旦有外遇徵兆，就應該在尚未深陷前採取行動。

にっちもさっちもいかない **中** 一籌莫展、寸步難行、進退維谷

例 にっちもさっちもいかない状況になってしまった。
陷入了一籌莫展的情況。

風雲急を告げる　**中 情勢十分緊急**

例 北朝鮮は、まさに風雲急を告げる事態となった。
北韓的局勢已經到了十萬火急的狀態。

山を越す　**中 跨越顛峰期，開始走下坡**

例 絶好調の山を越して、今はいい成績が出ない。
經歷過絕佳時期，現在的成績已不如往常。

引け目を感じる　**中 覺得自己居於劣勢；不好意思**

例 離婚したばかりの友人を結婚式に招待するのは引け目を感じる。
請剛離婚的朋友參加結婚典禮覺得很不好意思。

波がある　**中 有波動的傾向**

例 受験前に何かの原因で彼の成績には波がある。
考試在即，他的成績莫名地出現波動。

波に乗る　**中 趁勢**

例 運の波に乗り、強運を手に入れて一気に勝ち進んできた。
他把握運勢，一口氣過關斬將。

下火(したび)になる　中 ①衰退、下滑 ②火勢平息

例 ①あのアイドルグループの人気(にんき)は、今(いま)はもう下火(したび)になっている。
那個偶像團體的人氣已經開始下滑。

例 ②火事(かじ)が下火(したび)になっている。
火勢已逐漸平息。

持續

息(いき)が続(つづ)く　中（狀態）持續

例 走(はし)り始(はじ)めてからそろそろ30分(さんじゅっぷん)たちますよ。もう息(いき)が続(つづ)かないので、少(すこ)し休憩(きゅうけい)しませんか。
已經跑了多30分鐘，沒辦法再繼續跑下去了，要不要休息一下？

息(いき)が長(なが)い　中 持續很久

例 彼(かれ)は芸能界(げいのうかい)にデビューしてからもう20年(にじゅうねん)たちます。とても息(いき)の長(なが)い歌手(かしゅ)です。
他在演藝圈已經20年了，是長青型的歌手。

事物的狀態

下敷(したじ)きになる　中 壓在底下

例 がれきの下敷(したじ)きとなった生存者(せいぞんしゃ)に呼(よ)び掛(か)ける。
呼喚壓在瓦礫底下的生存者。

痕跡を留める　**中** 留下痕跡

例 内戦の影響が、未だに痕跡を留めている。
內戰後的影響仍遺留至今。

蹤影、下落

影も形もない　**中** 無影無蹤

例 爆破解体された後、ビルは影も形もなくなっていた。
大樓被爆破解體後，消失得無影無蹤什麼都不剩。

影を潜める　**中** 銷聲匿跡

例 法律が改正されてから、悪質な借金の取り立ては、すっかり影を潜めた。
法律修改後，惡劣的放高利貸業者完全銷聲匿跡。

其他 ＊按五十音排列

悪循環に陥る　**中** 陷入惡性循環

例 一度悪循環に陥ったら、なかなか抜け出せない。
一旦陷入惡性循環之後就很難脫身了。

事ここに至る　**中** 事已至此

例 事ここに至っては、手の施しようもない。
事已至此，想做些什麼也沒辦法了。

事と次第によっては 中 看情況

例 事と次第によっては、何をされるかわからない。
不知道會發生什麼事，完全視情況而定。

情状を酌量する 中 斟酌情況

例 被告人の情状を酌量して、量刑の軽い判決が出た。
斟酌被告的情況，從輕量刑。

調子が出る 中 步上軌道

例 はじめてから2週間経って、ようやく調子が出てきた。
過了兩個星期，總算步上軌道了。

薹が立つ 中 過了全盛時期

例 この野菜は薹が立ってしまったから、もう出荷できない。
這些青菜已經太老了不能出貨。

鳴りを潜める 中 沉寂

例 しばらく鳴りを潜めていた議員が、再び活動をし出した。
沉寂一陣子的議員，再次復出展開活動。

歯止めが利く 中 可以剎住、停下

例 拝金主義の浅ましさが、欲望に歯止めが利かない状 況を生み出している。
拜金主義的可悲在於造就出無法克制欲望的情況。

歯止めを掛ける　中 抑制、減緩情況惡化

例 政府はインフレに歯止めを掛けた。
政府減緩了通貨膨脹的情況。

火の手が上がる　中 ①形容（對抗的）行動氣勢如虹地展開 ②火勢猛烈

例 ①政治改革に火の手が上がる。
燃起政治改革的熊熊烈火。

例 ②アパートの3階の部屋に火の手が上がった。
公寓三樓燃燒著熊熊烈火。

向きがある　中 有～的傾向、趨勢

例 彼は物事を楽観する向きがある。
他對任何事物都抱有樂觀看待的傾向。

21 生老病死篇

21

生命／老／病／死／年紀／其他

生命

命が縮まる（いのちがちぢまる）　中 少了幾年壽命

例 自動車が横転してあやうく大けがをするところだった。命が縮まる思いをしたよ。

因翻車受了重傷，覺得少了好幾年的壽命。

命を縮める（いのちをちぢめる）　中 縮短壽命

例 酒やたばこにおぼれたため、命を縮める結果となった。

沉溺於抽菸喝酒，換來縮短壽命的惡果。

命を拾う（いのちをひろう）　中 撿回了一條命

例 奇跡的に助けられて、命を拾った。

奇蹟似地獲救，撿回了一條命。

命を預ける　中 將生命託付給…

例 手術の前に彼は執刀医に「あなたに命を預けます、よろしくお願いします」と言った。
手術前他向醫生說：「我的生命就託付給你了，萬事拜託了。」

一命を取り止める　中 保住一命

例 大火災の中から逃げ切って、一命を取り止めた。
從大火中逃出來，保住了一命。

産声を上げる　中 ①出生 ②誕生、成立

例 ①リンカーンは 1809 年、ケンタッキーで産声を上げました。
林肯於1809年出生於美國肯德基州。

例 ②新たな文化が産声を上げる。
誕生新的文化。

生を受ける　中 出生

例 この世に生を受けて、 70 年が過ぎようとしている。
出生到這個世界，已經過了70個年頭。

老

年が行く　中 ①年紀大 ②一年即將結束

例 ①彼女は若く見えるが、結構年が行っている。
她看起來很年輕，其實已經年紀不小了。

例 ②今年も紅白歌合戦をパソコンで見て年が行く。
今年也要用電腦看紅白歌合戰過年。

年を食う　中 年紀變大

例 私たちも随分と年を食ったものだ。
我們的年紀也不小啦！

年を取る　中 年紀變大

例 毎年新入社員を見ていると、自分も年を取ったと感じる。
每年看到新進員工，就覺得自己真的老了。

棺桶に片足を突っ込む　中 一隻腳踏進棺材

例 彼は高齢で、もう棺桶に片足を突っ込んでいる。
他的年紀很大，已經一隻腳踏進棺材裡了。

焼きが回る　中（年紀大而）力不從心

例 こんなミスをするとは、俺も焼きが回ったな。
竟然會犯下這種失誤，我也真是年紀大了，有點力不從心了。

病

息を吹き返す 中 甦醒

例 海でおぼれて彼は気を失っていた。しかし、人工呼吸をしたら息を吹き返した。
他在海邊溺水不省人事，施行人工呼吸後就甦醒過來了。

生傷が絶えない 中 不斷有新的傷口

例 うちの犬と遊ぶと生傷が絶えない。
跟家裡的狗玩總是會有新的傷口。

小康を保つ 中 病情脫離險境，保持平穩的狀態

例 手術してからは、小康を保っている。
動過手術之後，病情漸漸好轉保持平穩。

快方に向かう 中 好轉、康復

例 手術をしてから、彼は、快方に向かっている。
手術後，他的病情逐漸好轉。

仮病を使う 中 裝病

例 寝坊をした挙句、仮病を使って、そのまま会社を休んでしまった。
睡過頭了，索性裝病請假在家休息。

病に冒される　**中** 生病

例 若くして癌という病に冒されてしまった。
年紀輕輕就罹患癌症。

病の床に就く　**中** 臥病在床

例 彼をしばらく見ないと思っていたら、病の床に就いていた。
想說好一陣子沒看到他，原來是臥病在床。

病は気から　**中** 心情會影響病情

例 病は気からと言うから、気持ちをしっかり持つことが大事だ。
心情會影響病情，所以維持好心情是很重要的。

熱に浮かされる　**中** 燒昏頭呢喃、熱衷到失去理智

例 熱に浮かされて妻の名前を呼ぶ。
發高燒時呼喊著老婆的名字。

匙を投げる　**中** 放棄（治療）

例 この病気は治らないと医者は匙を投げた。
因這個病無藥可治，醫師放棄治療。

精彩がない　**中** 虛弱不振、病懨懨

例 病み上がりの彼女は、精彩がなかった。
大病初癒的她看起來病懨懨的。

精彩に欠ける　**中** 虚弱不振、病懨懨

例 精彩に欠ける話し方。
說話有氣無力的。

病床に就く　**中** 臥病在床

例 長年の苦労がたたって、病床に就いてしまった。
因為多年來的操勞而臥病在床。

傷を負う　**中** 負傷

例 猫に引っかかれて、無数の傷を負った。
被貓抓了，留下無數傷口。

肥立ちがいい　**中** 恢復良好

例 手術後の肥立ちがいい。
術後恢復得很好。

鍼を打つ　**中** 針灸

例 肩や腰の痛みがひどくて、鍼を打ってもらうと嘘のように軽くなります。
肩膀和腰痛得厲害，但針灸之後症狀就神奇地減輕了。

脈を打つ　**中** 有脈搏

例 この患者は、まだ脈を打っている。
這位患者還有脈搏。

脈を取る　中 測量脈搏

例 医師が患者の脈を取る。
醫生測量患者的脈搏。

死

凶弾に倒れる　中 受到攻擊而身亡

例 彼は正義感が強すぎたために、凶弾に倒れた。
他因為有過於強烈的正義感而慘遭攻擊身亡。

冷たくなる　中 ①死亡 ②態度變冷淡

例 ①救急車が駆け付けた時には、もう彼は冷たくなっていた。
救護車趕到時他已經沒了生命跡象。

例 ②なぜ付き合っていたときに比べて、結婚すると冷たくなる男が多いんでしょうか。
為何跟交往時相比，很多男生結婚後的態度會變冷淡呢？

命を落とす　中 喪命

例 昔は出産する時に命を落とす女性がたくさんいた。
以前很多女性在生小孩時喪命。

命が尽きる 中 生命走到盡頭

例 中村さんは外国旅行中に心臓発作を起こした。しかし残念ながら、日本にたどり着く前に命がつきた。
中村先生在國外旅行時心臟病發作，非常遺憾地，在回到日本之前，就沒有了生命跡象。

息が絶える 中 停止呼吸（死亡）

例 年老いたライオンの息がついに絶えた。
上年紀的獅子最後沒有了呼吸。

息を引き取る 中 去世

例 祖父は昨夜、 85 歳で息を引き取りました。
昨晚爺爺去世了，享年85歲。

骨になる 中 死亡

例 故郷に帰ることなく、骨になった。
還沒回到故鄉便離開人間。

骨を拾う 中 處理後事、撿骨

例 彼女は旦那の骨を拾うために、外国へ行った。
她去國外處理丈夫的後事。

最期を遂げる　中 過世

例 彼は、孤独死という悲劇的な最期を遂げた。
他孤獨終老，悲劇性地走完人生。

最期を看取る　中 陪伴在病人身邊直到過世

例 みんなで、祖父の最期を看取った。
大家陪伴著祖父走完人生最後一程。

死に至る　中 致死

例 この薬を飲みすぎると、死に至ることもある。
這個藥如果過量可能會致死。

死に臨む　中 瀕臨死亡、垂死

例 交通事故で死に臨んだ状態から奇跡的に回復した。
在因車禍瀕死的狀態下奇蹟似地生還了。

死に瀕する　中 瀕臨死亡、垂死

例 死に瀕した人こそ死に方を選ぶ権利があるというのが安楽死に賛成する人の主張です。
贊成安樂死的人主張，瀕臨死亡的人們有決定自己往生方式的權利。

死(し)を選(えら)ぶ　中 自殺

例 無様(ぶざま)な姿(すがた)で生(い)きるくらいなら、私(わたし)は迷(まよ)わず、死(し)を選(えら)ぶ。
與其以這個難看的姿態活著，我會毫不猶豫地選擇自殺了斷一切。

死(し)を賜(たまわ)る　中 賜死

例 親方様(おやかたさま)から死(し)を賜(たまわ)った。
被主公賜死。

死(し)を早(はや)める　中 提早死亡

例 仕事(しごと)しかしていなかったことが彼(かれ)の死(し)を早(はや)めたようだ。
生命中只有工作可能是讓他生命提早結束的原因。

死(し)に水(みず)を取(と)る　中 送終

例 祖父(そふ)の死(し)に水(みず)を取(と)る。
為祖父送終。

大往生(だいおうじょう)を遂(と)げる　中 安詳地往生

例 彼(かれ)は、 120 歳(ひゃくにじゅっさい)で大往生(だいおうじょう)を遂(と)げた。
他在120歲時安詳地離開了人世。

天寿(てんじゅ)を全(まっと)うする　中 壽終正寢

例 祖父(そふ)は天寿(てんじゅ)を全(まっと)うした。
爺爺壽終正寢。

亡き者にする　　中 從這個世上消失、殺害對方

例 お金持ちの夫婦を亡き者にするための陰謀が渦巻く。
為了讓這對有錢的夫妻從人世間消失的陰謀正悄悄展開。

世を去る　　中 過世、去世

例 かつての人気俳優は、ひっそりとこの世を去った。
昔日的人氣演員悄悄地離世。

鬼籍に入る　　中 去世

例 彼は映画の完成を見届けて、鬼籍に入った。
他親眼見到電影完成後就離開了人世。

生涯を閉じる　　中 結束了一生

例 彼は、波瀾万丈な生涯を閉じた。
他結束了波瀾萬丈的一生。

花と散る　　中 指在戰爭中身亡

例 先の大戦では、多くの若者が花と散った。
之前的大戰犧牲了許多年輕人。

お迎えが来る　中 離開人世

例 おばあちゃんが「お迎えが来る前に、海外へ行ってみたいのぉ～」と言った。
奶奶說：「在離開人世前，真想去一趟國外看看呀～」。

年紀

嘴が黄色い　中 乳臭未乾

例 まだ嘴が黄色い新人に重要な仕事を任せていいのか？
把重要任務交給乳臭未乾的新進人員好嗎？

年が離れる　中 年齡差距

例 あの夫婦は20歳以上も年が離れている。
那對夫妻的年齡相差20歲以上。

年端も行かない　中 年輕

例 年端も行かないうちから花粉症に悩まされるなんて、大変なのはこれからじゃないのか。
小小年紀就為花粉症所苦，看來辛苦的日子才要開始呢！

目の黒いうち　中 有生之年

例 私の目の黒いうちは、あの人とは付き合わせないよ。
在我有生之年，你都不要跟那個人有來往。

其他 ＊按五十音排列

茶毘に付す　**中** 火化

例 彼の遺体は今日、茶毘に付された。
他的遺體在今天火化。

喪が明ける　**中** 服喪期結束

例 妻の死から 49 日経って、ようやく喪が明けた。
妻子過世後49天，服喪期總算結束。

喪に服する　**中** 服喪

例 親戚が死んだので、三日間の喪に服することにした。
親戚過世，所以要服喪三天。

22 生理現象篇

22

呼吸／睡眠／健康狀態／生理現象／視覺／嗅覺／其他

呼吸

息を凝らす　中 屏息

例 警察が立ち去るまで、犯人は息を凝らして建物のかげに隠れていた。
警察離開前，犯人屏息藏在建築物後面。

息を殺す　中 屏住呼吸

例 かくれんぼのとき、息を殺して、物陰に隠れた。
玩捉迷藏時屏住呼吸躲在陰暗角落裡。

息を呑む　中 屏息

例 息を呑むほど美しい花嫁だ。
美得令人屏息的新娘。

息が弾む　中 喘不過氣

例 久しぶりの運動で、息が弾んだ。
很久沒有運動了，所以一下子就喘不過氣。

息を切らす　**中** 上氣不接下氣

例 マラソンランナーが息を切らして走ってきた。
馬拉松選手上氣不接下氣地跑過來了。

息が切れる　**中** 喘不過氣來

例 久しぶりにジョギングをしたら息が切れた。
很久沒有慢跑了，跑沒多久就喘不過氣來。

息が上がる　**中** 上氣不接下氣

例 山道を一気に駆け登ったら、息が上がった。
一口氣走完山路上氣不接下氣。

肩で息をする　**中** 呼吸急促、喘息

例 急な坂を急いで上ってきたので、彼は、肩で息をしている。
他快速跑上陡坡，氣喘個不停。

息が詰まる　**中** 喘不過氣；太緊張而呼吸困難

例 たとえどんなに彼と仲がよくても、狭い部屋に長時間一緒にいればやはり息が詰まります。
不管和他感情有多好，長時間一起待在狹窄的房間還是會讓人喘不過氣。

息急き切る　中 上氣不接下氣

例 息急き切って、逃げる。
他上氣不接下氣地逃跑了。

呼吸が荒い　中 呼吸紊亂

例 さっき走ったばっかりなので、まだ呼吸が荒い。
因為剛跑完步所以呼吸還有些許紊亂。

睡眠

寝息を立てる　中 沉睡

例 隣の部屋では、娘が寝息を立てている。
我女兒正在隔壁房間睡覺。

眠気が差す　中 想睡

例 お父さんは急に眠気が差してきたようで、読んでいた本を落とした。
爸爸好像突然很想睡，連正在看的書都掉了。

眠気に襲われる　中 遭睡意侵襲、突然想睡

例 仕事中突然強烈な眠気に襲われた。
上班的時候突然被猛烈的睡意侵襲。

眠気を催す 中 想睡

例 コーヒーを飲みすぎると逆に眠気を催す。
喝太多咖啡反而會更想睡覺。

眠りに落ちる 中 入眠、長眠

例 彼は、睡眠薬で、すぐに眠りに落ちてしまった。
他靠著安眠藥迅速入睡。

眠りに就く 中 ①長眠 ②入睡

例 ①祖母は先日、永久の眠りに就きました。
祖母在前幾天與世長辭。

例 ②深い眠りにつくため、眠る前にストレッチ体操を行う。
為了要有深層的睡眠，在睡前做伸展體操。

寝付きがいい 中 很好睡，一沾床就睡著

例 ジョギングをしているおかげで、最近は寝付きがいい。
多虧慢跑的福，最近很好入睡。

惰眠をむさぼる 中 睡懶覺

例 思い切り昼過ぎまで惰眠をむさぼっちゃった。
盡情地偷睡懶覺到中午過後。

睡眠が浅い　　**中** 睡眠很淺

例 彼は睡眠が浅いから、いつも眠そうにしている。
他很淺眠，所以總是沒睡飽的樣子。

睡眠をとる　　**中** 睡覺

例 体力の回復には十分な睡眠をとることが必要です。
要恢復體力，必須要有充分的睡眠。

瞼が重くなる　　**中** 眼皮變得沉重，表示想睡

例 昨日は徹夜をしたので、今日は、まだ昼なのに、瞼が重くなってきた。
因為昨天熬夜，所以才中午眼皮就很沉重。

目が冴える　　**中** 精神好，睡不著

例 栄養剤のせいで目が冴えている。
因為服用營養劑的關係，精神太好無法入眠。

目が覚める　　**中** 睡醒；覺醒

例 夜中の物音で目が覚めてしまった。
被半夜的聲響吵醒。

泥のように　　**中** 睡得像灘爛泥，形容睡得極沉

例 彼は帰宅するなり、泥のように眠った。
他一回家就睡得像灘爛泥。

床に就く　中 ①上床睡覺 ②臥病在床

例 ①眠たくなってから床に就く、就床時刻にこだわることはないです。
我睏了就會睡，並沒有固定要在什麼時候上床睡覺。

例 ②彼は今病気で床に就いている。
他臥病在床。

枕を並べる　中 睡在一起

例 小さい家だったので、毎晩家族全員枕を並べたものだ。
之前家裡很小，所以每天晚上全家人都睡在一起。

横になる　中 睡覺、躺著

例 疲れたので、しばらく横になる。
覺得很疲倦，所以稍微躺一下。

夜を明かす　中 整晚沒睡

例 あの日は山の中で、夜を明かした。
那一天在山上徹夜未眠。

夜を徹する　中 徹夜

例 夜を徹した復旧作業が続けられた。
重建工程徹夜進行。

夜を更かす　中 熬夜

例 麻雀をして、夜を更かした。
熬夜打麻將。

健康狀態

血の気が引く　中 臉色發青

例 大病を患っていると知って、血の気が引いた。
得知生了重病後，臉色發青。

顎が外れる　中 落下巴

例 漫才に大笑いして顎が外れた。
看相聲大笑，結果下巴就脫臼了。

体に障る　中 對身體不好

例 無理をして、仕事を続けることは、体に障る。
勉強繼續工作的話，對身體不好。

体調がすぐれない　中 身體狀況不佳

例 今日は朝から体調がすぐれない。
從今天早上開始身體就不太舒服。

たいちょう　くず
体調を崩す　**中** 搞壞身體

例 体調を崩して、一週間も会社を休んでしまった。
搞壞了身體，跟公司請了一個禮拜的長假。

たいちょう　ととの
体調を整える　**中** 調養身體

例 大会当日までに体調を整える。
在大會來臨前好好調養身體。

ちょうし　くず
調子を崩す　**中** 身體狀況不好、不順利

例 夏バテで、調子を崩してしまった。
夏天食欲不振，身體狀況變糟了。

み　も
身が持たない　**中** 體力無法負荷

例 こんな長時間労働では身が持たない。
如此長時間的勞動，身體無法負荷。

からだ　つづ
体が続かない　**中** 身體無法負荷

例 毎日夜遅くまで残業をさせられるのでは、体が続かないよ。
每天加班到深夜，身體會撐不住喔！

かた　こ
肩が凝る　**中** 肩膀僵硬酸痛

例 デスクワークを長時間していると、肩が凝る。
長時間坐著工作肩膀會僵硬酸痛。

耳が遠い 中 聽力差、重聽

例 おじいちゃんは耳が遠いので、小さい音は聞こえない。
爺爺重聽，太小的聲音就聽不到。

胸が焼ける 中 形容胃酸過多，胃像燒起來般不舒服

例 昨日食べ過ぎて、胸が焼けた。
昨天吃太多胃不舒服。

膝が笑う 中 雙腳過於疲累導致腿軟、膝蓋顫抖

例 久しぶりにマラソンに参加したら、ゴール後、膝が笑い出した。
很久沒有參加馬拉松了，所以抵達終點後就腿軟了。

塩梅が悪い 中 狀況不好

例 今日は、体の塩梅が悪いので、仕事を休みます。
今天身體狀況不太好，請了一天的假。

目に染みる 中 眼睛受到刺激；色彩奪目

例 新しい目薬は目に染みる。
新的眼藥水會刺激眼睛。

✿生理現象

食指が動く　中 ①食指大動 ②躍躍欲試

例 ①その独特の香ばしさに食指が動く。
那獨特的香氣叫人食指大動。

例 ②新会社の設立に食指が動く。
躍躍欲試地想成立新公司。

足がすくむ　中 腿軟

例 東京タワーの展望台から下を見たら足がすくんだ。
從東京鐵塔的展望台往下看，腿都軟了。

トイレが近い　中 常跑廁所

例 年を取るとトイレが近くなる。
上了年紀後就常跑廁所。

口が寂しい　中 嘴饞

例 口が寂しいときは、ガムを噛むようにしている。
嘴饞的時候我都會嚼口香糖。

涎を垂らす　中 流口水；垂涎、羨慕

例 彼はいつも、寝ているとき、涎を垂らしている。
他睡覺的時候都會流口水。

涎を流す 中 流口水；垂涎、羨慕

例 エサを前に犬が、涎を流している。
把飼料擺在狗狗面前，狗狗口水流滿地。

食が進む 中 胃口大開

例 好物ばかりで食が進む。
都是愛吃的東西，所以胃口大開。

小腹が減る 中 肚子有點餓

例 仕事をしていると、よく小腹が減る。
工作時很常肚子餓。

喉が鳴る 中 直吞口水，形容食慾旺盛

例 バイキングで喉が鳴る。
騎腳踏車騎到肚子都餓了。

鳥肌が立つ 中 起雞皮疙瘩

例 彼女の演奏に恐ろしいほどに感動して鳥肌が立った。
聽了她的演奏，感動得都起雞皮疙瘩了。

飢えをしのぐ 中 抵抗飢餓

例 戦時中は飢えをしのぐため、虫や木の皮まで食べたそうだ。
聽說戰爭時為了止飢，連蟲子和樹皮都吃。

用を足す　中①大小便 ②辦要事

例 ①酔った勢いで、街中で用を足した。
趁喝醉酒的酒勁在大馬路上大小便。

例 ②自分で自分の用を足してください。
請把自己份內的事情處理好。

あくびが出る　中打呵欠

例 この先生の授業はつまらないから、あくびがでる。
這位老師上的課很無聊令人想打哈欠。

あくびを噛み殺す　中忍住不打呵欠

例 大事な会議中なので、あくびを噛み殺して我慢した。
正在開重要的會所以只好忍住不打呵欠。

汗をかく　中①流汗 ②努力 ③水蒸氣冷凝

例 ①サウナに入ると汗をかく。
去三溫暖會流汗。

例 ②もっと汗をかいて努力しないと一人前の新聞記者にはなれないよ。
你如果不再努力一點是無法成為一位出色的記者唷！

例 ③冷たい水を入れるとコップの外側に汗をかく。
注入了冰水後，杯子外面便會凝結出小水滴。

✿視覺

目の当たりにする 中 在眼前發生、清楚看見

例 彼は、偶然惨劇を目の当たりにして、かなりショックを受けた。
惨劇碰巧在他眼前發生，他受到了不小的打擊。

視界に入る 中 進入視線範圍

例 つけまつげを付けると、つけまつげがいつも視界に入ってくるのに困っています。
貼假睫毛的時候，假睫毛總會遮住視線實在很困擾。

視界を遮る 中 遮蔽視線

例 視界を遮るもののない平原が広がっている。
平原沒有任何會擋住視野的東西，非常遼闊。

人目を避ける 中 避開別人的視線

例 猫は自分の死期が近づくと、人目を避ける場所を選んで静かに旅立つという噂がある。
傳說貓咪知道自己死期將近時，會找個別人看不到的地方安靜死去。

目が届く 中 看管得到；視線範圍內

例 子供は親の目の届く範囲で遊ばせなければならない。
一定要讓小孩子在父母的視線範圍內玩耍。

目に映る　**中** 親眼看見

例 電車の車窓から美しい景色が目に映る。
電車窗外的美景盡收眼底。

目にする　**中** 看到

例 彼の持っている物は目にしたことが無い。
他拿著的東西是我以前從未看過的。

目に入る　**中** 看到、映入眼簾

例 交番の前を通ると、いろいろなポスターが目に入る。
經過派出所時可以看到很多海報。

目に触れる　**中** 進入視野

例 台湾では目に触れるものすべてが漢字だ。
在台灣放眼望去全是漢字。

見通しが悪い　**中** ①視野不好 ②前景不看好

例 ①この交差点は見通しが悪い。
這個十字路口的視野不佳。

例 ②いくら見通しが悪くても、やれることをやることが必要だと思います。
我認為不管前景有多麼不看好，還是應該把能做的事情做好。

見晴らしがいい　**中** 視野遼闊

例 ロープウェイで山頂まで行くと見晴らしがとてもよくて、景色を一望できる。

搭纜車到山上，視野相當遼闊，景色一覽無遺。

見晴らしが利く　**中** 視野遼闊

例 あの坂を上ると展望台に入らなくても見晴らしが利くので料金を払って入ることはしなかった。

爬上那個坡的話，就算不去瞭望台視野就很遼闊了，所以沒有付錢進去瞭望台。

視線が合う　**中** 視線對上

例 彼とは、よく視線が合う。

常常和他對到眼。

視線をそらす　**中** 別過眼

例 彼と視線が合い、恥ずかしくなって思わず、視線をそらしてしまった。

和他對到眼很害羞，不禁就將視線移開了。

視線を外す　**中** 別開眼、移開視線

例 彼と目が合いそうになったので、視線を外した。

好像快和他對到眼，所以就將視線移開了。

視線を向ける 　中 朝～方向看

例 人々が集まっている方向に視線を向けてみると、そこでは、手品ショーをしていた。
往人群聚集的地方看，發現那裡在表演魔術。

見れば見るほど 　中 越看越～

例 見れば見るほど、好きになる町だ。
這是個讓人越看越喜歡的城市。

嗅覺

鼻が曲がる 　中 形容臭氣沖天、惡臭瀰漫

例 腐った缶詰に近づくと、鼻が曲がるようなにおいがした。
一靠近腐敗的罐頭，就傳來一陣沖天的惡臭。

鼻を突く 　中 刺鼻、撲鼻而來

例 工場廃水の悪臭が鼻を突く。
工廠排放的廢水惡臭刺鼻。

悪臭を放つ 　中 發出惡臭

例 下水道が詰まって悪臭を放っているので、早く修理してください。
下水道被堵塞住而發出惡臭，請儘快處理。

異臭を放つ　**中** 發出臭味

例 一週間放置した牛乳からは、異臭が放たれていた。
放了一個禮拜的牛奶發出臭味。

其他 ＊按五十音排列

頭が冴える　**中** 頭腦很清晰

例 睡眠をしっかり取ったら頭が冴えてきた。
睡眠充足，頭腦很清晰。

骨に染みる　**中** ①刺骨般的痛苦 ②深入骨髓、刻骨銘心

例 ①寒さが骨に染みる。
寒氣刺骨。

例 ②今になっても、恩師の言葉が骨に染みる。
即使到了現在，恩師所說的話仍在我心裡。

骨身に応える　**中** ①刺骨 ②強烈地感受到

例 ①寒さが骨身に応える。
寒意刺骨。

例 ②あの一言が骨身に応えた。
那一句話讓我大徹大悟。

身(み)を切(き)る　**中** 冷冽如刀割

例 身(み)を切(き)るような寒(さむ)さが続(つづ)いている。

冷冽如刀的寒意不斷襲來。

23 形象、外型篇 23

臉／鬍子／身材／妝髮／形狀／表情神態／氣色／睡相／其他

臉

器量（きりょう）がいい　**中** 容貌標緻

例 彼女（かのじょ）は器量（きりょう）がいい。
她長得很標緻。

鼻筋（はなすじ）が通（とお）る　**中** 鼻樑很挺

例 彼（かれ）は鼻筋（はなすじ）が通（とお）っていて、ハーフぽくってハンサムだ。
他的鼻樑挺得像混血兒一樣，非常英俊。

水（みず）の滴（したた）るよう　**中** 形容容貌姣好的男女

例 お兄（にい）さんの彼女（かのじょ）は水（みず）の滴（したた）るような美人（びじん）さんです。
哥哥的女朋友是個大美女。

うり二（ふた）つ　**中** 長得一模一樣

例 あの双子（ふたご）はうり二（ふた）つだ。
那對雙胞胎長得一模一樣。

花も恥らう　中 閉月羞花般的美貌

例 楊貴妃は花も恥らう絶世の美女だと言われています。
據說楊貴妃是有著閉月羞花之容的絕世美女。

花も実もある　中 內外兼備

例 おばあさんはまさに花も実もある人生を送っていた。
奶奶度過了既美好又充實的一生。

彫りが深い　中 輪廓深邃

例 彼は、彫りが深い顔をしているので、よく目立つ。
他的輪廓立體深邃，很引人注目。

鬍子

ひげを当たる　中 刮鬍子

例 床屋でひげを当たってもらう。
到理髮店請理髮師幫忙刮鬍子。

ひげを蓄える　中 留鬍子

例 理事長は、立派なひげを蓄えている。
理事長留著很有威嚴的鬍子。

身材

小股が切れ上がる　中 雙腿修長

例 小股が切れ上がったいい美女。
雙腿修長的美女。

骨と皮　中 骨瘦如柴

例 モデルをやっている人の中には、たくさん骨と皮だけのような人がいる。
模特兒中有很多瘦到皮包骨的人。

身をやつす　中 熱衷於～而形影消瘦

例 受験勉強に身をやつす。
因認真準備考試而形影消瘦。

線が細い　中 纖細軟弱

例 マラソン大会なんて、線が細い彼女は土台無理な話だった。
參加馬拉松大賽對纖細瘦弱的她來說根本不可能。

妝髮

目張りを入れる　中 化讓眼睛看起來變大的妝

例 しっかりと目張りを入れて、舞台に立つ。
把眼睛畫大，準備登台。

眉を引く　**中** 畫眉

例 メイクをするときは、最後に眉を引く。
上妝的最後一個步驟是畫眉。

紅をさす　**中** 擦口紅或腮紅等妝；臉紅

例 紅をさした女性は美しい。
化了妝（臉紅）的女人很美。

髷を結う　**中** 挽髻

例 歌舞伎役者が髷を結っている。
歌舞伎演員挽著髻。

櫛を入れる　**中** 梳頭髮

例 朝は何度も櫛を入れないと、髪型が整わない。
早上若沒有好好梳頭髮，頭髮會很亂。

形狀

型を取る　**中** 以…為造型、模型

例 実物から型を取って、石膏像を作る。
以實物為模型製作石膏像。

原形を保つ　**中** 保持原狀

例 その家は津波に飲まれたが、なんとかその原形は保っていた。
那間房子雖然被海嘯淹沒，但勉強還保持了原狀。

原形を留める　**中** 保留原有狀態

例 津波に飲まれた家は、その原形をとどめていないほどに壊れていた。
遭海嘯吞噬的房子已損壞得支離破碎，看不出原來的樣子。

表情神態

表情が明るい　**中** 表情開朗

例 誰でも表情が明るい人のほうが好きなので、販売員として常に気をつけないといけない。
每個人都比較喜歡表情開朗的人，所以身為銷售員，要隨時注意這一點。

表情が固い　**中** 表情僵硬

例 兄は初めてお見合いパーティーに参加して、緊張しているせいか、表情が固くなっている。
哥哥第一次參加相親派對，可能是太緊張了所以表情很僵硬。

表情が曇る　**中** 表情黯淡

例 落選したというお知らせを聞いて、彼女の表情が曇った。
接到落選通知後，她的表情黯淡無光。

表情が豊かだ　**中** 表情豐富

例 表情が豊かな女性は、男性に好かれると言います。
據說表情豐富的女生比較討男生喜歡。

表情が緩む　**中** 表情放鬆、笑逐顏開

例 長年やってきた仕事が終わって、彼の表情が緩んだ。
耗時多年的工作大功告成，他露出了笑容。

表情に表す　**中** 情緒寫在臉上

例 思ったことを、素直に表情に表す。
他心裡所想的事情在臉上表露無遺。

難色を示す　**中** 面有難色

例 「授業をさぼろう」と彼女からの誘いのメールに皆が難色を示した。
對於她傳來「翹課吧」的訊息，大家都面有難色。

顔に書いてある　**中** 臉上寫著

例 直接聞かなくても、彼女のことが好きだと、顔に書いてある。
他臉上就寫著喜歡她，就算不問也看得出來。

顔に出る　**中** 在臉上表現出來

例 彼は、何も言わなかったが、怒っていることが顔に出ていた。
他一句話也不說，但臉上的表情卻看得出來非常生氣。

顔をしかめる　　**中** 皺著眉頭

例 彼は、滑って、転んで、頭を打って、あまりの痛さに顔をしかめた。
他腳滑了一下跌了一跤而且還撞到頭，痛得皺起眉。

顔色を変える　　**中** 變臉色

例 彼に、付き合っている彼女のことを聞いたら、彼は、顔色を変えた。
問他女朋友的事情他馬上就變臉了。

血相を変える　　**中** 臉色一變

例 私が産気づいたことを聞いて、彼は血相を変えてとんできた。
聽到我要臨盆的消息，他臉色一變，立刻飛奔過來。

虫も殺さない　　**中** 無害的樣子

例 虫も殺さないような顔をしているのに、言うことは鋭い。
擺出一副無害的表情，說的話卻很尖銳。

醜態を演ずる　　**中** 醜態百出

例 悪酔いして、街中で醜態を演じてしまった。
喝得醉醺醺，在大馬路上醜態百出。

醜態をさらす　　**中** 出醜

例 飲み会で調子に乗りすぎちゃって、醜態をさらした。
在飯局裡玩過頭而出醜。

大上段に構える　**中** 盛氣凌人

例 彼は人の上に立つと、必ず大上段に構える。
他在眾人面前都一副盛氣凌人的樣子。

氣色

赤みが差す　**中** 氣色紅潤

例 医者の発言：「先ほどは顔色が悪かったが、今はほほに赤みが差してきたので、もう大丈夫でしょう。」
醫生：「雖然剛剛氣色很差，但現在氣色開始紅潤起來了，所以已經沒問題了。」

血の気が失せる　**中** 面無血色

例 ホラー映画を見ると、血の気が失せてしまう。
看了恐怖電影後面無血色。

睡相

寝癖が付く　**中** 睡醒後頭髮亂翹

例 寝相が悪いから、朝起きると必ず、寝癖が付いている。
因為睡相很差，早上起床時頭髮都一定會亂翹。

寝癖が悪い　　　中 睡相差

例 夏は暑いから、どうしても寝癖が悪くなる。
因為夏天很熱，所以睡相都一定很差。

寝覚めが悪い　　　中 ①起床後精神差 ②寢食難安

例 ①朝の寝覚めが悪いから、午前中はぼぉっとしている。
早上起床後精神很差，所以中午以前都昏昏沉沉的。

例 ②金は儲けたが、恩人を裏切るようなこともしたので、寝覚めが悪い。
雖然賺了錢，但做出了背叛恩人的事，所以寢食難安。

寝相が悪い　　　中 睡相很差

例 彼は寝相が悪いから、朝起きると、とんでもないところで寝ていることがある。
因為他睡姿不好，有時早上起床會發現自己睡在出乎預料的地方。

✿ 其他 *按五十音排列

頭の天辺から足の爪先まで　中 從頭到腳

例 友達の結婚式に出席するために、頭の天辺から足の爪先まで新調した。
為了參加朋友婚禮，全身都穿上新買的衣服。

イメージが崩れる　中 形象崩壞

例 イメージが崩れるといけないから、アイドル歌手はいつもニコニコ笑顔でいなくてはならない。
偶像歌手形象不能崩壞，所以必須要隨時保持微笑。

上辺を飾る　中 打扮外表

例 人間は上辺を飾るより中身が大切です。
比起打扮外表，內涵更為重要。

絵に描いたよう　中（美好得）像幅畫一樣

例 頼れる父さん、優しい母さん、かわいい子供達。絵に描いたような幸せな家族だ。
爸爸可靠、媽媽溫柔，孩子們又可愛，是個像畫一般幸福的家庭。

絵になる　中 美如畫

例 彼らは美男美女なので、二人が並ぶと絵になる。
他們是帥哥美女，並肩走在一起真是美如畫。

大見得を切る　中 ①做出誇張的表情與姿勢 ②吹噓、誇海口

例 ①大見得を切る歌舞伎役者。
擺出誇張姿勢的歌舞伎演員。

例 ②彼は次の選挙では、必ず当選してみせると、大見得を切った。
他誇下海口說下次的選舉一定會當選。

影が薄い　**中** 没存在感

例 模合部長は影が薄いので、みんなから気づいてもらえない。
模合部長的存在感很弱，所以大家都沒有注意到他。

様になる　**中** 有模有樣

例 どんな男でもスーツを着ると、それなりに様になる。
不管什麼男人，只要穿上西裝就會變得有模有樣。

様はない　**中** 不像樣、難看

例 大失敗をして、様はなかった。
輸得很難看。

体裁を繕う　**中** 妝點門面

例 いくら体裁を繕っても本性は隠せない。
不管再怎麼裝扮都無法掩蓋本性。

美観を損なう　**中** 有礙觀瞻

例 選挙ポスターがあちこちに貼られて、町の美観を損なう。
選舉海報貼得到處都是，有損市容。

品位を保つ　中 保持體面

例 送別会で常識的な品位を保つ服装で出席すれば、送られる方も楽しめるはずです。
出席歡送會時如果能配合場合穿著，那麼被歡送的人應該也會感到高興吧！

風采が上がらない　中 其貌不揚

例 あいつは何を着せても、風采が上がらない。
不管給他穿什麼都還是不夠體面。

見得を切る　中 ①定格擺姿勢、亮相 ②自吹自擂

例 ①歌舞伎役者が見得を切るときのあの表情はかなり迫力がある。
歌舞伎演員在定格擺姿勢時的表情非常有魄力。

例 ②将来自立して同期に大見得を切ってやる。
以後我要獨立創業，向一起進入公司的其他人炫耀我有多厲害。

目先を変える　中 換花樣、改變形象

例 この百貨店のこのイベントは、ちょっと目先を変えたものになっている。
這家百貨公司這次舉辦的活動，稍微換了一個花樣。

目もあや　中 美到眼睛為之一亮

例 彼女は目もあやな衣装で登場した。
她穿著會讓人眼睛為之一亮的服裝登場。

24 始末篇

24

開始／契機／途中／結束、結果／其他

開始

スタートラインに立つ 中 站在起跑點

例 新たな気持ちと決意でスタートラインに立つ時期を迎えました。
帶著嶄新的心情與決心，迎接另一個新的時期。

スタートを切る 中 出發、開始

例 新学期のスタートを切る。
新學期開始了。

端を発する 中 事發端點、開始

例 ニューヨークで株価が下落したことに端を発した今回の不景気は、全世界に広がった。
從紐約股市下跌開始，這次的不景氣蔓延至全世界。

幕が上がる　中 開幕

例 映画祭の幕が上がる。
電影祭開幕。

幕が開く　中 開幕、開始

例 初日の幕が開きました。
揭開了第一天的序幕。

白紙に返す　中 回到原點

例 監督の交代でチーム編成を白紙に返す。
因更換了教練使隊伍的編制回到了原點。

白紙に戻す　中 回到原點

例 婚約までして、結婚式場も決まっている段階で彼氏に「白紙に戻したい」と言われました。
都已經訂婚而且婚禮的場地也都決定了，男朋友竟然跟我說想回到原點。

エンジンがかかる　中 開始活動、啟動

例 彼女は低血圧なので朝はぼんやりしている。エンジンがかかるまで時間がかかる人なのだ。
她因為低血壓早上都沒有精神，需要點時間才能讓身體活絡起來。

一歩を踏み出す　　中 邁出新的一步

例 ずっと留学したいと思っているのだが、一歩を踏み出す勇気がない。
雖然一直都有留學的打算，但卻沒勇氣踏出那一步。

筆を執る　　中 執筆，指開始寫作

例 三年間文章を書かなかったから、もう筆を執る勇気もなかった。
已經三年沒寫文章了，也沒有提筆的勇氣了。

手を染める　　中 著手開始

例 彼は、簡単に薬物に手を染めてしまった。
他輕易地就染上了藥物。

契機

引き金になる　　中 導火線

例 その暗殺事件が大戦の引き金となった。
那起暗殺事件成為引發大戰的導火線。

引き金を引く　　中 扣下板機；成為引發某事的契機

例 政治問題が、地域紛争の引き金を引いた。
政治問題成為引發地區紛爭的導火線。

一線を越える 中 決定性的契機；克服瓶頸

例 最初はなかなか結果が出なくても、ある一線を越えると、急に上達するものがあります。たとえば、英語のリスニングです。
有些事情雖然在一開始看不到結果，但只要克服瓶頸就會大幅進步，像是英文的聽力。

途中

手が空く 中 工作告一段落，手邊正好沒事

例 手が空いた人は、庭に集まってください。
現在沒有事的人，請到庭院集合。

結束、結果

手が離れる 中 孩子長大到不需要操心，或事情告一段落

例 子供が小学校に入学して、やっと手が離れた。
孩子進入小學就讀，現在終於可以不需要操心了。

挙げ句の果て 中 到了最後、到頭來

例 サイクリングに出かけたら、雨は降るし、道に迷うし、挙句の果てにパンクした。
騎腳踏車出門時遇到下雨又迷路，最後還爆胎了。

幕が下りる 中 落幕、結束

例 北京オリンピックは24日に無事幕が下りた。
北京奧運在24日圓滿落幕。

幕を切って落とす 中 華麗、熱烈地開幕

例 ワールドカップの幕を切って落とす。
世界足球杯熱烈展開。

幕を閉じる 中 閉幕、結束

例 舞台公演は大盛況のうちに、幕を閉じた。
舞台公演在盛況中落幕。

幕を引く 中 閉幕、結束

例 番組改変で長寿番組が幕を引いた。
因節目變動，長壽節目吹熄燈號。

終止符を打つ 中 畫下句點、有結論

例 彼との決着にとうとう終止符が打たれた。
和他之間的事總算畫下了句點。

追い込みに入る　中 進入了最後階段

例 来月は大学の入学試験なんだから、そろそろ追い込みに入った方がいいよ。
下個月就是大學升學考試了，最好也該要進入最後的準備階段了。

追い込みを掛ける　中 最後階段加把勁

例 コンクール直前に追い込みをかけた。
在音樂競賽快來臨前的最後階段加緊練習。

ピリオドを打つ　中 畫下句點

例 体力の限界を理由に、15年の土俵人生にピリオドを打った。
以體力到達極限為由，替15年的相撲生涯畫下句點。

ブレーキを掛ける　中 讓～踩煞車；抑制、制止

例 彼の不調が、チームの連勝にブレーキを掛けた。
他身體的不適，使隊伍在連勝的道路上駐足。

ブレーキが利く　中 踩煞車、中止

例 拝金主義の浅ましさが、欲望にブレーキが利かない状況を生み出している。
拜金主義的膚淺在於衍生出無法克制欲望的情況。

筆を擱く 中 指停止創作或已完成創作

例 藤子・F・不二雄はデビューから筆を擱くまで、常に児童漫画界で活躍しつづけた。
藤子不二雄從出道到畫下告別作為止，不斷活躍於兒童漫畫這塊領域。

筆を折る 中 停筆，指中止寫作

例 作者はここで筆を折る事にした。
作者在此停筆不再寫作。

筆を断つ 中 停筆，指中止寫作

例 あの時私は、もう筆を断つかもしれないなという気がした。
那時候我覺得自己可能不會再繼續寫作了。

終わりを告げる 中 告終、結束

例 私たちの恋は、終わりを告げたのだ。
我們的愛情已經結束了。

跡を絶つ 中 結束

例 テレビの取材が来てから、注文が跡を絶たない。
被電視採訪後，訂單不斷湧進。

成果を上げる　中 得到好的成果

例 転任地で着々と成果を上げる。
在調職地穩紮穩打地做事，獲得不錯的成果。

成果を収める　中 得到好的成果

例 息子の成績は期待以上の成果を収めた。
兒子的成績比原先期待的還要好。

けりが付く　中 事情有結果

例 武田信玄と上杉謙信は川中島で五度も戦ったのに、けりが付かなかった。
武田信玄和上杉謙信在川中島大戰五回合，但仍沒有分出勝負。

其他

原点に返る　中 回到原點

例 会社としての目標を見失いそうになったので、一回原点に返ってみることにした。
因為公司快失去原本的目標，於是決定索性先回到原點。

25 其他

🔈25

（按五十音排列）

あ

足跡をたどる 中 跟著足跡

例 三輪さんは先生の足跡をたどり、研究に取り組んでいて、いよいよ展覧会で入賞した。
三輪先生依循著老師的足跡致力於研究，最後終於在展覽會上得了獎。

足元を見られる 中 被看出弱點

例 店員に足元を見られ、高額で買わされた。
被店員看穿弱點，被高價推銷買了很貴的東西。

味を占める 中 嚐到了甜頭

例 昨日の成功に味を占めて今日も同じことをしたが失敗した。
昨天嚐到了成功的甜頭，於是今天便如法炮製，但卻失敗了。

遊びを持たせる 中 保有空間

例 自動車のハンドルには遊びを持たせた方が安全だ。
車子方向盤要有游隙才安全。

後へ引けない　**中** 沒有退路了

例 決勝戦まで来たので、後へ引けない状況だ。
終於來到了決賽，已經沒有退路了。

穴をあける　**中** 空白

例 うっかり忘れてスケジュールに穴をあけた。
行程沒安排好，中間有了空白的時間。

穴を埋める　**中** 填補空缺

例 レギュラー選手がケガをしたので、新人選手でその穴を埋める。
因正式選手受傷了，所以用新人填補空缺。

油を差す　**中**（幫機器）上油

例 自転車のチェーンに油を差すことで、回転が良くなった。
幫腳踏車的車鍊上油後，轉起來就順暢多了。

有り体に言う　**中** 坦白說

例 有り体に言えば、皿を割ったのは、私です。
坦白說，打破盤子的人是我。

暗示に掛ける　**中** 給予提醒、暗示

例 睡眠不足解消のために、自己暗示を掛ける。
為了改善睡眠不足的情況，進行自我暗示。

一も二もなく　中 二話不說

例 給与の大幅アップの提案に、一も二もなく、了承した。
二話不說就答應了大幅度調漲薪資的提案。

否でも応でも　中 不管願不願意

例 今日は体調が悪いので休みたいが、締め切りが明日なので、否でも応でもやらねばならない。
身體不舒服想請假，但因為明天就是截稿日了，所以不管願不願意都得去做。

違和感がある　中 不協調

例 金髪の力士は少し違和感がある。
金髮的相撲選手看起來有點不協調。

違和感を覚える　中 感到哪裡怪怪的

例 上司は昨日まで私に意地悪だったのに、今日は突然友好的になった。なんだか違和感を覚える。
直到昨天，上司都對我很壞，但今天突然變得很友善，總覺得有點怪怪的。

う

雨後のたけのこ　中 雨後春筍

例 何か一つが人気商品になったら、同じようなものが雨後のたけのこのように次々出てきた。

任何東西只要變成了人氣商品，其他雷同的商品就會如雨後春筍般推出。

うなぎの寝床　中 窄且深的地方

例 京都の町屋はうなぎの寝床のように細長い。

京都的房子都蓋得像鰻魚的洞穴一樣又窄又深的，細細長長的。

うなぎ昇り　中 直線上升

例 IT関連の会社は景気がいいので、株価のうなぎ昇りだ。

IT產業的景氣很好，股價直線上升。

馬の骨　中 來歷不明的人

例 どこの馬の骨かわからない男との結婚は絶対ゆるさない、と父は言った。

爸爸說：絕對不會讓妳跟這來路不明的男人結婚。

有無を言わせず　中 不容分說地

例 社長は欠勤の多い社員を有無を言わせずクビにした。

總經理不容分說地就把經常缺席的員工開除了。

え

襟を正す　中 端正態度

例 上司からの叱責を機に、彼は襟を正して、仕事をするようになった。
被上司責罵後，他端正態度開始認真工作了。

お

思いを託す　中 寄託

例 七夕の短冊に、彼への思いを託す。
將對他的思念寄託在七夕短詩。

か

ガードが甘い　中 防守弱

例 彼女は、ガードが甘いので、すぐに、男に言い寄られる。
她沒什麼防備，很容易就被男生搭訕。

ガードを固める　中 加強防禦

例 彼女を取られないために、ガードを固める。
為了不讓女朋友被搶走，我可得好好看著。

風上にも置けない　中 沒有水準、無法相提並論

例 彼は、弱い者いじめをしている人間の風上にも置けないやつだ。
他欺負弱者真是沒水準。

風の吹き回し　中 不知道吹的是什麼風

例 どういう風の吹き回しか、彼は突然真面目になった。
不知道吹的是什麼風，他突然變認真了。

株を奪う　中 奪去別人的專長

例 日本人シェフの作るフランス料理の方がおいしいとあっては、フランス人シェフからは、株を奪われた形になってしまった。
對法國廚師來說，日本廚師煮的法國料理比較好吃，就像被奪走了專長。

剃刀を当てる　中 使用剃刀

例 父は毎朝、剃刀を当てて、髭を剃っている。
爸爸每天早上都用剃刀刮鬍子。

緩急を付ける　中 掌控快慢變化

例 彼は緩急を付けたピッチングでヒットを許さなかった。
他投球精準掌控了快慢變化，沒讓打者得分。

閑古鳥が鳴く　**中** 門可羅雀

例 不景気で、商店街に閑古鳥が鳴いている。
因為不景氣，商店街門可羅雀。

き

木に竹を接ぐ　**中** 不一致、前後矛盾

例 彼がやろうとしていることは、まさに木に竹を接ぐ様なものだ。
他想做的事情根本就前後不一致。

気を吐く　**中** 意氣風發

例 彼だけは負けている試合でも、あきらめずに最後まで気を吐いている。
只有他即便比賽落後依然不放棄，直到最後都意氣風發。

く

薬が効き過ぎる　**中** 矯枉過正

例 叱りつけたら、口を利かなくなるとは薬が効き過ぎたようだ。
如果因為受到嚴厲指責而變得不敢說話，那就有點矯枉過正了。

食って掛かる　**中** 激烈反抗

例 熱血な彼は、上司に食って掛かった。
血氣方剛的他激烈地反抗主管。

こ

幸か不幸か 中 不知道是幸還是不幸

例 幸か不幸か、携帯電話をトイレに落としてしまったことで、奥さんに浮気がばれなかった。
不知是幸還不幸，因為手機掉在了廁所，所以沒被妻子抓到外遇的事。

事ともせず 中 不當一回事

例 台風を事ともせず出かけた。
不把颱風天當回事，出門去了。

事に当たる 中 從事～

例 みんなと協力して事に当たる。
大家同心協力工作。

言葉に甘える 中 恭敬不如從命

例 お言葉に甘えて、もう少しいさせていただきます。
那我就恭敬不如從命，再叨擾一陣子了。

し

潮が引く 中 像退潮般散去、減少

例 市場は潮が引くように人がいなくなった。
市場的人如潮水般退去。

実感がこもる　中 宛如身歷其境

例 先生の言葉には実感がこもっている。
老師說的話讓人覺得彷彿身歷其境。

実感が湧く　中 擁有實感

例 大学からの合格証書を受け取ったことで、合格した実感が湧いてきた。
收到大學送來的合格證書，才真正有了考上的真實感。

事実に沿う　中 依照事實

例 記者なんですから、事実に沿って、真相に迫る報道をしてもらいたい。
我們還是希望記者能根據事實進行報導。

地で行く　中 ①真性情、照原樣呈現 ②將虛幻的事情搬到現實生活中

例 ①私がやりたい計画を地で行って、とても嬉しくなりました。
能原貌呈現我想做的計畫令人開心。

例 ②探偵小説を地で行く怪事件です。
有如偵探小說的劇情被搬到現實生活中的奇怪事件。

十指に余る　中 十隻手指頭也數不完

例 十指に余る肩書きを持っているので、かなり優秀な方です。
他的頭銜多到十隻手指頭都數不完，是個非常優秀的人。

常軌(じょうき)を逸(いっ)する 　**中** 脫離常軌

例 彼(かれ)は突然(とつぜん)、常軌(じょうき)を逸(いっ)した行動(こうどう)に出(で)た。
他突然做出了脫軌的舉動。

正体(しょうたい)を暴(あば)く 　**中** 身分曝光

例 謎(なぞ)に包(つつ)まれていた漫画(まんが)の原作者(げんさくしゃ)の正体(しょうたい)を暴(あば)いた。
神祕的漫畫原作者的身分曝光了。

正体(しょうたい)を現(あらわ)す 　**中** 現身、現出原形

例 悪(あく)の組織(そしき)の親玉(おやだま)がようやくその正体(しょうたい)を現(あらわ)した。
邪惡組織的老大總算現身了。

焦土(しょうど)と化(か)す 　**中** 化為焦土

例 度重(たびかさ)なる爆撃(ばくげき)で街(まち)は焦土(しょうど)と化(か)した。
在不斷的轟炸之下，街道化作一片焦土。

真(しん)に迫(せま)る 　**中** 活靈活現、栩栩如生

例 真(しん)に迫(せま)る予知夢(よちむ)を見(み)る奇人(きじん)のところに大勢(おおぜい)マスコミがやってくる。
大批媒體記者追著能做夢預知未來的奇人。

す

筋が違う 中 搞錯方向、對象

例 違う相手に文句を言うのは、筋が違う。
跟錯的對象抱怨，根本就是搞錯方向。

すずめの涙 中 微不足道

例 すずめの涙ほどの給料では、家族を養えない。
這種微不足道的薪水，沒辦法養家。

せ

堰を切る 中 壓抑爆發出來

例 彼は黙っていたが、やがて堰を切ったように話し出した。
他一直保持沉默，但不久後就像水庫洩洪般滔滔不絕地說。

世間が狭い 中 世界很小

例 彼の親戚が芸能人の山崎とは、世間が狭いとは、まさにこのことだ。
他的親戚竟然是藝人山崎，人家說世界很小大概就是這個意思吧！

世間が広い 中 世界很廣闊

例 世の中には、まだ私の知らないことがたくさんある。世間が広いとは、よく言ったものだ。
這個世界上還有很多我不知道的事。就像大家常說的，世界是很大的。

世話がない　中 無可奈何

例 自分の失敗に自分で怒っているのだから、世話が無い。
對自己造成的失敗生氣也無可奈何。

そ

相場が決まっている　中 照常理來看、一般來說

例 楽してお金が稼げる、うまい話なんて無いと相場が決まっている。
一般來說，輕輕鬆鬆就能賺錢的這種好事並不存在。

俗に言う　中 俗話說

例 俗に言う、政治家に必要な３つの「ばん」は、カバン、看板、地盤である。
俗話說，政治家的三大要件就是「錢包」、「招牌」、「地盤」。

底が浅い　中 基礎不牢；沒有深度

例 この物語は底が浅い。
這個故事沒有內涵。

底が知れない　中 深不可測；沒有界線

例 この井戸は、底が知れないほど深い。
這口井深不見底。

揃いも揃って　中 全部都是

例 兄弟三人揃いも揃って変わり者だ。
兄弟三人的個性都很奇怪。

た

ターゲットを絞る　中 鎖定目標

例 若い女性にターゲットを絞った雑誌を創刊する。
針對年輕女性而創刊的雜誌。

太鼓判を押す　中 掛保證

例 彼に任せておけば大丈夫だと太鼓判を押した。
拍胸脯掛保證，交給他就沒問題。

退路を断つ　中 斷退路

例 自分が弱い人間だとわかっているから退路を断つことが必要だった。
知道自己很軟弱，所以必須要切斷自己的後路才行。

体をなす　中 完整、成形

例 これでは、とてもレポートとしての体をなしていない。
這樣的內容，就報告而言稱不上完整。

高が知れる 中 大概知道是什麼程度、沒什麼大不了

例 彼が喧嘩が強いと言っても、高が知れている。
他雖然說自己很會打架，但也不過爾爾。

箍が外れる 中 失去維持秩序的約束

例 クラス担任の先生が替わった途端に、生徒の箍が外れてしまった。
導師一換，學生們就變得有如脫韁野馬。

多岐に渡る 中 分歧、多方面

例 今回のテーマは、問題点が多岐に渡っている。
這次的主體涉及到多方面的問題。

手綱を締める 中 嚴厲規範

例 勝手な行動をとらないよう、手綱を締める。
為了避免擅自行動，採取嚴厲的規範。

棚に上げる 中 束之高閣、置之不理

例 自分のミスは棚に上げて、他人のミスには厳しい。
寬以待己，嚴以律人。

✿つ

使い出がある 中 量多、量足

例 あの店は食材が多様でかなり使い出がある。
那家店的食材種類多且份量很足。

✿て

定説を覆す 中 推翻定論

例 生物学の定説を覆す、新種の生物が発見された。
推翻生物學的定理，發現了新品種生物。

轍を踏む 中 步上後塵、重蹈覆轍

例 人々は、彼もまた前任者の轍を踏むのではないかと危ぶんだ。
大家都非常擔心，不知道他會不會也步上上一任的後塵。

手に掛ける 中 ①親手 ②親手殺人

例 ①盆栽を手に掛けて育てる。
親手照顧盆栽。

例 ②わが娘を手に掛けてしまった。
親手殺了自己的女兒。

手元に置く　　中 放在身邊

例 彼は、娘をいつまでも手元に置いておきたいと思っている。
他想要將女兒一直留在身邊。

手を入れる　　中 修整、補充

例 荒れていた庭に手を入れる。
修整荒廢的庭園。

手を延ばす　　中 擴大活動範圍、擴大事業規模

例 福祉事業にも手を延ばす。
跨足福利事業版圖。

手を抜く　　中 偷工減料

例 手を抜いたらお客さまは、すぐにわかる。
如果偷工減料，客人會立刻察覺的。

と

度が過ぎる　　中 超過

例 そういうこと言うなんて、冗談でも度が過ぎる。
竟然說那樣的話，就算是玩笑也太過分了。

土足で踏みにじる　中 踐踏

例 好きになれないけど、彼女の気持ちを土足で踏みにじるようなことはするな。
就算沒辦法喜歡她，也不要踐踏她的心意。

取って付けたよう　中 刻意、不自然

例 取って付けたようなお世辞を言う。
說刻意稱讚的話。

とてもじゃないが　中 無論如何也…

例 とてもじゃないが、そんな高級住宅など買えない。
怎麼也買不起那麼高級的住宅。

取るに足りない　中 不值一提

例 取るに足りない意見は、聞くだけ無駄というものだ。
不值一提的意見，聽聽而已根本派不上用場。

な

泣いても笑っても　中 無論如何

例 泣いても笑っても、今回で最後だ。
無論如何這次是最後一次了。

中を取る
中 折衷

例 一万円と八千円の中を取って、九千円で手を打つ。
在一萬日圓及八千日圓之間做個折衷，以九千日圓達成協議。

謎に包まれる
中 謎團重重

例 この事件は、解決しておらず、多くの謎に包まれている。
這個事件尚未解決，謎團重重。

謎を掛ける
中 出謎題、拐彎抹角

例 謎を掛けて報酬を暗に要求する。
拐彎抹角地暗示人家支付報酬。

謎を解く
中 解開謎題

例 それが事件の謎を解く決定的な瞬間だ。
那正是解開謎題決定性的瞬間。

何をか言わんや
中 還有什麼好說的

例 こんな基礎知識すら知らないようでは何をか言わんやだ。
這麼基本的常識都不知道了，那我還有什麼好說的。

波を打つ

中 上下起伏

例 ウイルスのせいかもしれない、画面の文字が波を打つようになってしまいました。
可能是病毒的關係，畫面的文字像波浪一樣上下起伏。

名を借りる

中 借～的名義

例 慈善事業に名を借りた売名行為。
假藉慈善事業的名義幫自己建立好名聲。

に

二の舞を演じる

中 重蹈覆轍

例 前回の二の舞を演じないように一生懸命練習する。
為了不重蹈覆轍，所以拚命地練習。

ね

猫の額

中 形容非常狹窄

例 都会の住宅は、猫の額くらい狭いものだ。
都市的住宅都非常狹窄。

猫も杓子も　中 無論如何、不管是誰

例 今の若者は猫も杓子も同じような考え方をしていて、個性がない。
現在年輕人的想法都一樣，毫無個性。

は

背景とする　中 作為後盾

例 膨大な資金を背景として、企業買収を続ける。
以豐厚的資金當作後盾，持續收購企業。

刃がこぼれる　中 刀刃變鈍

例 石に当たって、刀の刃がこぼれた。
刀砍到石頭而變鈍。

拍車を掛ける　中 加速、加快事物進行的速度

例 政治の混乱が不況に拍車を掛ける。
混亂的政治加快了經濟不景氣的速度。

鋏を入れる　中 用剪刀剪

例 年会費の高いクレジットカードはもう鋏を入れて使わない。
把年費很高的信用卡剪卡不用了。

ぱっとしない　中 不亮眼

例 ぱっとしない成績だ。
不亮眼的成績。

ぱっとやる　中 迅速地做

例 やる事を決めてぱっとやる。
決定要做的事情之後立馬去做。

話にならない　中 ①沒什麼好說的 ②沒有價值；不像話

例 ①留学していただけで就職が決まるような時代ではなくなっているので、ただ外国に行っただけでは話にならない。
現在已經不是去留學就一定有工作的年代了，如果只是出過國，也沒什麼好談的。

例 ②こんな名作をおいていないとは、この図書館は話にならない。
連這本名著都沒有，這圖書館真是不像話。

歯に合う　中 咬得動、合適

例 この仕事は、彼の歯に合っている。
這份工作很適合他。

歯の抜けたよう　中 殘缺不全、像少了什麼東西般寂寥

例 欠席者が多くて、会場は歯の抜けたようだ。
缺席的人很多整個會場空蕩蕩的。

パンチが効く　**中** 氣勢磅礴，形容氣勢足以壓倒、刺激對方

例 パンチの効いた歌い方。
有魄力的唱歌方式。

判で押したよう　**中** 一成不變，例行公事般不斷重複的樣子

例 何度聞いても、もう少し待ってくれという判を押したような返事しか返ってこない。
問再多次也只會得到「再稍微等一下」這種一成不變的回答。

ひ

引き合いに出す　**中** 舉例、舉證，舉…做比較

例 よりによって、元カノのことを引き合いに出しているとは我慢できない！
偏偏就是要舉前女友的例子做比較，真是受不了！

一皮剥ける　**中** 煥然一新，經磨礪之後成長蛻變

例 彼女も田舎暮らしに慣れて、一皮剥けた。
她習慣了鄉間生活，整個人都煥然一新。

火の消えたよう　**中** 活潑的氣氛突然變得安靜後感到寂寞

例 子供たちが帰ってしまった夕方の公園は火の消えたようだった。
孩子們回家後傍晚的公園寂靜無聲。

火の付いたよう　中 ①形容哭聲淒厲 ②慌張匆忙

例 ①あまり大泣きしない姪は最近毎日、火が付いたように泣くのでびっくりしています。

不太大聲哭鬧的姪子最近每天都哭得很厲害，嚇了我一跳。

例 ②早く行くようにと、火のついたように急き立てる。

為了能夠早點出發，活像是發生火災似地拚命催促。

ヒューズが飛ぶ　中 短路

例 ヒューズが飛んでしまった原因は容量オーバーだ。

短路的原因是用電量超過負荷。

氷山の一角　中 冰山一角

例 社長なんて横領し放題、捕まる人は氷山の一角です。

董事長等許多人隨意盜用公款，而遭到逮捕的人不過是冰山一角。

火を見るより明らか　中 顯而易見

例 あの仮面夫婦が別れるのは火を見るより明らかだ。

很明顯的，那對同床異夢的夫妻會分開。

ピンからキリまで　中 從高級品到劣等品

例 舶来品といっても、ピンからキリまである。

雖然是舶來品，但等級從高級品到劣等品都有。

ふ

深(ふか)みがある

中 有深度，指有很深的含意

例 実際(じっさい)は思(おも)っていたよりも深(ふか)みがある方(かた)です。
實際上是位比想像中更有深度的人。

へ

便宜(べんぎ)を図(はか)る

中 通融、特別待遇

例 校長(こうちょう)が裏口入学(うらぐちにゅうがく)の便宜(べんぎ)を図(はか)ったことで、逮捕(たいほ)された。
校長因牽涉走後門入學一事而遭到逮捕。

ほ

棒(ぼう)に振(ふ)る

中 斷送、白白浪費

例 彼(かれ)はせっかくのチャンスを棒(ぼう)に振(ふ)ってしまった。
他白白浪費了千載難逢的機會。

保険(ほけん)を掛(か)ける

中 投保；事先取得保證

例 海外旅行(かいがいりょこう)には、保険(ほけん)を掛(か)けた方(ほう)が安心(あんしん)だ。
海外旅行時還是要投保比較安心。

矛先を向ける　中 將矛頭指向～

例 今回の事故の批判は、首相にその矛先を向けた。
關於這次的事故，將批評的矛頭指向首相。

骨の髄まで　中 徹底、入骨

例 骨の髄まで寒さが染み渡る。
寒意刺骨。

ま

巻き添えを食う　中 受牽連、連累

例 爆発事故の巻き添えを食って、ケガをした。
受爆炸事故的牽連而受傷。

的を絞る　中 鎖定範圍

例 若年層に的を絞った雑誌を創刊する。
創刊鎖定年輕族群的雜誌。

真に受ける　中 當真

例 私のウソを真に受ける友人。
把我的謊言當真的朋友。

み

右から左へ
中 右進左出，形容來得快去得也快

例 給料は右から左へ、すぐ使ってしまう。
薪水右進左出的，馬上就花光光了。

水が合わない
中 格格不入（氣質、個性與當地不合）

例 海外旅行をする度に水が合わなくてお腹を壊してしまう。
每次出國旅行都會水土不服而腸胃不舒服。

水を向ける
中 引導、暗示

例 あなたと話したがっている人の存在に気がついたら、さりげなく水を向けてあげましょうと松浦弥太郎さんのエッセイに書かれている。
松浦彌太郎先生的短文中如此寫道，若感覺到有人想跟你聊天的話，就要不著痕跡地引導他。

身に余る
中 （讚揚）過分；（工作、責任）超乎自身能力

例 このような賞を頂けるなんて、身に余る光栄です。
得到這個獎項，是我無上的光榮。

身に覚えがない
中 不記得、沒經歷過

例 身に覚えがない罪で捕まることを、冤罪という。
沒犯罪而遭到逮捕，這就是所謂的冤獄。

見張りを立てる　　**中** 看守、監視

例 最近は敵襲が多く、嵐の日でも見張りを立てるのが常になっていた。

最近常遭遇敵襲，所以現在即便是暴風雨天，也都要有人看守。

身を置く　　**中** 置身於

例 今回の異動で、部下を持つ立場に身を置くことになった。

在這次的人事異動中，升遷到了有部屬的職位。

む

虫が付く　　**中** ①長出害蟲 ②女兒有對象

例 ①本に虫が付いていると困るので、本棚に並べる前に、ちゃんと虫を退治しておきたいです。

書若長了書蟲就麻煩了，所以放進書櫃前我會仔細做好除蟲工作。

例 ②悪い虫が付いたのではないかと両親が心配する。

父母親擔心女兒是不是有了不良對象。

め

目が光る　　**中** 嚴密監視

例 子供の行動には、常に親が目を光らせているものだ。

小孩子的行動常常受到家長的嚴密監視。

メガホンを取る(と) **中 掌鏡、導戲**

例 俳優(はいゆう)だった彼(かれ)が、突然(とつぜん)、メガホンを取(と)った。
曾是演員的他突然掌鏡拍片。

メスを入れる(い) **中 動手術；大刀闊斧，斬草除根**

例 悪徳業者(あくとくぎょうしゃ)に捜査(そうさ)のメスを入(い)れる。
大刀闊斧搜查不肖業者。

目(め)と鼻(はな)の間(あいだ) **中 咫尺之間、近在眼前**

例 自宅(じたく)から駅(えき)までは、目(め)と鼻(はな)の間(あいだ)くらいの距離(きょり)しかない。
從家裡到車站只有咫尺的距離。

目(め)に見(み)える **中 顯著的**

例 彼(かれ)の中国語(ちゅうごくご)は目(め)に見(み)えて上達(じょうたつ)した。
他的中文有顯著的進步。

目星(めぼし)を付(つ)ける **中 鎖定目標**

例 警察(けいさつ)は、犯人(はんにん)の目星(めぼし)を付(つ)けた。
警察已經鎖定嫌犯。

めりはりを付ける 中 強弱、重點分明

例 先生は私の文章にめりはりを付けて、訂正してくれた。
老師幫我把文章修改到有起承轉合。

や

焼き印を押す 中 烙印

例 出荷用の牛肉に焼き印を押す。
出貨用的牛肉會上烙印。

焼きを入れる 中 鍛鍊、淬鍊

例 失敗した若い衆に、焼きを入れる。
鍛鍊曾經失敗過的年輕人們。

痩せても枯れても 中 不管再怎麼不濟、落魄

例 痩せても枯れても、ホームレスだけにはならないぞと彼は言った。
他說，再怎麼落魄也不會淪為遊民。

矢を向ける 中 成為攻擊目標

例 彼が不意に言った一言で、非難の矢を向けられた。
他因為無意的一句話成為眾矢之的。

ゆ

床（ゆか）が抜（ぬ）ける　中 地板被重物壓得塌陷

例 大量（たいりょう）の本（ほん）で床（ゆか）が抜（ぬ）けそうだ。
地板快被大量的書本壓垮。

よ

夜（よ）も日（ひ）も明（あ）けない　中 片刻也離不開、不能沒有…

例 現代（げんだい）はパソコンが無（な）いと夜（よ）も日（ひ）も明（あ）けないという人（ひと）が増（ふ）えている。
在現代，不能沒有電腦的人變多了。

れ

例（れい）に漏（も）れず　中 沒有例外、照例

例 経営状態（けいえいじょうたい）が芳（かんば）しくないので、今期（こんき）も例（れい）に漏（も）れず、ボーナスは支給無（しきゅうな）しです。
因為銷售情況不佳，本期照例沒有獎金。

例（れい）を挙（あ）げる　中 舉例

例 世界（せかい）で有名（ゆうめい）なアニメの例（れい）を挙（あ）げると、『ドラえもん』がその一（ひと）つです。
如果要舉出世界有名的動畫，《哆啦Ａ夢》就是其中之一。

✿ わ

輪を掛ける 中 更加…；誇大其詞

例 彼の作品は、輪を掛けて、独創的だ。
他的作品更加具有獨創性。

MEMO

日本人的哈拉妙招：日語慣用句典 / DT企劃著.
-- 初版. -- 臺北市：笛藤, 八方出版股份有限公司,
2021.05
面；　公分
ISBN 978-957-710-817-3(平裝)
1.日語 2.慣用語
803.135　　　　　　　　110006842

攜帶版 隨手輕鬆讀!
附MP3 音檔連結
日本人的哈拉妙招!
日語
慣用句典

2021年5月14日　初版第1刷　定價380元

著　　者	DT企劃
總編輯	賴巧凌
編　　輯	洪儀庭‧陳思穎‧黎虹君‧陳亭安
編輯協力	張秀慧‧蔡沐晨‧岸上龍一‧立石悠佳
審　　校	林佳翰
插　　圖	Aikoberry
封面設計	王舒玗
版型設計	Aikoberry‧王舒玗
編輯企劃	笛藤出版
發行所	八方出版股份有限公司
發行人	林建仲
地　　址	台北市中山區長安東路二段171號3樓3室
電　　話	(02)2777-3682
傳　　真	(02)2777-3672
總經銷	聯合發行股份有限公司
地　　址	新北市新店區寶橋路235巷6弄6號2樓
電　　話	(02)2917-8022‧(02)2917-8042
製版廠	造極彩色印刷製版股份有限公司
地　　址	新北市中和區中山路二段380巷7號1樓
電　　話	(02)2240-0333‧(02)2248-3904
印刷廠	皇甫彩藝印刷股份有限公司
地　　址	新北市中和區中正路988巷10號
電　　話	(02) 3234-5871
郵撥帳戶	八方出版股份有限公司
郵撥帳號	19809050